हरिशंकर परसाई

22 अगस्त, 1924 को मध्य प्रदेश, होशंगाबाद के जमानी गाँव में जन्मे हरिशंकर परसाई का आरम्भिक जीवन कठिन संघर्ष का रहा। पारिवारिक जिम्मेदारियों के बीच उन्होंने नागपुर विश्वविद्यालय से हिन्दी में एम.ए. किया और फिर 'डिप्लोमा इन टीचिंग' का कोर्स भी।

उनकी प्रकाशित कृतियाँ हैं–'हँसते हैं रोते हैं', 'जैसे उनके दिन फिरे' (कहानी-संग्रह); 'रानी नागफनी की कहानी', 'तट की खोज' (उपन्यास); 'तब की बात और थी', 'भूत के पाँव पीछे', 'बेईमानी की परत', 'वैष्णव की फिसलन', 'पगडंडियों का ज़माना', 'शिकायत मुझे भी है', 'सदाचार का तावीज़', 'विकलांग श्रद्धा का दौर', 'तुलसीदास चन्दन घिसैं', 'हम इक उम्र से वाकिफ हैं', 'जाने-पहचाने लोग', 'कहत कबीर', 'ठिठुरता हुआ गणतंत्र' (व्यंग्य निबन्ध-संग्रह); 'पूछो परसाई से' (साक्षात्कार)। 'परसाई रचनावली' शीर्षक से छह खंडों में उनकी सभी रचनाएँ संकलित हैं। लगभग सभी भारतीय भाषाओं और अंग्रेजी में उनकी रचनाओं के अनुवाद हुए हैं।

उन्हें 'साहित्य अकादेमी पुरस्कार', मध्य प्रदेश के 'शिखर सम्मान' समेत कई पुरस्कारों से सम्मानित किया गया।

10 अगस्त, 1995 को उनका निधन हुआ।

भोलाराम का जीव

हरिशंकर परसाई

सम्पादक
वेद प्रकाश

राजकमल पेपरबैक्स

राजकमल पेपरबैक्स में
पहला संस्करण : 2024
दूसरा संस्करण : 2025

राजकमल पेपरबैक्स : उत्कृष्ट साहित्य के जनसुलभ संस्करण

राजकमल प्रकाशन प्रा.लि.
1-बी, नेताजी सुभाष मार्ग, दरियागंज
नई दिल्ली-110 002
द्वारा प्रकाशित

शाखाएँ : अशोक राजपथ, साइंस कॉलेज के सामने, पटना-800 006
पहली मंजिल, दरबारी बिल्डिंग, महात्मा गांधी मार्ग, प्रयागराज-211 001
1, अनमोल सोराबजी सन्तुक लेन, मरीन लाइंस, मुम्बई-400002

वेबसाइट : www.rajkamalprakashan.com
ई-मेल : info@rajkamalprakashan.com

विकास कंप्यूटर एंड प्रिंटर्स
ट्रॉनिका सिटी-201 102
द्वारा मुद्रित

मूल्य : ₹250

BHOLARAM KA JEEV
Satire by Harishankar Parsai
Edited by Ved Prakash

ISBN : 978-93-6086-189-6

भूमिका

हरिशंकर परसाई ने व्यंग्य को अभूतपूर्व व्याप्ति दी। उन्होंने व्यंग्य-रचनाएँ ही नहीं लिखीं, व्यंग्य की सैद्धान्तिकी को भी व्यवस्थित रूप देकर स्पष्ट किया। उन्होंने अपने अनेक लेखों में हिन्दी की व्यंग्य-परम्परा का उल्लेख किया है और अपनी रचनाओं पर इस परम्परा में निहित व्यंग्य-दृष्टि का प्रभाव बताया है। वे कबीर का स्मरण बार-बार करते हैं। उन्होंने 'सुनो भई साधो' नाम से 'नई दुनिया' के लिए व्यंग्य-स्तम्भ भी लिखा। बाद में जब यह लेखन पुस्तकाकार प्रकाशित हुआ तो इसकी 'भूमिका' में परसाई ने लिखा :

"कबीर के सीधे, बेलौस, बखिया-उधेड़, चरबा-उतार, मस्ती और फक्कड़पन से भरे व्यंग्यों का मैं भक्त रहा हूँ। इतना ताकतवर कोई और हुआ ही नहीं क्योंकि और किसी ने न 'सीस काटकै भुँईं धरा', न 'अपना घर फूँकिया', न 'बाजार में लिये लुकाठी' खड़ा हुआ—'सब ही भुलाने पेट का धन्धा!' " ('परसाई रचनावली', खंड-6, पृ. 245)

इस सन्दर्भ में परसाई का एक और लेख है : 'साहित्यकार का साहस'। इसमें भारतेन्दु-युग के लेखक बालकृष्ण भट्ट की सत्यनिष्ठा, दिलेरी, आत्माभिमान और देशभक्ति का एक घटना के माध्यम से मार्मिक उल्लेख है। परसाई 'सदाचार का तावीज़' की भूमिका में लिखते हैं :

"भारतेन्दु-युग में प्रतापनारायण मिश्र और बालमुकुन्द गुप्त जो व्यंग्य लिखते थे, वह कितनी पीड़ा से लिखा जाता था! देश की दुर्दशा पर वे किसी भी कौम के रहनुमा से ज्यादा रोते थे।" (वही, पृ. 241)

यहाँ व्यंग्यकार होने का वास्तविक अर्थ की ओर संकेत है। परसाई ने जो रास्ता चुना, वह कबीर और नवजागरणकाल के लेखकों का है। इस सन्दर्भ में उनका प्रसिद्ध और अद्वितीय निबन्ध 'प्रेमचन्द के फटे जूते' भी पढ़ना चाहिए। परसाई ने इन लेखकों की चर्चा करते हुए सत्ता और साहित्य के सम्बन्धों की समीक्षा की है। यह समीक्षा आज के सन्दर्भ में पढ़ने लायक है। पुरातन काल से ऐसे साहित्यकार रहे हैं जो राजसिंहासन के आसपास इच्छा-अनिच्छा से परिक्रमा करते रहे हैं।

कइयों ने समझौता किया, अन्याय का समर्थन किया, प्रलोभन में पड़े, स्वकेन्द्रित हुए। अनेक ऐसे हुए जिन्होंने सत्य के पक्ष में अडिगता दिखाई। अभावों में जीवन बिताया पर समझौता नहीं किया, किसी प्रलोभन में नहीं पड़े। परसाई समर्पण न करनेवालों में और साहित्य के महत्त्व पर इस प्रकार टिप्पणी करते हैं :

"जो नहीं समर्पण करते हैं—वे बहुत दुखी हैं। जीवन उनके लिए काँटों का जाल है। लेकिन वे ही धन्य हैं। उन्हीं की वाणी युग की वाणी है। उन्हीं की वाणी से समाज का नवनिर्माण होता है। साहित्य हमारे यहाँ व्यापार कभी नहीं रहा, वह धर्म रहा है। अभी भी वह धर्म है, एक मिशन (Mission) है। इसमें मिटना पड़ता है। जो इसमें बनना चाहते हैं, वे बेहतर है कि आढ़त की दुकान खोलें। इसमें तो कबीर की तरह घर फूँककर बाहर निकलना पड़ता है; यह 'खाला का घर' नहीं है।" ('परसाई रचनावली', खंड-6, पृ. 197)

व्यंग्य क्या समझा जाता है, वह क्या नहीं है और क्या है—प्रश्नों के समाधान के माध्यम से भी परसाई ने व्यंग्य को स्पष्ट किया है। उनके अनुसार : व्यंग्यकार होने के अनेक जोखिम व संकट हैं। एक संकट तो आलोचना का है जो यह है :

"जीवन-बोध, व्यंग्यकार की दृष्टि, सामाजिक, राजनीतिक, आर्थिक परिवेश के प्रति उसकी प्रतिक्रिया, विसंगतियों की व्यापकता और उनकी अहमियत, व्यंग्य-संकेतों के प्रकार, उनकी प्रभावशीलता, व्यंग्यकार की आस्था, विश्वास—आदि सब बातें समझ और मेहनत की माँग करती हैं। किसे पड़ी है?" (वही, पृ. 240)

पाठकों का एक बड़ा वर्ग व्यंग्य में निहित सामाजिक-राजनीतिक अर्थ-संकेतों को समझ लेता है पर बहुत-से 'सज्जन', 'पाठक', 'मित्र', 'लोग' तो व्यंग्य को लेकर गलतफहमी के शिकार हैं :

"व्यंग्य लिखनेवाले की कोई एक ट्रेजेडी नहीं। 'फनी' से लेकर उसे मनुष्यता की भावना से हीन तक समझा जाता है। 'मजा आ गया' से लेकर 'गम्भीर हो जाओ' तक की प्रतिक्रियाएँ उसे सुननी पड़ती हैं। फिर लोग अपने या अपने मामा, काका के चेहरे देख लेते हैं और दुश्मन बन जाते हैं। एक बहुत बड़े वयोवृद्ध गांधी-भक्त साहित्यकार मुझे अनैतिक लेखक समझते हैं। नैतिकता का अर्थ उनके लिए शायद गबद्दूपन होता है।" (वही)

हल्के हास्य, विनोद और व्यंग्य को कई बार एक मान लिया जाता है। व्यंग्य और हास्य-विनोद के नाम पर लेखक कमजोरों का उपहास करते पाए जाते हैं। यह प्रवृत्ति बड़ी क्रूर है। हरिशंकर परसाई हँसने के विरोधी तो नहीं ही थे, समर्थक थे। उन्होंने आचार्य हजारी प्रसाद द्विवेदी, डॉ. रामविलास शर्मा, अमृतलाल नागर के ठहाकों का उल्लेख किया है। द्विवेदी जी की हँसी पर उनका मत है : "पांडित्य को किस कदर फूल की तरह ढोते थे!" ('हम इक उम्र से वाकिफ हैं', पृ. 106)

उन्होंने एक जगह लिखा है : "सच्ची हँसी बड़ी अच्छी चीज है और जिन्हें मन के दुख की बीमारी हो, वे मेरा यह नुस्खा नोट कर लें—वे किन्हीं ऐसे आदमी की हँसी में स्नान कर लें जो निश्छल, नि:स्वार्थ, निर्मल हँसी हँस रहे हों—रोग दूर हो जाएगा।" ('परसाई रचनावली', खंड-6, पृ. 234)

कहना होगा कि हँसी-हँसी में फर्क है। इस फर्क को हमारे अनेक रचनाकारों ने पहचाना है। परसाई ने हँसने के ही नहीं, रोने के भी अनेक रूपों को व्यक्त किया है। उन पर आरोप लगा कि वे कठोर व्यंग्यकार हैं, उनका दृष्टिकोण नकारात्मक है, वे हँसने के खिलाफ हैं। लेकिन परसाई ने हँसी के परस्पर-विरोधी रूपों पर खूब विचार किया है। एक हँसी मनुष्य की हँसी है जिसका उल्लेख ऊपर किया गया है। एक चैन की हँसी होती है और एक बिना चैन की खिन्न हँसी भी होती है, 'जैसी पंडित नेहरू की अन्तिम वर्षों में हो गई थी।'

'मनीषी जी' कहानी में मनीषी की हँसी के आन्तरिक भाव की खोज करते हुए अभिव्यक्त किया गया है कि हँसी एक रूप है जिसके पीछे विक्षिप्तता, जीवन के प्रति निरपेक्षता, विफलता, असमर्थता, उदासीनता, दुख आदि हो सकते हैं। एक हँसी ऐसी भी होती है जिससे सत्ताएँ रक्षित होती हैं, 'असुविधाभोगी' की हँसी ऐसी ही है। इससे मिलती-जुलती एक हँसी ऐसी है जिसे परसाई ने 'लकड़बग्घे की हँसी' कहा है। कुत्ते की दुम में पटाखे की लड़ी बाँधकर उसमें आग लगाकर कुत्ते के मृत्यु-भय पर ठहाका लगाने और पत्नी, साला, नौकर-नौकरानी आदि को हास्य का विषय बनाने को परसाई ने 'वल्गर' कहा है।

उन्होंने इस तरह के हास्य की सामाजिक पृष्ठभूमि पर विचार करके उसका मनोविज्ञान बताया है और लिखा है कि मनुष्य लकड़बग्घे की हँसी हँसे तो उसे गोली मार देनी चाहिए। परसाई ने अपने व्यंग्य का उद्देश्य बताया—ऐसी स्वस्थ स्थितियाँ बनें कि हर आदमी हँसता हुआ दिखे, और यह हँसी स्वस्थ-निर्मल हँसी हो।

परसाई के अनुसार व्यंग्य में हँसी आए ही, यह जरूरी नहीं। वह मानव सहानुभूति से पैदा होता है। दरअसल हँसी के आने के पीछे व्यक्ति और समाज की मामूली विसंगतियाँ हैं। परम्परा से हर समाज की कुछ संगतियाँ होती हैं, सामंजस्य और अनुपात होते हैं। जब यह संगति गड़बड़ होती है तब चेतना में चमक पैदा होती है। यानी सौन्दर्यबोध की संगति बिगड़ती है तो लोग हँसते हैं। हल्की विसंगति पर भी लोग हँस देते हैं। असामंजस्य, अनुपातहीनता, विसंगति हमारी चेतना को छेड़ देते हैं, तब हँसी आ भी सकती है और हँसी नहीं भी आ सकती—चेतना पर आघात पड़ सकता है।

"मगर विसंगतियों के भी स्तर और प्रकार होते हैं। आदमी कुत्ते की बोली बोले—यह एक विसंगति है। और वनमहोत्सव का आयोजन करने के लिए पेड़ काटकर साफ किये जाएँ, जहाँ मंत्री महोदय गुलाब के 'वृक्ष' की कलम रोपें—यह भी एक विसंगति है। दोनों में भेद है, गो दोनों से हँसी आती है।

मेरा मतलब है—विसंगति की क्या अहमियत है, वह जीवन में किस हद तक महत्त्वपूर्ण है, वह कितनी व्यापक है, उसका कितना प्रभाव है—ये सब बातें विचारणीय हैं। दाँत निकाल देना उतना महत्त्वपूर्ण नहीं है।" ('परसाई रचनावली', खंड-6, पृ. 241)

व्यंग्य में पीड़ा या करुणा की परम्परा का उल्लेख किया जा चुका है। इस सन्दर्भ में परसाई चेखव का उल्लेख करते हुए कहते हैं : "चेखव की 'एक क्लर्क की मौत' क्या हँसी की कहानी है? उसका व्यंग्य कितना गहरा, ट्रैजिक और करुणामय है!" (वही, पृ. 243)

स्पष्ट है कि व्यंग्य सामाजिक जीवन की विसंगतियों से उपजता है। वह विसंगतियों, मिथ्याचारों और पाखंडों का पर्दाफाश करता है। जीवन की आलोचना तथा समाज की समीक्षा करता है। जीवन के प्रति व्यंग्यकार की उतनी ही निष्ठा होती है, जितनी गम्भीर कहे जानेवाले रचनाकार की। व्यंग्यकार की चोट से सत्ता भी घबराती है। यह विद्रोह और प्रतिरोध की कला है।

परसाई राजनीति, धर्म, दर्शन, अर्थतंत्र, संस्कृति और समाजतंत्र में मौजूद यथास्थितिवादी और प्रतिगामी शक्तियों पर चोट करने के लिए उनकी पहचान करते हैं। वे व्यंग्य के माध्यम से यथार्थ को समझते भी हैं और व्यक्त भी करते हैं। परसाई की रचनाओं में व्यंग्य की संरचना वैसे ही है, जैसे समाज में यथार्थ की संरचना। परसाई अपने रचना-आधारों को इस प्रकार व्यक्त करते हैं :

"मैं दूसरे महायुद्ध की समाप्ति और भारत की स्वाधीनता-प्राप्ति के समय पैदा हुआ लेखक हूँ। अपने देश में आजादी के बाद मोहभंग होने में बहुत साल नहीं लगे। जिन मूल्यों के लिए हम आजादी की लड़ाई लड़े थे, उनका तेजी से मिटना मैंने देखा और भोगा है। शासक वर्ग का नैतिक पतन, भ्रष्टाचार, दोगलापन, पाखंड, मिथ्याचार, छल, कपट, फरेब, स्वार्थपरता—नंगे होकर सामने आए। विचारधारा और सिद्धान्तविहीन राजनीति और गन्दे गठबन्धन, दुराचरण, अवसरवादिता, पदमोह, सत्ता का उन्माद मैंने इन वर्षों में देखा है। इस देश का आदमी लगातार ठगा गया। अकाल में–अकाल राहत-कार्य से और बाढ़ में—बाढ़ राहत-कार्य से भी ठगा गया।" (वही, पृ. 220)

'वर्तमानता' परसाई की रचनाधर्मिता के केन्द्र में है और एक रचनात्मक मूल्य है। वे अपने समकालीन या स्वातंत्र्योत्तर भारत के बनते-बिगड़ते या सक्रिय यथार्थ के रचनाकार हैं। इस रचना-दौर में व्यक्ति और समाज की विसंगतियाँ और अन्तर्विरोध, मानव-सम्बन्धों की टूटन, अमानवीकरण की प्रक्रिया, गरीबी, मूल्यों की टूटन, दुराचरण के विरोध की शक्ति का क्षीण होना; पुनरुत्थानवादी, प्रगतिविरोधी, पुरोगामी शक्तियों की प्रबलता; धर्मान्धता, भाग्यवाद, कर्मकांड, साम्प्रदायिक द्वेष, फासिस्टवाद का लगातार बढ़ना, लोकतांत्रिक भावना का कमजोर होना; शंका, अविश्वास, असुरक्षा शामिल हैं। ऐसे दौर को ही उन्होंने 'विकलांग श्रद्धा का दौर' कहा है।

एक तरफ राष्ट्रीय-अन्तरराष्ट्रीय विसंगतियाँ, दूसरी तरफ जीवन के मामूलीपन-रोजमर्रापन में व्याप्त विसंगतियाँ! समाज में जितनी तरह के व्यक्ति हो सकते हैं, उनके यहाँ मिल जाएँगे।

स्त्री और दलित प्रश्नों के सम्बन्ध में भी आज उनकी प्रासंगिकता असन्दिग्ध है। अपनी समकालीनता की पूरे ढाँचे की सभी परतों के साथ उपस्थिति स्वतंत्र्योत्तर भारत के किसी गद्य-लेखक के यहाँ नहीं दिखाई देती। 'मेरी कैफियत' में परसाई विसंगतियों के गली-मुहल्ले-कस्बे से लेकर राष्ट्रीय-अन्तरराष्ट्रीय फैलाव की चर्चा करते हैं। रूढ़ियाँ, अन्धविश्वास, साम्प्रदायिकता, जातिवाद, बहुराष्ट्रीय पूँजी, फासिज़्म, संस्कृति और धर्म का प्रदर्शन, झूठी नैतिकता, वर्ग-विभाजन को बनाए रखनेवाली राजनीतिक शक्तियाँ—जनता के शोषण के लिए सब परस्पर सम्बद्ध हैं। वे इस षड्यंत्र का उद्घाटन करते हैं। उद्घाटन ही नहीं करते, व्यंग्य और व्यंग्य के अंगी भावों का इस रूप में उपयोग करते हैं कि सामाजिक परिवर्तन का उनका अपना भाव पाठक का भाव बन जाता है। कमजोर, शोषित या हाशिये पर धकेल दिये गए लोगों के प्रति परसाई बहुत सजग-सतर्क लेखक के रूप में व्यवहार करते हैं। परसाई व्यंग्यकार होने का महत्त्व बताते हैं। एक तो यह वहीं प्रकट है जब वे व्यंग्य-परम्परा का उल्लेख करते हैं। दूसरे, वहाँ जब वे लिखते हैं :

"मैं इसलिए लिखता हूँ कि व्यक्ति और समाज आत्म-साक्षात्कार और आत्मालोचना करे और अपनी कमजोरियाँ, बुराइयाँ, विसंगतियाँ, विवेकहीनता, न्यायहीनता त्याग कर जैसा वह है, उससे बेहतर बने। अन्धविश्वासों, झूठी मान्यताओं, अवैज्ञानिक आग्रहों और आत्मघाती रूढ़ियों से मुक्त हो। वह न्यायी, दयालु, संवेदनशील हो। दासता, परमुखापेक्षिता-मुक्त हो। मानव गरिमा की प्रतिष्ठा हो। मुक्तिबोध ने कहा है, जैसी दुनिया है, उससे बेहतर चाहिए। सारा कचरा साफ करने को मेहतर चाहिए। व्यंग्य लेखक 'सिनिक' नहीं होता, न निराशावादी और न मानसिक रोगी। डॉक्टर कैंसर के रोगी को बताए कि उसे कैंसर है, तो वह स्वस्थ मानसिकता का है। पर अगर कैंसर के रोगी को डॉक्टर राग जैजैवन्ती सुनाने लगे, तो डॉक्टर जरूर मानसिक रोग से ग्रस्त है। मैं जानता हूँ, कई लेखक इस देश में कैंसर से बीमार समाज को राग जैजैवन्ती सुनाते हैं।" ('परसाई रचनावली', खंड-6, पृ. 221)

परसाई एक राजनीतिक लेखक हैं। उनके लेखन में अनेक जगह ऐसी उक्तियाँ आती हैं जिनमें कहा गया है कि हर व्यक्ति को राजनीति जाननी और करनी चाहिए—लेखक को भी जाननी और करनी चाहिए। लेखनक भी सामाजिक परिवर्तन की संवेदना निर्मित करता है और कुछ लोगों के लिए संकट बन सकता है। शाश्वत नहीं, समस्याओं को दूर करने के उद्देश्य से लिखा गया साहित्य महत्त्वपूर्ण होता है, आदि। एक जगह वे कहते हैं :

"...मैं सुधार के लिए नहीं, बदलने के लिए लिखना चाहता हूँ।" ('सदाचार का तावीज़' की भूमिका)

साथ ही यह भी कहते हैं कि इसका अर्थ यह नहीं है कि कोई परिवर्तनकामी लेखक समाज को बदल देगा। ऐसे दावे को वे अहंकार और मूर्खता मानते हैं। बदलनेवाले तो दूसरे बहुसंख्यक लोग हैं :

"असंख्य लोग हैं—मजदूर हैं, किसान हैं, गरीब लोग हैं, जो परिवर्तन के लिए लड़ रहे हैं। यही सफल होंगे, मैं इनके साथ कलम लेकर पैदल चलनेवाला हूँ।"

'अँधेरे में' कविता का वह चित्र याद आता जिसमें व्यवस्था द्वारा सताया गया जनसमूह परवर्तन के लिए मुट्ठियाँ ताने चल रहा है और वाचक स्वयं को उनके आगे नहीं, पीछे चलता हुआ पाता है। परसाई, मुक्तिबोध की तरह, लेखक का यह दायित्व मानते हैं कि वह व्यवस्था की सड़ाँध को उजागर करे और परिवर्तन की चेतना का निर्माण करे। स्पष्ट है कि परसाई ने व्यंग्य-लेखन को बड़े उद्‌देश्य से जोड़ने की बड़ी भूमिका निभाई है।

तर्क करने की क्षमता, सकर्मकता और वैज्ञानिक-बोध परसाई की व्यंग्यात्मकता के प्रधान सहचर हैं। नवजागरणकाल में भारत के अतीत, पौराणिकता, भूगोल, यहाँ की प्रकृति आदि पर गर्व करना सकारात्मक था, इसकी ऐतिहासिक जरूरत थी; लेकिन धीरे-धीरे यह स्थायी भाव के रूप में रूढ़ि और पाखंड बना और इसने वैचारिक-आचरणगत संकीर्णता पैदा की। इस सोच को नैतिकता का रूप दे दिया गया। दिखावटी देशप्रेम और झूठे अभिमान को धर्म-विशेष से सम्बद्ध करके अन्य समुदायों के विरोधी बन जानेवाले लोगों को परसाई ऐसे सम्बोधित करते हैं :

"हिमालय और गंगा-यमुना की पुण्य-धारा पर भी हमारा बहुत अभिमान टिका हुआ है। कितने गर्व से हम कहते हैं, 'हमारा देश सबसे महान है। उत्तर में विश्व का सबसे ऊँचा पर्वत हिमालय मस्तक ताने खड़ा है।' जब कोई गर्व से ऐसा कहता है तो पूछने का मन करता है कि क्या तुम्हारे बाप ने हिमालय को बनाया है? पृथ्वी कभी सिकुड़ी थी और संयोग से वह सिकुड़न यहाँ ऐसी बड़ी हुई कि हिमालय पहाड़ उठ खड़ा हुआ। इस 'एक्सीडेंट' पर गर्व करने की गुंजाइश कहाँ है? पर जड़ का कैसा मोहक गर्व है हमारा! कृतित्व पर गर्व हो तो एक बात है। लेकिन नगपति विश्व का सिरमौर हो गया। गंगा-यमुना का जल जब पापियों को स्वर्ग भेजने लगा और देवता यहीं अवतार लेने लगे, तो करने को कुछ रहा नहीं। देश तो वैसे ही महान हो गया। बिना किये जब माथा तन गया, तो करने का कष्ट क्यों करें? अकर्म का ऐसा बड़ा अनुष्ठान और कहीं नहीं हुआ होगा।" ('सुजलां सुफलां')

परसाई की अन्य अनेक रचनाओं में जगह-जगह ऐसी स्थितियाँ आती हैं जहाँ निठल्ले, निष्क्रिय, अकर्मक भावों का प्रदर्शन करनेवाले, स्वार्थी, शोषक व तत्समी

आचरणवाले लोग हैं जो पुराण-प्रेमी, अतीत-प्रेमी हैं; जिन्होंने परम्परा को स्वार्थ का साधन बना लिया है। ये लोग मिथकों का दुरुपयोग करके उन्हें विकृत करते हैं और चाहते हैं कि सामान्य आदमी मनुष्य-विरोधी संस्कारों, विश्वासों, परम्पराओं, कर्मकांडों का गुलाम बना रहे। परसाई ऐसे लोगों पर व्यंग्य करते हैं। वे अपने को अनेक रूपों में ढालकर पुराण, धर्म, संस्कृति के प्रभामंडल को भी तोड़ते हैं। इस सन्दर्भ में 'कन्धे श्रवणकुमार के', 'शवयात्रा का तौलिया', 'नीलकंठ' आदि पठनीय हैं।

परसाई सही नैतिकता और सक्रियता को परिभाषित करते हैं। इस सन्दर्भ में भी परसाई का रचना-विधान बड़ा जटिल है। इसमें कुछ तो वे हैं जो ठंडे, शरीफ, तटस्थ, असहमत, महत्त्वाकांक्षी, परनिन्दक, मुफ्तखोर आदि हैं। ये परसाई के उस व्यंग्य के अधिकारी हैं, जिसकी सहचरी घृणा है। पर 'मैं नर्क से बोल रहा हूँ', 'भूख के स्वर' आदि ऐसी कहानियाँ हैं जिनमें परसाई अपने पात्रों के साथ खड़े नजर आते हैं। यहाँ भूख से मरनेवाला आदमी उस नैतिकता पर विचार कर रहा है जिस पर 'भरे पेटवाले' भी नहीं करते। चूहा, कुत्ता और बैल किसी तरह अपना पेट भर लेते हैं, मनुष्य नहीं भर पाता। मनुष्य होने की यह विडम्बना है कि वह न मनुष्य रह जाता है, न पशु बन पाता है। ऐसी स्थिति में परसाई का उपदेशक रूप उभरकर सामने आता है और वे अपने इन पात्रों के हक में सही-गलत, अच्छे-बुरे की नई मानवीय व्याख्या करते हैं। यह कहना जरूरी है कि यह उपदेशक रूप बहुत सर्जनात्मक एवं रचनात्मक होता है।

परसाई की रचनाओं में कई ऐसे भी हैं जो बड़े सक्रिय हैं, पर उनकी सारी सक्रियता में काँइयाँपन, स्वार्थ और अवसरवाद निहित हैं। 'वैष्णव की फिसलन' में वैष्णव के 'फिसलने' का कोई अन्त नहीं। 'साहब महत्त्वाकांक्षी' को देश की लत लग गई है और राष्ट्रीय होना उसके लिए फैशन है। 'देशभक्ति की पालिश' में 'देशभक्त' चाहता है कि आयकर विभाग बन्द हो जाए, वह देश के लिए चन्दा देने से बचने के लिए सड़क पर बैठकर 'देश के लिए पालिश' करने लगता है। परसाई ऐसे देशभक्तों की जगह-जगह खबर लेते हैं। परसाई इन्हें खूब पहचानते हैं, क्योंकि औरों की तरह 'सामने' से नहीं, 'कोण' से देखते हैं। सामान्य, भावुक, श्रद्धालु किस्म के लोग सामने से देखते हैं। परसाई के पास एक बेधक दृष्टि है जो सामने से देखने के साथ कोण से भी देख लेती है :

"कई सालों से मैं उन्हें सामने से देखता रहा और उनका यही पावन रूप मुझे दिखता। एक दिन मैंने कोण-से उनकी नाक को अनायास देख लिया और मेरे भीतर एक झटका-सा लगा। नाक सामने से कुछ और बताती थी और साइड से कुछ और। मुझे आज तक उनकी नाक का वह बाजू से देखना याद है। तब उनकी नाक कुटिल और क्रूर लगी थी। आदमी को समझने के लिए सामने से नहीं, कोण से देखना चाहिए। आदमी कोण से ही समझ में आता है।

उनका वह सहज, स्नेहिल मुखड़ा मुझे भयानक लगा। मैंने उनकी आँखों को फिर देखा। उनमें स्नेह के पीछे न जाने क्या-क्या छिपा था!" ('आचार्य जी, एक्सटेंशन और बागीचा')

परसाई के पास एक ऐसी नैतिक दृष्टि है जो गहरे पर्यवेक्षण, अनुभव, अध्ययन और वैचारिकता से बनी है। यह उन्हें साहसी तथा आत्मविश्वासी बनाती है, जो काइयाँ से काँइयाँपन में होड़ लेनेवाली भी है। हम उनके लेखन में बार-बार पाएँगे कि वे कुतर्कियों को यूँ ही बख्श नहीं देते, उनसे प्रतिस्पर्धा करते हैं और खदेड़ते हुए दूर तक उनके पीछे जाते हैं।

अभावग्रस्त जीवन की मार्मिकता के भी अनेक रूप परसाई-साहित्य में मिलते हैं; जैसे—'पैसे का खेल', 'रामदास', 'पड़ोसी के बच्चे', 'भूख के स्वर', 'सेवा का शौक', 'मैं नर्क से बोल रहा हूँ', 'अकाल उत्सव', 'कल्लू के जन्म का मरसिया', 'जिन्दगी और मौत', 'किताब का एक पन्ना' आदि और इस विषय में 'भोलराम का जीव' की उपेक्षा कैसे की जा सकती है?

परसाई श्रेष्ठ व्यंग्यकार इसलिए हैं कि वे केवल व्यंग्यकार ही नहीं हैं। हर स्थिति में व्यंग्य को नहीं बरतते; जब अनिवार्य होता है, तभी उसका उपयोग करते हैं। उनके यहाँ कई बार ऐसी स्थिति आती है कि वे व्यंग्य को भूल जाते हैं। होशंगाबाद के जल-प्रलय को देखकर लिखते हैं :

"व्यंग्य-लेखक ने देखा, तो सारा व्यंग्य भूल गया।"

उनकी कहानियों के अनेक पात्र ऐसे हैं जो जीवन की पीड़ा और संकट को बिना चीखे-चिल्लाए, चुपचाप अनुभावों से ही व्यक्त करते या कर पाते हैं। इसका सम्बन्ध परसाई के संवेदनशील-विचारधारायुक्त प्रगतिशील व्यक्तित्व से है जो उनके व्यंग्य नये रूपों में नैतिक और कलात्मक बनाता है। यह कला पाठक को प्रभावित करके नैतिकता की ओर उन्मुख करती है। इसलिए व्यंग्य को भूलना परसाई की क्षमता है। इस सन्दर्भ में भी वे कबीर के समान हैं। जब वे स्वार्थियों, शोषकों, भ्रष्टाचारियों, अहंकारियों, पाखंडियों, नैतिकता का मुखौटा लगाए व्यक्तियों का चित्रण करते हैं तो उनका रूप अलग होता है और सामान्य, शोषित, अभावग्रस्त, प्रतिकूल परिस्थितियों में पिस रहे लोगों का चित्रण करते समय एकदम बदल जाते हैं। यहाँ उनकी द्वंद्वात्मक दृष्टि तो बनी रहती है, पर व्यंग्यकार का रूप नेपथ्य में चला जाता है—यदि कहीं सामने रहता भी तो भिन्न रूप में।

परसाई की उन रचनाओं पर भी ध्यान दिया जाना चाहिए जिनमें निम्न-मध्यवर्गी घरों के लड़के-लड़कियाँ चुपचाप, प्रदर्शन किये बिना सहज रूप में परिवर्तनकारी भूमिका निभा रहे हैं और परसाई उनके साथ खड़े नजर आते हैं। 'कन्धे श्रवणकुमार के' में वे छोटे लड़के के पक्ष में खड़े हैं; क्योंकि उसके मन में सवाल उठते हैं, वह मोरध्वज के बेटे की तरह आरे से चिरना स्वीकार नहीं करता। यदि भीष्म की जगह वह होता तो शान्तनु से सवाल पूछता। वह नहीं चाहता कि आँखोंवालों का

जीवन अन्धों को ढोने में गुजर जाए। परसाई युवा पीढ़ी के पक्षधर तो हैं, पर उनकी तेज नजर जैसे हर क्षेत्र के बनावटीपन को दिखा देती है, वैसे ही इस पीढ़ी के अन्तर्विरोधों को भी प्रकट करती है। ऐसा करके वे उन्हें महत्त्व दिलाते हैं जो इसके अधिकारी तो हैं पर आत्मप्रचार नहीं करते।

परसाई बहुत पहले से सबाल्टर्न की परिस्थितियों और उसके संघर्षों को व्यक्त करते रहे हैं। साथ ही उसके जीवन-आचरण को महत्त्व देते रहे हैं। इनमें से एक 'फिर उसी नर्मदा मैया की जय' की केवट-कन्या है जो जल-प्रलय के समय डूबते लोगों की माँ हो जाती है और उन्हें बचा लेती है। यह परसाई के रचना-लोक का वह हिस्सा है जो नकारात्मक पात्रों की आचरण-भूमि से भिन्न है। इस वर्ग (हाशियाकृत) से अलग, लेकिन कुछ बातों के कारण इसके मेल में साहित्य के क्षेत्र में उनके यहाँ बालकृष्ण भट्ट, प्रेमचन्द, निराला, मुक्तिबोध हैं; राजनीति में गांधी जी, नेहरू, कृष्ण मेनन हैं; आदर्श अध्यापक केशव चन्द्र बग्गा हैं। कुल मिलाकर परसाई की ये रचनाएँ उनके रचना-संसार का दूसरा पक्ष प्रस्तुत करती हैं। इन रचनाओं में मामूली, सामान्य घरों के युवक-युवतियाँ और साहित्य-राजनीति के क्षेत्र के कुछ व्यक्तित्व मानवीयता और आचरण संहिता का आदर्श प्रस्तुत करते हैं। यह अमानवीयता के नीचे दबी मानवीय सम्भावनाओं का सर्जनात्मक-आग्रहपूर्वक प्रकटीकरण है जो पहले पक्ष का पूरक है और परसाई की रचनाओं के सौन्दर्य-बोध के ढाँचे को समझने में सहायक हैं।

हिन्दी में निबन्ध-लेखन की सशक्त परम्परा रही है। परसाई ने उस परम्परा को और सशक्त बनाया है। स्वाधीनता-आन्दोलन के भीतर अनेक लेखक और पत्रकार ऐसे थे जो सामाजिक-सांस्कृतिक कार्यकर्ता भी थे। परसाई को इनसे भी जोड़ा जा सकता है—उनका राजनीतिक कार्यकर्ता का रूप शामिल करके। वे जिस परम्परा या प्रवृत्ति से जुड़ते हैं, उसे बहुत समृद्ध करते हैं। आचार्य रामचन्द्र शुक्ल ने मनोविकारों पर सैद्धान्तिक लेख लिखे, परसाई की बहुत-सी रचनाएँ उन लेखों की न केवल उद्धरणी प्रस्तुत करती हैं, बल्कि मनोविकारों के विकास की दिशा की ओर भी संकेत करती हैं। शुक्ल जी का 'श्रद्धा-भक्ति' पढ़ें, फिर परसाई का 'विकलांग श्रद्धा का दौर' पढ़ें तो बात स्पष्ट हो जाएगी। बालमुकुन्द गुप्त के 'शिवशम्भु के चिट्ठे' का विकास परसाई के यहाँ मिलता है।

परसाई के अनेक निबन्ध ललित निबन्ध की श्रेणी में रखे जा सकते हैं, पर उन्होंने इस तरह के निबन्धों की दिशा बदल दी। वे लिखने के क्रम में समानान्तर सृष्टि करते चलते हैं। इस सृष्टि के भीतर परसाई का व्यक्तित्व, उनका भाव-बोध और उनकी विचारधारा अभिव्यक्त होते हैं। वे ऐसे निबन्धकार हैं जो जटिल-विषम समकालीन यथार्थ को ललित निबन्ध में निभा लेते हैं।

हरिशंकर परसाई ने हिन्दी कहानी को भी समृद्ध किया है। आज उनकी कई कहानियों को क्लासिक कहानियाँ माना जाता है। यह महत्त्व बड़े कहानीकारों के हिस्से ही आ पाता है। पंचतंत्र, बैताल पचीसी, रूपक कथाएँ, नीति कथाएँ, उदयभानचरित, फेबल्स, गोर्की, चेखव—कहानी कहने के लिए न जाने कितने सार्थक प्रयोग, शिल्प के कौशल और रणनीतियाँ उनके यहाँ मिलती हैं। निबन्धात्मक रचना हो या कथात्मक, उसका पहला ही वाक्य ऐसा अचूक होता कि पाठक उससे जुड़ जाता है। जैसे प्रेमचन्द अपने कथा-साहित्य में जगह-जगह लेखकीय टिप्पणियाँ करते हैं जो बड़ी मार्मिक और संगत होती हैं, वैसे ही परसाई भी अपनी कहानियों, कथात्मक निबन्धों में यह कौशल निभाते हैं। परसाई के पाठक जानते हैं कि इन्हीं टिप्पणियों में वे सूत्रवाक्य भी हैं जो मारक और आकर्षक होते हैं। परसाई की पठनीयता के आधार में भाषा की क्षेत्रीय विविध पात्रानुकूल छवियाँ, उलटबासियाँ, फैंटेसी, रूपक-विधान, प्रतीकात्मकता, विविध शैलियाँ, नाटकीयता और अनुभाव-चित्रण शामिल हैं। उनकी कई कहानियाँ साक्षात्कार तथा भेंटवार्ता की शैली में हैं। जाहिर है, उनकी इन रचनाओं की बड़ी विशेषता यह है कि ये पाठक को उसके समकालीन-प्रासंगिक पाठ के लिए आमंत्रित करती हैं।

अन्त में, यह कह देना जरूरी है कि इस संग्रह के माध्यम से हरिशंकर परसाई की सभी तरह की महत्त्वपूर्ण रचनाओं की प्रस्तुति का दावा नहीं है। पर इतना तो है कि यहाँ जितनी रचनाएँ हैं, वे महत्त्वपूर्ण हैं और परसाई के विविध रंगों का पता देती हैं।

—वेद प्रकाश

क्रम

कन्धे श्रवणकुमार के

एक सज्जन छोटे बेटे की शिकायत करते हैं—कहना नहीं मानता और कभी मुँहजोरी भी करता है। और बड़ा लड़का? वह तो बड़ा अच्छा है। पढ़-लिखकर अब कहीं नौकरी करता है। सज्जन के मत में दोनों बेटों में बड़ा फर्क है और यह फर्क कई प्रसंगों में उन्हें दिख जाता है। एक शाम का प्रसंग है। वे नियमित सन्ध्यावन्दन करते हैं (यानी शराब पीते हैं), कोई बुरा नहीं करते। बहुत लोग पीते हैं। गंगाजल खुलेआम पीते हैं, शराब छिपकर—यद्यपि शराब ज्यादा मजा देती है। आदमी बेमजा बात खुलकर करता है और बामजा को छिपकर, यानी सुख शर्म की बात मानी जाती है।

लेकिन बात उन सज्जन की उठी थी। उन्हें सोडा की जरूरत पड़ती है। बड़ा लड़का कहते ही फौरन किताब के पन्नों में पेंसिल रखकर सोडा लेने दौड़ जाता था। लाता छोटा भी है, पर फौरन नहीं उठता। पैराग्राफ पूरा करके उठता है। भारतीय पिता को यह अवज्ञा बरदाश्त नहीं। वह सीमान्तों पर सम्बन्ध रखता है। या तो बेटे को पीटेगा या उसके हाथ से पिटेगा। बीच की स्थिति उसे पसन्द नहीं। छोटा बेटा भी हरकत करता है। पिता जल्दी मचाते हैं, तो कह भी देता है, 'जाता तो हूँ!' उसके मन में सवाल और शंका भी उठती है। सोचता है—यह पिता फीस रोकर देता है, कपड़े बनवाना टालता जाता है, फिर यह नहीं सोचता कि इसे पढ़ाई के बीच से नहीं उठाना चाहिए।

बड़े लड़के के मन में कभी सवाल और शंका नहीं उठे। वह मेरी ही उम्र का होगा। उसने वही किताबें पढ़ी होंगी, जो मैंने पढ़ी थीं। हम सब गलत किताबों की पैदावार हैं। ये सवालों को मारने की किताबें थीं। स्कूल प्रार्थना से शुरू होता था, 'शरण में आए हैं हम तुम्हारी, दया करो हे दयालु भगवन!' क्यों शरण में आए हैं, किसके डर से आए हैं—कुछ नहीं मालूम। शरण में आने की ट्रेनिंग अक्षर-ज्ञान से पहले हो जाती थी। हमने गलत किताबें पढ़ीं और आँखों को उनमें जड़ दिया। छोटा लड़का दूसरी किताबें पढ़ता है और आँखें उनमें गड़ाता नहीं है, आसपास भी देख लेता है। वह अपनी आँखों को फूटने से बचाने की कोशिश कर रहा है।

इससे सारे पिता-स्वरूप लोग परेशान हैं—भौतिक पिता, गुरु, बड़े-बूढ़े, शासक और नेता। हमारी किताबों में पिता-स्वरूप लोग सवाल और शंका से ऊपर होते थे। शिष्य पक्षपाती गुरु को अँगूठा काटकर दे देता था और दोनों 'धन्य' कहलाते थे। अब शिष्य उपकुलपति से रिपोर्ट कर देता है कि अमुक अध्यापक शिष्यों के अँगूठे कटवाते हैं। यदि उपकुलपति ध्यान नहीं देते, तो वह विद्यार्थियों का जुलूस लेकर विश्वविद्यालय पर धावा बोल देता है।

हमें तो तीसरी कक्षा में ही उस भक्त की कथा पढ़ा दी गई थी, जो अपने पुत्र को आरे से चीरता है। कुछ लोगों के लिए आदमी और कद्दू में कोई फर्क नहीं। दोनों ही चीरे जा सकते हैं। उस भक्त का नाम मोरध्वज था। ऐसी सारी कथाओं का अन्त ऐसा होता है जिससे चिरनेवालों को प्रोत्साहन मिले। भगवान प्रकट होते हैं और जिस पार्टी का जो नुकसान हुआ है, पूरा कर देते हैं—मृत को जिला देते हैं; जायदाद चली गई है, तो वापस दिला देते हैं; किसी को मुआवजे के रूप में स्वर्ग भेज देते हैं। कथा के इस अन्त ने कितनी पीढ़ियों को आरे से चिरवा दिया होगा।

इस कथा पर न मैंने शंका की थी, न सज्जन के बड़े बेटे ने। मगर छोटा लड़का पूछेगा—पिताजी, चीरने से पहले यह बताइए कि भगवान इससे खुश होते हैं, इसका सबूत क्या है? फिर इसकी क्या गारंटी कि वे आ ही जाएँगे? उन्हें हजार काम लगे रहते हैं। फिर इसका क्या भरोसा कि वे कटे को जोड़ देते हैं? अगर यह सब हो भी, तो भी आपके सत्यकल्पित विश्वास आपके अपने हैं। उनके लिए आप अपने को कटवाइए और अपना हठ निभाइए। पहले जन्मे लोग अपनी सही-गलत मान्यता के लिए पीछे जन्मों को क्यों काटें? एक पीढ़ी के विश्वासों के लिए दूसरी पीढ़ी क्यों चीरी जाए?

लड़के मुँहजोरी करने लगे हैं। कम्बख्तों की किताबें बदल गई हैं। कोर्स इतनी जल्दी क्यों बदलने लगे हैं? बड़े लड़के से कह दिया था कि अपनी किताबें सँभालकर रखना, छोटे के काम आएँगी! पर किताबें बदल गईं। पुरानी किताबें किसी के काम नहीं आ रही हैं। एक ही किताब पीढ़ियों क्यों नहीं चलती?

पिताओं की यह चिन्ता है। बड़ा लड़का फौरन किताब में पेंसिल रखकर सोडा लेने भाग जाता था। छोटा पैराग्राफ पूरा करके उठता है।

भीष्म की कथा भी हमें तभी पढ़ा दी गई थी। हमने भीष्म को 'धन्य' कहा था। छोटा लड़का शान्तनु को 'धिक्कार' कहेगा। 'धन्य' और 'धिक्कार' की जगहें बदल गई हैं। लोगों को पता नहीं है। छोटा लड़का भीष्म से कहेगा—क्या तुमने भी वही किताबें पढ़ी थीं, जो हमारे बड़े भाई ने? तुम पिता से क्यों नहीं कह सके कि जीवन-भर के भोग के बाद भी आपकी लिप्सा बनी हुई है, तो मैं क्या करूँ? अपना संयम दे सकता, तो थोड़ा दे देता, जीवन कैसे दे दूँ?

राज्य से आप मुझे वंचित कर सकते हैं, पर मनुष्य का स्वाभाविक अधिकार मैं हरगिज नहीं छोड़ूँगा।

छोटा टिप्पणी करेगा—भीष्म ऐसा नहीं कह सके। उन्हें पिता ने आदमी से तीर चलानेवाली मशीन बना दिया। ऑटोमैटिक धनुष! महाभारत का यह सबसे भला, तेजस्वी, आदरणीय, ज्ञानी व्यक्ति सबसे दयनीय भी है।

मगर देख रहा हूँ कि श्रवणकुमार के कन्धे दुखने लगे हैं। वह काँवड़ हिलाने लगा है। काँवड़ में अन्धे परेशान हैं। विचित्र दृश्य है यह। दो अन्धे एक आँखवाले पर लदे हैं और उसे चला रहे हैं। जीवन से कट जाने के कारण एक पीढ़ी दृष्टिहीन हो जाती है, तब वह आगामी पीढ़ी के ऊपर लद जाती है। अन्धी होते ही उसे तीर्थ सूझने लगते हैं। वह कहती है—हमें तीर्थ ले चलो। इस क्रियाशील जन्म का भोग हो चुका है। हमें आगामी जन्म के भोग के लिए पुण्य का एडवांस देना है। आँखवाले की जवानी अन्धों को ढोने में गुजर जाती है। वह अन्धों के बताए रास्ते पर चलता है। उसका निर्णय और निर्वाचन का अधिकार चला जाता है। उसकी आँखें रास्ता नहीं खोजतीं, सिर्फ राह के काँटे बचाने के काम आती हैं।

कितनी काँवड़ें हैं—राजनीति में, साहित्य में, कला में, धर्म में, शिक्षा में! अन्धे बैठे हैं और आँखवाले उन्हें ढो रहे हैं। अन्धे में अजब काँइयाँपन आ जाता है। वह खरे और खोटे सिक्के को पहचान लेता है। पैसे सही गिन लेता है। उसमें टटोलने की क्षमता आ जाती है। वह पद टटोल लेता है, पुरस्कार टटोल लेता है, सम्मान के रास्ते टटोल लेता है। बैंक का चेक टटोल लेता है। आँखवाले जिन्हें नहीं देख पाते, उन्हें वह टटोल लेता है।

नये अन्धों के तीर्थ भी नये हैं। वे काशी, हरिद्वार, पुरी नहीं जाते। इस काँवड़वाले अन्धे से पूछो—कहाँ ले चलें? वह कहेगा—तीर्थ! कौन-सा तीर्थ? जवाब देगा—कैबिनेट! मंत्रिमंडल! उस काँवड़वाले से पूछो, तो वह भी तीर्थ जाने को प्रस्तुत है। कौन-सा तीर्थ चलेंगे आप? जवाब मिलेगा—अकादमी, विश्वविद्यालय!

मगर काँवड़ें हिलने लगी हैं। ढोनेवालों के मन में शंका पैदा होने लगी है। वे झटका देते हैं, तो अन्धे चिल्लाते हैं—अरे पापी! यह क्या करते हो? क्या हमें गिरा दोगे? और ढोनेवाला कहता है—अपनी शक्ति और जीवन हम अन्धों को ढोने में नहीं गुजारेंगे। तुम एक जगह बैठो। माला जपो। आदर लो, रक्षण लो। हमें अपनी इच्छा से चलने दो। अनुभव दे दो, दृष्टि मत दो। वह हम कमा लेंगे।

राजनीति, साहित्य आदि तो बड़े प्रगट क्षेत्र हैं। अप्रगट रूप से भी, विभिन्न क्षेत्रों में श्रवणकुमार काँवड़ उतारने के लिए हिला रहे हैं। वे किन्हीं विश्वासों की आरी से चिरने को तैयार नहीं हैं। मैं कॉफी हाउस के कोने में बैठे उस युवक की बात नहीं कर रहा हूँ, जिसने गुस्से में दाढ़ी बढ़ा ली है, जैसे उसकी दाढ़ी एक खास साइज और आकार की होते ही क्रान्ति हो जाएगी! बढ़ी दाढ़ी, ड्रेन पाइप

और 'सो ह्वाट' वालों से यह नहीं हो रहा है। चुस्त कपड़े, हेयर स्टाइल और 'ओ वंडरफुल' वालियों से भी यह नहीं हो रहा है। ये तो न विश्वास में सच्चे, न शंका में। यह बिना प्रदर्शन और शोर-शराबे के घरों और परिवारों में हो रहा है। सुशील, विनम्र और आज्ञाकारी युवक-युवती काँवड़ें उतारने लगे हैं, किसी के विश्वास के आरे से कटने से इनकार करने लगे हैं। एक परिचित हैं, जिनका ज्योतिष में विश्वास है। उनकी शिक्षिता जवान लड़की है। जिससे वह शादी करना चाहती थी, उससे ग्रह नहीं मिले। एक-दो और योग्य वरों से मिलान किया, पर ग्रह यहाँ भी नहीं मिले। उसके ग्रहों ने किसी नालायक से मिलने के लिए स्थिति सँभाली होगी। लड़की एक-दो साल घुटती रही। एक दिन उसने नम्रता से परिवार से कह दिया—'आप लोगों का इस ज्योतिष में विश्वास है, पर मेरा नहीं है। जो मेरा विश्वास ही नहीं है, उस पर मेरा बलिदान नहीं होना चाहिए।' परिवार कुछ देर तो चमत्कृत रहा, फिर उसकी इच्छा से शादी कर दी।

देख रहा हूँ कि मोरध्वज का आरा छीनकर फेंका जा रहा है। श्रवणकुमार के कन्धे दुखने लगे हैं। वह काँवड़ को उतारकर रखने लगा है।

वे सज्जन परेशान हैं। छोटा लड़का पैराग्राफ पूरा करके उठता है। बड़ा तो फौरन पेंसिल रखकर दौड़ जाता था।

निन्दा-रस

'क' कई महीने बाद आए थे। सुबह चाय पीकर अखबार देख रहा था कि वे तूफान की तरह कमरे में घुसे; 'साइक्लोन' की तरह मुझे अपनी भुजाओं में जकड़ा। मुझे धृतराष्ट्र की भुजाओं में जकड़े भीम के पुतले की याद आ गई। वह धृतराष्ट्र की ही जकड़ थी। अन्धे धृतराष्ट्र ने टटोलते हुए पूछा—'कहाँ है भीम? आ बेटा, तुझे कलेजे से लगा लूँ।' और जब भीम का पुतला उनकी पकड़ में आ गया, तो उन्होंने प्राणघाती स्नेह से उसे जकड़कर चूर कर डाला।

ऐसे मौके पर हम अक्सर अपने पुतले को अँकवार में दे देते हैं; हम अलग खड़े देखते रहते हैं। 'क' से क्या मैं गले मिला? क्या मुझे उसने समेटकर कलेजे से लगा लिया? हरगिज नहीं। मैंने अपना पुतला ही उसे दिया। पुतला इसलिए उसकी भुजाओं में सौंप दिया कि मुझे मालूम था कि मैं धृतराष्ट्र से मिल रहा हूँ।

पिछली रात को एक मित्र ने बताया कि 'क' अपनी ससुराल आया है और 'ग' के साथ बैठकर शाम को दो-तीन घंटे तुम्हारी निन्दा करता रहा। इस सूचना के बाद जब आज सवेरे वह मेरे गले लगा तो मैंने शरीर से अपने मन को चुपचाप खिसका दिया और नि:स्नेह, कँटीली देह उसकी बाँहों में छोड़ दी। भावना के अगर काँटे होते तो उसे मालूम होता कि वह नागफनी को कलेजे से चिपटाए है। छल का धृतराष्ट्र जब आलिंगन करे, तो पुतला ही आगे बढ़ाना चाहिए।

पर वह मेरा दोस्त अभिनय में पूरा है। उसके आँसू-भर नहीं आए, बाकी मिलन के हर्षोल्लास के सब चिह्न प्रगट हो गए—वह गहरी आत्मीयता की जकड़, नयनों से छलकता वह असीम स्नेह और वह स्नेह-सिक्त वाणी।

बोला—'अभी सुबह गाड़ी से उतरा और एकदम तुमसे मिलने चला आया, जैसे आत्मा का एक खंड दूसरे खंड से मिलने को आतुर रहता है।' आते ही झूठ बोला कम्बख्त—कल का आया है, यह मुझे मेरा मित्र बता गया था। इस झूठ में कोई प्रयोजन शायद उसका न रहा हो। कुछ लोग बड़े निर्दोष मिथ्यावादी होते हैं; वे आदतन, प्रकृति के वशीभूत झूठ बोलते हैं। उनके मुख से निष्प्रयास,

निष्प्रयोजन झूठ ही निकलता है। मेरे एक रिश्तेदार ऐसे हैं। वे अगर बम्बई जा रहे हैं और उनसे पूछें, तो वे कहेंगे—'कलकत्ता जा रहा हूँ।' ठीक बात उनके मुँह से निकल ही नहीं सकती। 'क' भी बड़ा निर्दोष, सहज-स्वाभाविक मिथ्यावादी है।

वह बैठा। 'कब आए? कैसे हो?'—वगैरह के बाद उसने 'ग' की निन्दा आरम्भ कर दी। मनुष्य के लिए जो भी कर्म जघन्य हैं, वे सब 'ग' पर आरोपित करके उसने ऐसे गाढ़े काले तारकोल से उसकी तसवीर खींची कि मैं यह सोचकर काँप उठा कि ऐसी ही काली तसवीर मेरी 'ग' के सामने इसने कल शाम को खींची होगी।

सुबह की बातचीत के इस 'एजेंडा' में 'ग' प्रमुख विषय था। फिर तो जिस परिचित की बात निकल आती, उसी को चार-छह वाक्यों से धराशायी करके वह बढ़ देता।

अद्‌भुत है मेरा मित्र। उसके पास दोषों का 'कैटलॉग' है। मैंने सोचा कि जब यह हर परिचित की निन्दा कर रहा है, तो क्यों न मैं लगे हाथ अपने विरोधियों की 'गत' इसके हाथों करा लूँ? मैं अपने विरोधियों का नाम लेता गया और वह उन्हें निन्दा की तलवार से काटता चला। जैसे लकड़ी चीरने की आरा मशीन के नीचे मजदूर लकड़ी का लट्ठा खिसकाता जाता है और वह चिरता जाता है, वैसे ही मैंने विरोधियों के नाम एक-एक कर खिसकाए और वह उन्हें काटता गया—'फलाँ चापलूस है...अमुक नम्बर एक व्यभिचारी है...अमुक अपनी औरत को अफसरों के यहाँ भेजकर तरक्की पाता है।' कैसा आनन्द था! दुश्मनों को रण-क्षेत्र में एक के बाद एक कटकर गिरते हुए देखकर योद्धा को ऐसा ही सुख होता होगा।

मेरे मन में गत रात्रि के उस निन्दक मित्र के प्रति मैल नहीं रहा। दोनों एक हो गए। भेद तो रात्रि के अन्धकार में ही मिटता है; दिन के उजाले में भेद स्पष्ट हो जाते हैं। निन्दा का ऐसा ही भेदनाशक अँधेरा होता है। तीन-चार घंटे बाद, जब वह विदा हुआ, तो हम लोगों के मन में ऐसी शान्ति और तुष्टि थी, जैसे चर्च से निकलते हुए धार्मिक ईसाई के मन में होती है।

निन्दा की ऐसी ही महिमा है। दो-चार निन्दकों को एक जगह बैठकर निन्दा में निमग्न देखिए और तुलना कीजिए दो-चार ईश्वर-भक्तों से, जो रामधुन लगा रहे हैं। निन्दकों की-सी एकाग्रता, परस्पर आत्मीयता, निमग्नता भक्तों में दुर्लभ है। इसीलिए संतों ने निन्दकों को 'आँगन कुटी छवाय'—पास रखने की सलाह दी है।

कुछ 'मिशनरी' निन्दक मैंने देखे हैं। उनका किसी से बैर नहीं, द्वेष नहीं। वे किसी का बुरा नहीं सोचते। पर चौबीसों घंटे वे निन्दा-कर्म में बहुत पवित्र भाव से लगे रहते हैं। उनकी नितान्त निर्लिप्तता, निष्पक्षता इसी से मालूम होती है कि वे प्रसंग आने पर अपने बाप की पगड़ी भी उसी आनन्द से उछालते हैं, जिस आनन्द से अन्य लोग दुश्मन की। निन्दा इनके लिए 'टॉनिक' होती है। हमारी एक पड़ोसिन वृद्धा बीमार पड़ी थीं। हमसे पानी माँगकर पीती थीं—उठा नहीं जाता था। सहसा किसी ने आकर कहा कि पड़ोसी डॉक्टर साहब की लड़की किसी के साथ भाग गई।

बस, चाची एकदम उठीं और काँखते-काँखते दो-चार पड़ोसियों को यह शुभ संवाद अपने व्यक्तिगत 'कमेंट' के साथ सुना आईं। उस दिन से उनकी हालत सुधरने लगी।

ट्रेड यूनियन के इस जमाने में निन्दकों के संघ बन गए हैं। संघ के सदस्य जहाँ-तहाँ से खबरें लाते हैं और अपने संघ के प्रधान को सौंपते हैं। यह कच्चा माल हुआ। अब प्रधान उनका पक्का माल बनाएगा और सब सदस्यों को 'बहुजन हिताय' मुफ्त बाँटने के लिए दे देगा। उत्पादन की इस प्रक्रिया को यों समझ सकते हैं—एक सदस्य ने कहा कि विमला और नरेन्द्र ने चुपचाप शादी कर ली। यह कच्चा माल हुआ। अब पक्का माल जो बनेगा, वह यह होगा—विमला को पाँच-छ: माह का गर्भ था, इसलिए जल्दी से घबड़ाकर ब्याह कर लिया। यह फुरसत का काम है, इसलिए जिनके पास कुछ और करने को नहीं होता, वे इसे बड़ी खूबी से करते हैं।

एक दिन हमसे एक ऐसे संघ के अध्यक्ष ने कहा—'यार, आजकल लोग तुम्हारे बारे में बहुत बुरा-बुरा कहते हैं।' हमने कहा—'आपके बारे में मुझसे कोई भी बुरा नहीं कहता। लोग जानते हैं कि आपके कानों के घूरे में इस तरह का कचरा मजे में डाला जा सकता है।'

ईर्ष्या-द्वेष से प्रेरित निन्दा भी होती है। लेकिन इसमें वह मजा नहीं जो मिशनरी भाव से निन्दा करने में आता है। इस प्रकार का निन्दक बड़ा दुखी होता है, ईर्ष्या-द्वेष से चौबीसों घंटे जलता है और निन्दा का जल छिड़ककर कुछ शान्ति अनुभव करता है। ऐसा निन्दक बड़ा दयनीय होता है। अपनी अक्षमता से पीड़ित वह बेचारा दूसरे की सक्षमता के चाँद को देखकर सारी रात श्वान-जैसा भौंकता है। ईर्ष्या-द्वेष से प्रेरित निन्दा करनेवाले को कोई दंड देने की जरूरत नहीं है। वह निन्दक बेचारा स्वयं दंडित होता है। आप चैन से सोइए और वह जलन के कारण सो नहीं पाता। उसे और क्या दंड चाहिए? निरन्तर अच्छे काम करते जाने से उसका दंड भी सख्त होता जाता है। जैसे एक कवि ने एक अच्छी कविता लिखी, ईर्ष्याग्रस्त निन्दक को कष्ट होगा। अब अगर एक और अच्छी लिख दी, तो उसका कष्ट दुगुना हो जाएगा।

निन्दा का उद्गम ही हीनता और कमजोरी से होता है। मनुष्य अपनी हीनता से दबता है। वह दूसरों की निन्दा करके ऐसा अनुभव करता है कि वे सब निकृष्ट हैं और वह उनसे अच्छा है। उसके अहं की इससे तुष्टि होती है। बड़ी लकीर को कुछ मिटाकर छोटी लकीर बड़ी बनती है। ज्यों-ज्यों कर्म क्षीण होता जाता है, त्यों-त्यों निन्दा की प्रवृत्ति बढ़ती जाती है। कठिन कर्म ही ईर्ष्या-द्वेष और इनसे उत्पन्न निन्दा को मारता है। इन्द्र बड़ा ईर्ष्यालु माना जाता है क्योंकि वह निठल्ला है। स्वर्ग में देवताओं को बिना उगाया अन्न, बे-बनाया महल और बिन-बोए फल मिलते हैं। अकर्मण्यता में उन्हें अप्रतिष्ठित होने का भय बना रहता है, इसलिए कर्मी मनुष्यों से उन्हें ईर्ष्या होती है।

निन्दा कुछ लोगों की पूँजी होती है। बड़ा लम्बा-चौड़ा व्यापार फैलाते हैं वे इस पूँजी से। कई लोगों की 'रिसपेक्टेबिलिटी' (प्रतिष्ठा) ही दूसरों की कलंक-कथाओं के पारायण पर आधारित होती है। बड़े रस-विभोर होकर वे जिस-तिस की सत्य-कल्पित कलंक-कथा सुनाते हैं और स्वयं को पूर्ण संत समझने-समझाने की तुष्टि का अनुभव करते हैं।

आप इनके पास बैठिए और सुन लीजिए—'बड़ा खराब जमाना आ गया। तुमने सुना? फलाँ...और अमुक...।' अपने चरित्र पर आँख डालकर देखने की इन्हें फुरसत नहीं होती। चेख़व की एक कहानी याद आ रही है। एक स्त्री किसी सहेली के पति की निन्दा अपने पति से कर रही है। वह बड़ा उचक्का-दगाबाज आदमी है। बेईमानी से पैसा कमाता है। कहती है कि मैं उस सहेली की जगह होती तो ऐसे पति को त्याग देती। तब उसका पति उसके सामने यह रहस्य खोलता है कि वह स्वयं बेईमानी से इतना पैसा कमाता है। सुनकर स्त्री स्तब्ध रह जाती है। क्या उसने पति को त्याग दिया? जी हाँ, वह दूसरे कमरे में चली गई।

कभी-कभी ऐसा भी होता है कि हममें जो करने की क्षमता नहीं है, वह यदि कोई करता है तो हमारे पिलपिले अहं को धक्का लगता है। हममें हीनता और ग्लानि आती है। तब हम उसकी निन्दा करके उससे अपने को अच्छा समझकर तुष्ट होते हैं।

उस मित्र की मुलाकात के करीब दस-बारह घंटे बाद यह सब मन में आ रहा है। अब कुछ तटस्थ हो गया हूँ। सुबह जब उसके साथ बैठा था तब मैं स्वयं निन्दा के 'काला सागर' में डूबता-उतराता था, कलोल कर रहा था। बड़ा रस है न निन्दा में! सूरदास ने इसलिए इसे 'निन्दा सबद रसाल' कहा है।

प्रेमचन्द के फटे जूते

प्रेमचन्द का एक चित्र मेरे सामने है। पत्नी के साथ फोटो खिंचा रहे हैं। सिर पर किसी मोटे कपड़े की टोपी, कुरता और धोती पहिने हैं। कनपटी चिपकी है, गालों की हड्डियाँ उभर आई हैं, पर घनी मूँछें चेहरे को भरा-भरा बतलाती हैं।

पाँवों में केनवस के जूते हैं, जिनके बन्द बेतरतीब बँधे हैं। लापरवाही से उपयोग करने पर बन्द के सिरों पर ही लोहे की पतरी निकल जाती है और छेदों में बन्द डालने में परेशानी होती है। तब बन्द कैसे भी कस लिये जाते हैं।

दाहिने पाँव का जूता ठीक है, मगर बाएँ जूते में बड़ा छेद हो गया है, जिसमें से अँगुली बाहर निकल आई है।

मेरी दृष्टि इस जूते पर अटक गई है। सोचता हूँ—फोटो खिंचाने की अगर यह पोशाक है, तो पहिनने की कैसी होगी? नहीं, इस आदमी की अलग-अलग पोशाकें नहीं होंगी—इसमें पोशाकें बदलने का गुण नहीं है। यह जैसा है, वैसा ही फोटो में खिंच जाता है।

मैं चेहरे की तरफ देखता हूँ। क्या तुम्हें मालूम है मेरे साहित्यिक पुरखे, कि तुम्हारा जूता फट गया है और अँगुली बाहर दिख रही है? क्या तुम्हें इसका जरा भी अहसास नहीं है? जरा लज्जा, संकोच या झेंप नहीं है? क्या तुम इतना भी नहीं जानते कि धोती को थोड़ा नीचे खींच लेने से अँगुली ढक सकती है? मगर फिर भी तुम्हारे चेहरे पर बड़ी बेपरवाही, बड़ा विश्वास है! फोटोग्राफर ने जब 'रेडी-प्लीज' कहा होगा, तब परम्परा के अनुसार तुमने मुसकान लाने की कोशिश की होगी, दर्द के गहरे कुएँ के तल में कहीं पड़ी मुसकान को धीरे-धीरे खींचकर ऊपर निकाल रहे होंगे कि बीच में ही 'क्लिक' करके फोटोग्राफर ने 'थैंक यू' कह दिया होगा। विचित्र है यह अधूरी मुसकान। यह मुसकान नहीं है, इसमें उपहास है, व्यंग्य है!

यह कैसा आदमी है, जो खुद तो फटे जूते पहिने फोटो खिंचा रहा है, पर किसी पर हँस भी रहा है?

फोटो ही खिंचाना था, तो ठीक जूते पहिन लेते, या न खिंचाते। फोटो न खिंचाने से क्या बिगड़ता था! शायद पत्नी का आग्रह रहा हो और तुम, 'अच्छा, चल भई' कहकर बैठ गए होंगे। मगर यह कितनी बड़ी 'ट्रेजेडी' है कि आदमी के पास फोटो खिंचाने को भी जूता न हो! मैं तुम्हारा यह फोटो देखते-देखते, तुम्हारे क्लेश को अपने भीतर महसूस करके जैसे रो पड़ना चाहता हूँ, मगर तुम्हारी आँखों का यह तीखा दर्द-भरा व्यंग्य मुझे एकदम रोक देता है।

तुम फोटो का महत्त्व नहीं समझते। समझते होते, तो किसी से फोटो खिंचाने के लिए जूते माँग लेते। लोग तो माँगे के कोट से वर-दिखाई करते हैं। और माँगे की मोटर से बारात निकालते हैं। फोटो खिंचाने के लिए तो बीवी तक माँग ली जाती है, तुमसे जूते ही माँगते नहीं बने? तुम फोटो का महत्त्व नहीं जानते। लोग तो इत्र चुपड़कर फोटो खिंचाते हैं जिससे फोटो में खुशबू आ जाए। गन्दे-से-गन्दे आदमी का फोटो भी खुशबू देता है।

टोपी आठ आने में मिल जाती है और जूते उस जमाने में भी पाँच रुपये से कम में क्या मिलते होंगे! जूता हमेशा टोपी से कीमती रहा है। अब तो जूते की कीमत और बढ़ गई है और एक जूते पर पचीसों टोपियाँ न्योछावर होती हैं। तुम भी जूते और टोपी के आनुपातिक मूल्य के मारे हुए थे। यह विडम्बना मुझे इतनी तीव्रता से पहिले कभी नहीं चुभी, जितनी आज चुभ रही है जब मैं तुम्हारा फटा जूता देख रहा हूँ। तुम महान कथाकार, उपन्यास-सम्राट, युग-प्रवर्तक, जाने क्या-क्या कहलाते थे, मगर फोटो में भी तुम्हारा जूता फटा हुआ है।

मेरा जूता भी कोई अच्छा नहीं है। यों ऊपर से अच्छा दिखता है। अँगुली बाहर नहीं निकलती, पर अँगूठे के नीचे तला फट गया है। अँगूठा जमीन से घिसता है और पैनी गिट्टी पर कभी रगड़ खाकर लहूलुहान भी हो जाता है। पूरा तला गिर जाएगा, पूरा पंजा छिल जाएगा, मगर अँगुली बाहर नहीं दिखेगी। तुम्हारी अँगुली दिखती है, पर पाँव सुरक्षित है। मेरी अँगुली ढकी है, पर पंजा नीचे घिस रहा है। तुम पर्दे का महत्त्व ही नहीं जानते, हम पर्दे पर कुर्बान हो रहे हैं!

तुम फटा जूता बड़े ठाठ से पहिने हो! मैं ऐसे नहीं पहिन सकता। फोटो तो जिन्दगी-भर इस तरह नहीं खिंचाऊँ, चाहे कोई जीवनी बिना फोटो के ही छाप दे।

तुम्हारी यह व्यंग्य-मुसकान मेरे हौसले पस्त कर देती है। क्या मतलब है इसका? कौन-सी मुसकान है यह?

क्या होरी का गोदान हो गया?

क्या 'पूस की रात' में सूअर हलकू का खेत चर गए?

क्या सुजान भगत का लड़का मर गया; क्योंकि डॉक्टर क्लब छोड़कर नहीं आ सकते?

नहीं, मुझे लगता है, माधो औरत के कफन के चन्दे की शराब पी गया। वही मुसकान मालूम होती है।

मैं तुम्हारा जूता फिर देखता हूँ। कैसे फट गया यह, मेरी जनता के लेखक?

क्या बहुत चक्कर काटते रहे?

क्या बनिये के तगादे से बचने के लिए मील-दो मील का चक्कर लगाकर घर लौटते रहे?

चक्कर लगाने से जूता फटता नहीं है, घिस जाता है। कुम्भनदास का जूता भी फतेहपुर सीकरी जाने-आने में घिस गया था। उसे बड़ा पछतावा हुआ। उसने कहा—'आवत जात पन्हैया घिस गई, बिसर गयो हरि नाम।'

और ऐसे बुलाकर देनेवालों के लिए कहा था—'जिनके देखे दुख उपजत है, तिनको करबो परै सलाम!'

चलने से जूता घिसता है, फटता नहीं है। तुम्हारा जूता कैसे फट गया?

मुझे लगता है, तुम किसी सख्त चीज को ठोकर मारते रहे हो। कोई चीज जो परत-पर-परत सदियों से जमती गई है, उसे शायद तुमने ठोकर मार-मारकर अपना जूता फाड़ लिया। कोई टीला जो रास्ते पर खड़ा हो गया था, उस पर तुमने अपना जूता आजमाया।

तुम उसे बचाकर, उसके बगल से भी तो निकल सकते थे। टीलों से समझौता भी तो हो जाता है। सभी नदियाँ पहाड़ थोड़े ही फोड़ती हैं, कोई रास्ता बदलकर, घूमकर भी तो चली जाती है।

तुम समझौता कर नहीं सके। क्या तुम्हारी भी वही कमजोरी थी, जो होरी को ले डूबी—वही 'नेम-धरम' वाली कमजोरी? 'नेम-धरम' उसकी भी जंजीर थी। मगर तुम जिस तरह मुसकरा रहे हो, उससे लगता है कि शायद 'नेम-धरम' तुम्हारा बन्धन नहीं था, तुम्हारी मुक्ति थी!

तुम्हारी यह पाँव की अँगुली मुझे संकेत करती-सी लगती है। जिसे तुम घृणित समझते हो, उसकी तरफ हाथ की नहीं, पाँव की अँगुली से इशारा करते हो?

तुम क्या उसकी तरफ इशारा कर रहे हो, जिसे ठोकर मारते-मारते तुमने जूता फाड़ लिया?

मैं समझता हूँ। तुम्हारी अँगुली का इशारा भी समझता हूँ और यह व्यंग्य-मुसकान भी समझता हूँ।

तुम मुझ पर या हम सभी पर हँस रहे हो—उन पर, जो अँगुली छिपाए और तलुआ घिसाए चल रहे हैं; उन पर, जो टीले को बरकाकर बाजू से निकल रहे हैं। तुम कह रहे हो—मैंने तो ठोकर मार-मारकर जूता फाड़ लिया, अँगुली बाहर निकल आई, पर पाँव बच रहा और मैं चलता रहा, मगर तुम अँगुली को ढाँकने की चिन्ता में तलुवे का नाश कर रहे हो। तुम चलोगे कैसे?

मैं समझता हूँ। मैं तुम्हारे फटे जूते की बात समझता हूँ। अँगुली का इशारा समझता हूँ। तुम्हारी व्यंग्य-मुसकान समझता हूँ!

कर कमल हो गए

पिछले महीने से अपने हाथ भी कमल हो गए हैं। मेरे पास तीन कॉलेजों के समारोहों के निमंत्रण-पत्र रखे हैं, जिनमें श्रीमान या श्रीमती जी से कहा गया है कि उद्घाटन इस अकिंचन के कर-कमलों से होगा। यह मैं कर भी आया। चरण-कमलों से मंच पर चढ़ा, कमल-नयनों से लोगों को देखा, कर-कमलों से फीता काटा और मुख-कमल से भाषण दे डाला। उन लोगों ने सिर्फ हाथों को कमल कहा था, मैंने शरीर-भर को कमल बना लिया। ऐसा देवताओं का होता था। राम के तो नाखून तक कमल के थे। देवताओं का एक काम तो मैं भी करता हूँ। आकाशवाणी करता हूँ। रेडियो से बोलता हूँ और रेडियो का हिन्दी नाम आकाशवाणी है। यों मैं विनोबा भावे से ज्यादा गांधी जी के रास्ते पर चलता हूँ। जिस रास्ते से रोज निकलता हूँ, उसका नाम ही महात्मा गांधी मार्ग है। नाम से आदमी तर जाता है, उल्टे नाम तक से तर जाता है। कोई 'मरा-मरा' चिल्ला रहा था तो राम ने उसे सीधा स्वर्ग भेज दिया। बड़े आदमी छोटा एहसान करके 'प्रोपेगेंडा स्टंट' साधते हैं, वैष्णव इस स्टंट को समझे ही नहीं और स्तुति गाने लगे।

मेरे एक दोस्त के कर भी कमल हो गए हैं—मुझसे कुछ बेहतर क्वालिटी के, क्योंकि वे पाँच उद्घाटन इस मौसम में कर चुके हैं। वे मेरे हाथ उलट-पलटकर देखते हैं, और मैं उनके देखता हूँ। वे कहते हैं—'यार, दोनों के हाथ एकाएक कमल कैसे हो गए? यह क्या बात है?'

सचमुच यह बात क्या है? मैंने भरसक कोशिश की है कि हाथ कमल न हो जाएँ। हथेली पर मैंने काँटे बोए हैं। मगर न जाने क्या हुआ कि कर एकाएक कमल हो गए। अब मैं परेशान हूँ। जिनके हाथ मुझसे पहले कमल हो गए थे, उनकी दुर्दशा मैं देख रहा हूँ। वे कर-कमलों से उद्घाटन करने जाते हैं, और मुख-कमल खोलते हैं, तो माइक की तबीयत चाँटा जड़ देने की होती है। अभी वह जब्त किये है, पर एक वक्त ऐसा आएगा जब माइक मुख-कमल में घुसकर टेटरी बन्द कर देगा।

कर-कमलवाले मुँह खोलते हैं कि लड़के चिल्लाते हैं—'भाषण नहीं, नौकरी दो!' वे सँभलकर कहते हैं—'यह देश तुम युवकों का है।' लड़के चिल्लाते हैं—'बकवास बन्द करो।' वे कहते हैं—'इस देश का तुम्हें निर्माण करना है।' लड़के कहते हैं—'चुप रह बे!' वे कहते हैं—'हमें तुमसे बड़ी-बड़ी आशाएँ हैं।' लड़के चिल्लाते हैं—'शटअप!' फिर घेराव, नारे, जूता-फेंक और कभी पिटाई भी।

ये कमल अब कॉलेजों में जाने से डरने लगे हैं। उद्घाटन करनेवालों का टोटा पड़ने लगा था। जूता मारने को कमल तो चाहिए ही। अब मुझ जैसे लोगों के कर-कमल बना दिये गए हैं। सार्वजनिक जिन्दगी में एक ऐसा वक्त आता है, जब आदमी कमल हो जाता है। फिर ऐसा वक्त आता है, जब कमल पर जूते पड़ते हैं।

अखबार में यह जिनका चित्र है, उनके हाथ पिछले पन्द्रह सालों से कमल हैं।

सैकड़ों निमंत्रण-पत्र इसके प्रमाण हैं। कल ही एक विश्वविद्यालय में अच्छी-अच्छी बातें कहते हुए वे पिट गए। आजकल देख रहा हूँ कि अच्छी बातें कहनेवाले ज्यादा पिट रहे हैं। अब अच्छी बातें कहने का हक किसी को लोग देना नहीं चाहते। जिस देश में अच्छी बातें कहने से आदमी पिट जाए, उसमें अच्छी बात कहनेवालों ने क्या गजब न किया होगा?

कल मुख-कमल से अच्छी बातें कहते हुए जो पिट गए थे, वे इस चित्र में मुसकराते हुए पालम हवाई अड्डे पर विदेशी अतिथि का स्वागत कर रहे हैं। विदेशी राज-अतिथि की मुसकान इतनी अच्छी है कि लगता है, वे भी अपने देश में पिटकर हवाई जहाज में बैठे होंगे। बिना पिटे ऐसी अच्छी मुसकान नहीं आ सकती, यह हमारा पिटकर मुसकानेवाला बता रहा है। इस देश में यह बड़ी अजब बात है कि जो जितना पिटता है, वह उतना ही अच्छा मुसकराता है।

विदेशी राज-अतिथि से अपना यह कमलवाला क्या कह रहा है? वह जो कहता है, अखबारों में नहीं छपता। वह कहता है—'साहब, हमारी शर्म अब बीस-बाईस साल की जवान लड़की हो गई है। मगर वह नंगी रहती है। जब आप आते हैं तो आपकी मुसकान की रेशमी साड़ी अपनी नंगी शर्म को पहनाकर आपके सामने पेश करते हैं। आप इससे शादी कर लीजिए, यह पूर्ण शीलवती है। हमने हर चीज का शील-भंग हो जाने दिया है, पर शर्म के शील की रक्षा की है!'

इसके बाद वह अपने कर-कमलों से दो दर्शनी हुंडियाँ निकालेगा—एक चीन की और दूसरी पाकिस्तान की और फौरन भुगतान करा लेगा। फिर वह किसी जादू से चीन और पाकिस्तान के बच्चों को डराने के 'बाबा' बना लेगा। बच्चे भूख के कारण रोएँगे, तो वह कहेगा—'चुप, सो जा। बाबा आ रहे हैं। चीन और पाकिस्तान पकड़कर ले जाएँगे।' बच्चे डर से भूख को मारकर सो जाएँगे।

विदेशी फिर कहेगा—'आपके देश की महान संस्कृति है।' अपना कमल कहेगा—'संस्कृति की हड्डी को अब कुत्ते चबाते घूम रहे हैं। संस्कृति की हड्डी कुत्ते का जबड़ा फोड़कर उसका खून उसी को स्वाद से चटवा रही है। हाँ, हम विश्व-बन्धुत्व भी मानते हैं, यानी अपने भाई के सिवा बाकी दुनिया-भर को भाई मानते हैं।'

ये कमल अब पुलिस की सुरक्षा में मिलते हैं। यह नई किस्म का कमल इस देश में पैदा हुआ है, जो तभी खिलता है, जब आसपास पुलिस हो। वनस्पतिशास्त्रियों को इसका अध्ययन करना चाहिए। नृतत्त्वशास्त्रियों के काम का यह नहीं है, क्योंकि यह आदमी नहीं, कमल है। कमल सूर्य को देखकर खिलता है, सूर्यास्त पर बन्द हो जाता है। यह नया कमल पुलिस को देखकर खिलता है, पुलिस न दिखे तो मुरझा जाता है। बड़ा सुन्दर दृश्य होता है—आगे पुलिस, पीछे पुलिस, बाएँ पुलिस, दाएँ पुलिस और बीच में यह कमल मुसकराता चला जाता है। एक सूखा सरोवर है, जिसमें खाकी लहरें उठ रही हैं। खाकी लहरों के बीच यह कमल खिलता है।

जब लोग करों को कमल बनाने पर तुले ही हैं तो अपने बारे में चिन्ता हो गई है। कैसे यह रोल निभेगा? एक तो मैं हरगिज अच्छी बातें नहीं कहूँगा। इस देश का आदमी लगातार अच्छी बातों से मारा गया है। बहुत लोगों का खयाल है कि जवाहरलाल शेरवानी में गुलाब का फूल न खोंसकर भटकटैया खोंसते तो ज्यादा अच्छा होता। लगातार अच्छी बातों से मारा, सुन्दर फूल से मारा। मैं अगर अपने मुख-कमल से कोरी अच्छी बातें करूँ तो सामने बैठे लोग मुझे फौरन जूता मार दें। मगर बहुतों के पैरों में जूते नहीं हैं, ये क्या मारेंगे? संविधान में जूते मारने का बुनियादी अधिकार तो होना ही चाहिए। आदमी के पेट में अन्न न हो, शरीर पर कपड़े न हों, पर पाँवों में जूता जरूर होना चाहिए, जिससे वह जब चाहे, बुनियादी अधिकार का उपयोग कर सके।

मैं कोई अच्छी बात नहीं कहता। मैं तो 'उद्घाटन' को भी बुरा शब्द मानता हूँ। साहित्य में जो अपने को विद्रोही पीढ़ी कहता है, उसके एक संकलन का उद्घाटन करने के लिए मुझे बुला लिया गया था। मैंने देखा, वैसा ही सुनहला निमंत्रण-पत्र—उसमें वही 'उपस्थिति में शोभा' बढ़ाने की बात, पुस्तक पर रंगीन कागज और उस पर बँधा वही रेशमी पीला फीता। इसमें विद्रोही पीढ़ीपन कहाँ है? मैंने माइक हाथ में लेते ही कहा—'विद्रोही पीढ़ी का उद्घाटन समारोह नहीं, 'विस्फोटन' समारोह होना चाहिए। निमंत्रण-पत्र पर होना चाहिए—हमारे काव्य-संकलन का विस्फोटन अमुक वक्त पर होगा। तुम्हें आना हो तो आओ वरना ऐसी-तैसी कराओ।' यह बात तरुणों को अच्छी लगी। बात अच्छी नहीं है न!

सफल कमल होने की मैं पूरी कोशिश करूँगा। सारे हथकंडे सीखूँगा। गुरुओं की कमी नहीं है। एक गुरु को मैंने पिछले साल पा लिया। वे मेरे शहर में एक समारोह का उद्घाटन कर रहे थे। बहुत भाव-विभोर होकर बोले—'अहा, जबलपुर! पुण्यभूमि है। यहाँ की मिट्टी में इतिहास बिखरा पड़ा है। यहाँ की धूल चन्दन है। मैं उसे मस्तक से लगाता हूँ।' उन्होंने जेब से धूल की एक पुड़िया निकाली और कपाल पर लगा ली। साहब, पूरा हॉल मुग्ध हो गया और उन्होंने घंटे-भर भाषण खींच दिया।

मैं उनके पीछे लग गया।

सागर में एक समारोह का उद्घाटन करते हुए उन्होंने फिर कहा—'अहा, सागर! यह पुण्यभूमि है। यहाँ की मिट्टी में इतिहास बिखरा पड़ा है। यहाँ की धूल चन्दन है। मैं इसे मस्तक से लगाता हूँ।' उन्होंने फिर जेब से पुड़िया निकाली और कपाल पर धूल लगा ली।

सागरवाले भी मुग्ध होकर उन्हें सुनते रहे।

फिर वे बरेली पहुँचे। वहाँ वे बोले—'अहा, बरेली! यह पुण्यभूमि है। यहाँ की मिट्टी में इतिहास बिखरा पड़ा है। यहाँ की धूल चन्दन है। मैं इसे मस्तक पर लगाता हूँ।' पुड़िया निकालकर फिर उन्होंने धूल लगा ली। वे घर से धूल की पुड़िया जेब में डालकर चलते हैं।

यह गुर अच्छा है। मगर यह गुरु के नगर में फेल हो जाता है। शिवकुमार बताता है कि मैं उन्हीं गुरु के शहर गया हुआ था। समारोह की अध्यक्षता वही कर रहे थे। मैंने भावुकता से कहा—'अहा, यह नगरी पुण्यभूमि है। इसकी मिट्टी में इतिहास बिखरा पड़ा है।' लोग हँसने लगे। मैं पुड़िया निकालकर कपाल पर धूल लगा ही नहीं सका।

तरकीबें कई हैं। एक तरकीब हर मौके पर काम नहीं करती। तरकीबें मुझे भी बहुत आती हैं। पर मेरे मित्र फिर कहते हैं—'अपने हाथ एकाएक कमल कैसे हो गए? आखिर यह क्या हो गया?'

वे ही सोचकर जवाब देते हैं—'हम लोग बुद्धिजीवी हैं। बुद्धिजीवी का रुतबा बढ़ रहा है।'

हाँ, बढ़ तो रहा है। इस देश के बुद्धिजीवी सब शेर हैं, पर वे सियारों की बारात में बैंड बजाते हैं।

ठिठुरता हुआ गणतंत्र

चार बार मैं गणतंत्र-दिवस का जलसा दिल्ली में देख चुका हूँ। पाँचवीं बार देखने का साहस नहीं। आखिर यह क्या बात है कि हर बार जब मैं गणतंत्र-समारोह देखता, तब मौसम बड़ा क्रूर रहता। छब्बीस जनवरी के पहले ऊपर बर्फ पड़ जाती है। शीत-लहर आती है, बादल छा जाते हैं, बूँदाबाँदी होती है और सूर्य छिप जाता है। जैसे दिल्ली की अपनी अर्थनीति नहीं है, वैसे ही अपना मौसम भी नहीं है। अर्थनीति जैसे डॉलर, पौंड, रुपया, अन्तरराष्ट्रीय मुद्राकोष या भारत-सहायता क्लब से तय होती है, वैसे ही दिल्ली का मौसम कश्मीर, सिक्किम, राजस्थान आदि तय करते हैं।

इतना बेवकूफ भी नहीं हूँ कि मान लूँ। जिस साल मैं समारोह देखता हूँ, उसी साल ऐसा मौसम रहता है। हर साल देखनेवाले बताते हैं कि हर गणतंत्र-दिवस पर मौसम ऐसी ही धूपहीन ठिठुरनवाला होता है।

आखिर बात क्या है? रहस्य क्या है?

जब कांग्रेस टूटी नहीं थी, तब मैंने एक कांग्रेसी मंत्री से पूछा था कि यह क्या बात है कि हर गणतंत्र-दिवस को सूर्य छिपा रहता है? सूर्य की किरणों के तले हम उत्सव क्यों नहीं मना सकते? उन्होंने कहा—'जरा धीरज रखिए। हम कोशिश में लगे हैं कि सूर्य बाहर आ जाए। पर इतने बड़े सूर्य को बाहर निकालना आसान नहीं है। वक्त लगेगा। हमें सत्ता के कम-से-कम सौ वर्ष तो दीजिए!'

दिये। सूर्य को बाहर निकालने के लिए सौ वर्ष दिये, मगर हर साल उसका कोई छोटा कोना निकलता तो दिखना चाहिए। सूर्य कोई बच्चा तो है नहीं जो अन्तरिक्ष की कोख में अटका है, जिसे आप एक दिन ऑपरेशन करके निकाल देंगे।

इधर जब कांग्रेस के दो हिस्से हो गए तब मैंने एक इंडिकेटी कांग्रेसी से पूछा। उसने कहा—'हम हर बार सूर्य को बादलों से बाहर निकालने की कोशिश करते थे, पर हर बार सिंडिकेटवाले अड़ंगा डाल देते थे। अब हम वादा करते हैं कि अगले गणतंत्र-दिवस पर सूर्य को निकालकर बताएँगे।'

एक सिंडिकेटी पास खड़ा सुन रहा था। वह बोल पड़ा—'यह लेडी (प्रधानमंत्री) कम्यूनिस्टों के चक्कर में आ गई है। वही उसे उकसा रहे हैं कि सूर्य को निकालो। उन्हें उम्मीद है, बादलों के पीछे से उनका प्यारा 'लाल सूरज' निकलेगा। हम कहते हैं कि सूर्य को निकालने की क्या जरूरत है? क्या बादलों को हटाने से काम नहीं चल सकता?'

मैं संसोपाई भाई से पूछता हूँ। वह कहता है—'सूर्य गैर-कांग्रेसवाद पर अमल कर रहा है। उसने डॉ. लोहिया के कहने से हमारा पार्टी-फॉर्म भर दिया था। कांग्रेसी प्रधानमंत्री को सलामी लेते वह कैसे देख सकता है? किसी गैर-कांग्रेसी को प्रधानमंत्री बना दो, तो सूर्य क्या, उसके अच्छे भी निकल पड़ेंगे।'

जनसंघी भाई से भी मैंने पूछा। उसने साफ कहा—'सूर्य सेक्यूलर होता तो इस सरकार की परेड में निकल आता। इस सरकार से आशा मत करो कि वह भगवान अंशुमाली को निकाल सकेगी। हमारे राज्य में ही सूर्य निकलेगा।'

साम्यवादी ने मुझसे साफ कहा—'यह सब सी.आई.ए. का षड्यंत्र है। सातवें बेड़े से बादल दिल्ली भेजे जाते हैं।'

स्वतंत्र पार्टी के नेता ने कहा—'रूस का पिछलग्गू बनने का और क्या नतीजा होगा!'

प्रसोपा के भाई ने अनमने ढंग से कहा—'सवाल पेंचीदा है। नेशनल कौंसिल की अगली बैठक में इसका फैसला होगा। तब बताऊँगा।'

राजा जी से मैं मिल न सका। मिलता, तो वह इसके सिवा क्या कहते कि इस राज में तारे निकलते हैं, यही गनीमत है!

मैं इन्तजार करूँगा, जब भी सूर्य निकले।

स्वतंत्रता-दिवस भी तो भरी बरसात में होता है। अंग्रेज बहुत चालाक हैं। भरी बरसात में स्वतंत्र करके चले गए। उस कपटी प्रेमी की तरह भागे, जो प्रेमिका का छाता भी ले जाए। वह बेचारी भीगती बस-स्टैंड जाती है, तो उसे प्रेमी की नहीं, छाता-चोर की याद सताती है।

स्वतंत्रता-दिवस भीगता है और गणतंत्र-दिवस ठिठुरता है।

मैं ओवरकोट में हाथ डाले परेड देखता हूँ। प्रधानमंत्री किसी विदेशी मेहमान के साथ खुली गाड़ी में निकलती हैं। रेडियो टिप्पणीकार कहता है—'घोर करतल-ध्वनि हो रही है।' मैं देख रहा हूँ, नहीं हो रही है। हम सब तो कोट में हाथ डाले बैठे हैं। बाहर निकालने का जी नहीं होता। हाथ अकड़ जाएँगे।

लेकिन हम नहीं बजा रहे हैं, फिर भी तालियाँ बज रही हैं। मैदान में जमीन पर बैठे वे लोग बजा रहे हैं, जिनके पास हाथ गरमाने के लिए कोट नहीं है। लगता है, गणतंत्र ठिठुरते हुए हाथों की तालियों पर टिका है। गणतंत्र को उन्हीं हाथों की ताली मिलती है, जिनके मालिक के पास हाथ छिपाने के लिए गर्म कपड़ा नहीं है।

पर कुछ लोग कहते हैं—'गरीबी मिटनी चाहिए।' तभी दूसरे कहते हैं—'ऐसा कहनेवाले प्रजातंत्र के लिए खतरा पैदा कर रहे हैं।'

गणतंत्र-समारोह में हर राज्य की झाँकी निकलती है। ये अपने राज्य का सही प्रतिनिधित्व नहीं करतीं। 'सत्यमेव जयते' हमारा मोटो है मगर झाँकियाँ झूठ बोलती हैं। इनमें विकास-कार्य, जनजीवन, इतिहास आदि रहते हैं। असल में हर राज्य को उस विशिष्ट बात को यहाँ प्रदर्शित करना चाहिए जिसके कारण पिछले साल वह राज्य मशहूर हुआ। गुजरात की झाँकी में इस साल दंगे का दृश्य होना चाहिए—जलता हुआ घर और आग में झोंके जाते बच्चे। पिछले साल मैंने उम्मीद की थी कि आन्ध्र की झाँकी में हरिजन जलाते हुए दिखाए जाएँगे। मगर ऐसा नहीं दिखा। यह कितना बड़ा झूठ है कि कोई राज्य दंगे के कारण अन्तरराष्ट्रीय ख्याति पाए, लेकिन झाँकी सजाए लघु-उद्योगों की! दंगे से अच्छा गृह-उद्योग तो इस देश में दूसरा है नहीं। मेरे मध्य प्रदेश ने दो साल पहले सत्य के नजदीक पहुँचने की कोशिश की थी। झाँकी में अकाल-राहत कार्य बतलाए गए थे। पर सत्य अधूरा रह गया था। मध्य प्रदेश उस साल राहत-कार्यों के कारण नहीं, राहत-कार्यों में घपले के कारण मशहूर हुआ था। मेरा सुझाव माना जाता तो मैं झाँकी में झूठे मस्टर-रोल भरते दिखाता, चुकारा करनेवाले का अँगूठा हजारों मूर्खों के नाम के आगे लगवाता; नेता, अफसर, ठेकेदार के बीच लेन-देन का दृश्य दिखाता। उस झाँकी में वह बात नहीं आई। पिछले साल स्कूलों की 'टाट-पट्टी कांड' से हमारा राज्य मशहूर हुआ। मैं पिछले साल की झाँकी में यह दृश्य दिखाता—मंत्री, अफसर वगैरह खड़े हैं और टाट-पट्टी खा रहे हैं।

जो हाल झाँकियों का, वही घोषणाओं का। हर साल घोषणा की जाती है कि समाजवाद आ रहा है, पर अभी तक नहीं आया। कहाँ अटक गया? लगभग सभी दल समाजवाद लाने का दावा करते हैं, लेकिन वह नहीं आ रहा।

मैं एक सपना देखता हूँ। समाजवाद आ गया है और बस्ती के बाहर टीले पर खड़ा है। बस्ती के लोग आरती सजाकर उसका स्वागत करने को तैयार खड़े हैं, पर टीले को घेरे खड़े हैं कई तरह के समाजवादी। उनमें से हरेक लोगों से कहकर आया है कि समाजवाद को हाथ पकड़कर मैं ही लाऊँगा।

समाजवाद टीले से चिल्लाता है—'मुझे बस्ती में ले चलो।'

मगर टीले को घेरे समाजवादी कहते हैं—'पहले यह तय होगा कि कौन तेरा हाथ पकड़कर ले जाएगा!'

समाजवाद की घेराबन्दी कर रखी है। संसोपा-प्रसोपावाले जनतांत्रिक समाजवादी हैं, पीपुल्स डेमोक्रेसी और नेशनल डेमोक्रेसीवाले साम्यवादी हैं, दोनों तरह के कांग्रेसी हैं, सोशलिस्ट यूनिटी सेंटरवाले हैं। क्रान्तिकारी समाजवादी हैं। हरेक समाजवाद का हाथ पकड़कर उसे बस्ती में ले जाकर लोगों से कहना चाहता है—'लो, मैं समाजवाद ले आया।'

समाजवाद परेशान है। उधर जनता भी परेशान है। समाजवाद आने को तैयार खड़ा है, मगर समाजवादियों में आपस में धौल-धप्पा हो रहा है। समाजवाद एक तरफ उतरना चाहता है कि उस पर पत्थर पड़ने लगते हैं। 'खबरदार, उधर से मत जाना!' एक समाजवादी उसका एक हाथ पकड़ता है, तो दूसरा, दूसरा हाथ पकड़कर उसे खींचता है। तब बाकी समाजवादी छीना-झपटी करके हाथ छुड़ा देते हैं। लहूलुहान समाजवाद टीले पर खड़ा है।

इस देश में जो जिसके लिए प्रतिबद्ध है, वही उसे नष्ट कर रहा है। लेखकीय स्वतंत्रता के लिए प्रतिबद्ध लोग ही लेखक की स्वतंत्रता छीन रहे हैं। सहकारिता के लिए प्रतिबद्ध इस आन्दोलन के लोग ही सहकारिता को नष्ट कर रहे हैं। सहकारिता तो एक स्पिरिट है। सब मिलकर सहकारितापूर्वक खाने लगते हैं और आन्दोलन को नष्ट कर देते हैं। समाजवाद को समाजवादी ही रोके हुए हैं।

यों प्रधानमंत्री ने घोषणा कर दी है कि अब समाजवाद आ ही रहा है।

मैं एक कल्पना कर रहा हूँ :

दिल्ली में फरमान जारी हो जाएगा—'समाजवाद सारे देश के दौरे पर निकल रहा है। उसे सब जगह पहुँचाया जाए। उसके स्वागत और सुरक्षा का पूरा बन्दोबस्त किया जाए।'

एक सचिव दूसरे सचिव से कहेगा—'लो, ये एक और वी.आई.पी. आ रहे हैं। अब इनका इन्तजाम करो। नाक में दम है।'

कलेक्टरों को हुक्म चला जाएगा। कलेक्टर एस.डी.ओ. को लिखेगा, एस.डी.ओ. तहसीलदार को।

पुलिस-दफ्तरों में फरमान पहुँचेंगे—'समाजवाद की सुरक्षा की तैयारी करो।'

दफ्तरों में बड़े बाबू छोटे बाबू से कहेंगे—'काहे हो तिवारी बाबू, एक कोई समाजवादवाला कागज आया था न, जरा निकालो!'

तिवारी बाबू कागज निकालकर देंगे। बड़े बाबू फिर से कहेंगे—'अरे, वह समाजवाद तो परसों ही निकल गया। कोई लेने नहीं गया स्टेशन। तिवारी बाबू, तुम कागज दबाकर रख लेते हो। बड़ी खराब आदत है तुम्हारी।'

तमाम अफसर लोग चीफ-सेक्रेटरी से कहेंगे—'सर, समाजवाद बाद में नहीं आ सकता? बात यह है कि हम उसकी सुरक्षा का इन्तजाम नहीं कर सकेंगे। दशहरा आ रहा है। दंगे के आसार हैं। पूरा फोर्स दंगे से निपटने में लगा है।'

मुख्य सचिव दिल्ली लिख देगा—'हम समाजवाद की सुरक्षा का इन्तजाम करने में असमर्थ हैं। उसका आना अभी मुल्तवी किया जाए।'

जिस शासन-व्यवस्था में समाजवाद के आगमन के कागज दब जाएँ और जो उसकी सुरक्षा की व्यवस्था न करे, उसके भरोसे समाजवाद लाना है तो ले आओ। मुझे खास एतराज भी नहीं है। जनता के द्वारा न आकर अगर समाजवाद दफ्तरों के द्वारा आ गया तो एक ऐतिहासिक घटना हो जाएगी।

बेईमानी की परत

कपड़ा पहिनते-पहिनते छोटा हो जाता है, यह मैं भूल चुका था। कई सालों से ऐसी घटना ही नहीं घटी थी। मैं उनमें से नहीं रहा, जो इस साल पैंट सिलवाते हैं और अगले ही साल उसे पत्नी की पुरानी साड़ी की किनारी से बाँधने लगते हैं। उच्चवर्गी और मध्यवर्गी में यही अन्तर है। उच्चवर्गी का पैंट जब छोटा होता है, तो वह उसे आगे के लिए छोड़ देता है। पर मध्यवर्गी का कुछ 'आगे' के लिए नहीं होता; इसलिए वह स्त्री की फटी साड़ी की किनारी खोजने लगता है।

ठंड शुरू होने पर मैंने गरम शेरवानी निकालकर पहिनी तो देखा कि बटनें नहीं लगतीं। पिताजी जब मेरे कपड़े सिलाने देते थे, तो दर्जी से कह देते थे—'जरा बढ़ते शरीर का बनाना।' जब से अपने कपड़े बनवाने का जिम्मा खुद लिया है, हर बार दर्जी से कहना चाहता हूँ—'जरा घटते शरीर का बनाना।' शरीर जब तक दूसरों पर लदा है, तब तक मुटाता है। जब अपने ही ऊपर चढ़ जाता है, तब दुबलाने लगता है। जिन्हें मोटे रहना है, वे दूसरों पर लदे रहने का सुभीता कर लेते हैं—नेता जनता पर लदता है, साधु भक्तों पर, आचार्य महत्त्वाकांक्षी छात्रों पर और बड़ा साहब जूनियरों पर।

मुझे ऐसा कोई आसन नहीं मिला। फिर भी कुछ मोटा हो जाने की इच्छा मरी नहीं। जब भी सफर करता, रेलवे प्लेटफार्म पर वजन तौलने की मशीन में दस पैसे डालकर वजन का टिकट निकालता। टिकट के दूसरी तरफ भाग्य-फल लिखा रहता, जो अक्सर दस पैसे के बदले में की गई चापलूसी होता है। इस देश की मशीनें भी चापलूसी करना सीख गई हैं। सिर्फ दस पैसे में कुछ ऐसी बातें कहती हैं—'आपके विचार बहुत ऊँचे हैं। आप उनके अनुसार कार्य करेंगे, तो सफल होंगे।' मैं कहता हूँ—'सिस्टर, कभी तो सच बोला करो। यह कोई तुम्हारा 'स्टैंडर्ड' है कि सिर्फ दस पैसे में...!' मशीनों की राय पर मैं ज्यादा भरोसा नहीं करता, विशेष कर उन पर, जो आदमी को तौलने के लिए जगह-जगह रखी हुई हैं। इनके मुँह में दस पैसे डाल दो तो तारीफ का एक वाक्य बोल देती हैं।

इसीलिए मैं किसी इनाम के लिए कभी किताब नहीं भेजता। और समीक्षकों के घरों में पुत्र-जन्म होते रहते हैं, पर मैं बधाई के कार्ड नहीं लिख पाता। नतीजा यह कि वजन बढ़ता भी है, तो किसी मशीन के टिकट पर रिकॉर्ड नहीं होता। जमाने में वजन से ज्यादा उसके रिकॉर्ड का महत्त्व है। इसीलिए चतुर लोग दूसरे की गोद में बैठकर अपने को तुलवा लेते हैं, और बढ़े वजन का टिकट जेब में रखे रहते हैं।

इस बार जरूर वजन बढ़ा है। अब मशीन की धाँधली नहीं चलेगी। मुटाई के अहसास ने शरीर में ऐसी सनसनी पैदा की कि जी हुआ, फैलकर शेरवानी को तार-तार कर दूँ और ठंड उघाड़े बदन गुजार दूँ।

फिर मैं झेंपा भी। वजन बढ़ना तो लड़कपन की हरकत है। कोई प्रौढ़ आदमी भी इस जमाने में क्यों मोटा होगा? लोग क्या सोचेंगे? अनाज की दुकानों के सामने थैला हाथ में लिये कतार में खड़ा आदमी सूख रहा है। जब तक उसका नम्बर आता है, दाम बढ़ जाते हैं और घर से लाए पैसे कम पड़ जाते हैं। साधारण आदमी भी जहाजों के टाइम-टेबल याद रखने लगा है। अमेरिका से जहाज आएगा तो उसमें हमारे लिए गेहूँ होगा; जापान से आएगा तो चावल होगा। अमेरिका में जहाजी कर्मचारियों की हड़ताल से भारतीय जन चिन्तित हो जाता है। भुखमरी से हममें अन्तरराष्ट्रीय चेतना आ गई। अगर अकाल पड़ जाए, तो हर भारतीय अपने को विश्व-मानव समझने लगेगा।

यह वक्त भी कहीं मोटे होने का है! मैं शर्म से कमरे में छिपा बैठा रहा, जैसे कुमारी गर्भ को छिपाती है। मेरे देशवासियो, मुझ बेशर्म को माफ करना। भारत माता, क्षमा करना, तेरा यह एक कपूत मोटा हो गया। मैं तीसरी पंचवर्षीय योजना का एक झूठा आँकड़ा हूँ, जो तुम्हें धोखा दे रहा है। सुब्रमण्यम, माफ करना यार, तुम्हारी खाद्य-व्यवस्था के बावजूद मैं मोटा हो गया। टी. टी. भाई, तुम भी मुझे माफ करो; मैंने तुम्हारी अर्थ-नीति का अपमान किया है। कन्हैयालाल मुंशी, अजित प्रसाद जैन, साधोबा पाटिल—मेरे पिछले खाद्य मंत्रियों, तुम्हारे सामने मैं शर्मिन्दा हूँ। चिन्तामन देशमुख और मोरारजी भाई, मेरे भूतपूर्व अर्थ मंत्रियो, मैं तुम्हें मुँह दिखाने के काबिल नहीं रहा। मैं पिछले पन्द्रह वर्षों की उलझी अर्थ-नीति और खाद्य-नीति के प्रति अपराधी हूँ।

ग्लानि से दुबला होने में देर लगती है और पानीदार ही दुबला होता है। मुझे इस बढ़े शरीर की व्यवस्था करनी ही होगी। शेरवानी को खुलवाना ही पड़ेगा—मैंने छोटे भाई से कहा। वह बहुत खुश हुआ और मुहल्ले में जितने लोगों को सूचित कर सकता था, कर आया कि मेरा भाई मोटा हो गया है। मैं डरा कि अभी लोग आएँगे और कहेंगे—'सुना है साहब, आप मोटे हो गए? बधाई है! ईश्वर सबको इसी तरह मोटा करे!'

लेकिन शाम तक मैंने लज्जा-भाव को जीत लिया। इसमें क्या शर्म की बात है? मोटा हुआ है, तो मेरा ही शरीर हुआ है। मेरे कारण कोई दूसरा तो मोटा नहीं हुआ।

मैं इशारे से इस उपलब्धि को बताने भी लगा। दोस्त ठंड की बात करते तो मैं बीच में कह देता—'हाँ, ठंड सिर पर आ गई और हमारे गर्म कपड़े छोटे पड़ गए। बटनें नहीं लगतीं।'

दो-तीन दिनों में यह बात फैल गई और मेरे एक बुजुर्ग रिश्तेदार यह कहते मेरे घर आए कि 'लड़के ने बताया कि तुम मोटे हो गए। मैंने सोचा, चलो, देख आएँ।'

दुर्बलता का मैं अभ्यस्त हो गया था। गर्वपूर्वक दुबला रह लेता था। कोई ऋषि मोटा नहीं हुआ। वे सब सूखे और क्रोधी होते थे। कोई उनके चरण न छुए तो उसे शाप देकर बन्दर बना देते थे। पर न मैं वैसा दुबला था, न वैसा क्रोधी। मैं 'आजानुभुज' और 'आकंठटाँग' वाला हूँ—यानी बैठने में टाँगें कंठ तक आ पहुँचती हैं। सोचता था, भुजाओं और टाँगों का जो अतिरिक्त भाग है, वह बाकी शरीर में चिपका दिया जाए, तो ठीक हो जाए। पुराने जमाने में सुन्दरियों के लिए ऐसी सर्जरी होती होगी कि इस अंग का कुछ काटकर उस अंग में चिपका दिया। प्रमाण चाहिए तो बिहारी की यह पंक्ति काफी है—'कटि को कंचन काटि कै, कुचन मध्य धरि दीन।' (इससे दोनों ठीक हो गए।) एक और तरह की सर्जरी है, जिसमें बिना चाकू के पेट काटा जा सकता है। वर्तमान सभ्यता में इस रक्तहीन सर्जरी ने काफी उन्नति की है। जो दस-पाँच के पेट काट सके, उसका पेट बड़ा हो जाता है। वे सारे पेट उसके पेट में चिपक जाते हैं। इस विद्या के विद्यालयों में मुझे प्रवेश नहीं मिला, वरना मैं भी यह सर्जरी सीख लेता और पेट बढ़ा लेता।

यों हमारी पूरी दार्शनिक ट्रेनिंग देह के खिलाफ जाती है। देह की सेवा बड़ी हीन बात मानी गई है। दो-तीन साल पहले तक मठाधीश स्वामी जी ने हमें यह बात अच्छी तरह समझा दी थी। वे अच्छे पुष्ट और गौरवर्ण संन्यासी थे। तख्त पर बैठे थे और देह की तुच्छता पर ऐसा जोरदार प्रवचन कर रहे थे कि हमें अपने शरीर से घृणा होने लगी थी। अच्छे उपदेशक थे वे, जो अच्छी-से-अच्छी चीज के प्रति नफरत पैदा कर देते हैं। वे कह रहे थे—'यह मलमूत्र की खान, यह गन्दा शरीर मिथ्या है, नाशवान है, क्षणभंगुर है। मूरख इसे स्वादिष्ट पकवान खिलाते हैं, इसे सजाते हैं, इस पर इत्र चुपड़ते हैं। वे भूल जाते हैं कि एक दिन यह देह मिट्टी में मिलेगी और इसे कीड़े खाएँगे।'

इतने में एक सेवक केसरिया रबड़ी का गिलास लाया और स्वामी जी ने उसे गटक लिया। मेरे पापी मन में शंका उपजी। पर पास में बैठे एक भक्त ने समझाया—'यह मत समझ लेना कि स्वामी जी स्वादिष्ट रबड़ी खाते हैं। अरे, वे तो कीड़ों-मकोड़ों के खाने के लिए देह को पुष्ट और स्वादिष्ट बना रहे हैं। इस मृत देह को कीड़े खाएँ, तो उन्हें भी मजा आ जाए—यही सोचकर स्वामी जी रबड़ी पीते हैं। श्रद्धाहीन सोचते हैं कि स्वामी जी माल खाते हैं; यह नहीं जानते कि वे तो कीड़ों के लिए 'डिनर' बनाने में लगे हैं।'

वह उपदेश आज काम आया। सन्तोष भी हुआ कि अगर स्वामी जी का 'मेनू' पहले दर्जे का है तो मेरा भी दूसरे का तो हो ही गया। मैं मिथ्या गर्व से बच गया। जो खुशी थी, वह लोगों के सवालों ने छीन ली। लोग पूछने लगे—'मोटे हो रहे हो, क्या बात है?' मैं क्या जवाब देता। कह दिया—'स्वास्थ्य का खयाल रखता हूँ। वह जो स्वामी शिवानन्द की किताब है न, उसी के मुताबिक चल रहा हूँ। उसमें लिखा है—समय पर भोजन करना चाहिए, सूर्यास्त के बाद चाय नहीं पीनी चाहिए। अधिक रात तक नहीं जागना चाहिए। हल्का भोजन करना चाहिए। मदिरा आदि मादक द्रव्यों का सेवन नहीं करना चाहिए। मिर्च-मसाले नहीं खाना चाहिए। मन में बुरे विचारों को नहीं आने देना चाहिए।'

किसी को सन्तोष नहीं हुआ। लोग कहते—'मजाक छोड़ो। सच बताओ, मोटे क्यों हो रहे हो?' पीठ-पीछे जब कोई यह प्रश्न करते, तो वह कँटीला हो जाता। वे आपस में कहते—'वह आजकल मुटा रहा है, क्या बात है?' मैं इस सवाल से घबड़ा उठा। मैं जब दुबला था, तब किसी ने प्रधानमंत्री से नहीं पूछा कि यह शख्स दुबला क्यों है? किसी ने संविधान नहीं देखा कि इसमें नागरिकों के कर्तव्यों में दुबला होना लिखा है या नहीं। हम सबने दुबले होने को अपनी नियति मान लिया है। कोई मोटा हो जाता है, तो हजार अँगुलियाँ उठने लगती हैं। लोग यह समझ रहे थे कि या तो मैं गाँजा-शराब के 'स्मगलिंग' में लगा हूँ या किसी संस्था का मंत्री बनकर चन्दा खा रहा हूँ, या कहीं से काला पैसा ले रहा हूँ, या घूसखोरी के लिए किसी का एजेंट हो गया हूँ। रोटी खाने से कोई मोटा नहीं होता, चन्दा या घूस खाने से मोटा होता है। बेईमानी के पैसे में ही पौष्टिक तत्त्व बचे हैं।

पिछले सत्रह सालों से मोटे होनेवालों ने ऐसी परम्परा डाली है कि ईमानदार को मोटे होने में डर लगता है। स्वस्थ रहने की हिम्मत नहीं होती।

मेरे एक दोस्त ने मुझे बताया है कि जिनकी तोंदें इन सत्रह सालों में बढ़ी हैं, जिनके चेहरे सुर्ख हुए हैं, जिनके शरीर पर मांस आया है, जिनकी चर्बी बढ़ी है—उनके भोजन का एक प्रयोगशाला में विश्लेषण करने पर पता चला है कि वे अनाज नहीं खाते थे; चन्दा, घूस, काला पैसा, दूसरे की मेहनत का पैसा या पराया धन खाते थे। इसलिए जब कोई मोटा होता दिखता है, तो सवाल उठते हैं। कोई विश्वास नहीं करता कि आदमी अपनी मेहनत से ईमान का पैसा कमाकर भी मोटा हो सकता है।

बेईमानी की तरह यह थोड़ा-सा मांस मेरे ऊपर चिपक गया है। मेरे दुश्मनो, एक वैज्ञानिक तथ्य तुम्हारे सामने है। मैं मोटा होकर कमजोर हो गया हूँ। मेरी बदनामी उड़ाने का ऐसा सुनहला अवसर तुम्हें कभी नहीं मिलेगा। तुम जल्दी करो। मेरा क्या ठिकाना है? मैं चार दिनों बाद फिर दुबला हो जाऊँगा। तब तुम हाथ मलते रह जाओगे।

दूसरे की महिमा ढोनेवाले

मैं उनका परिचय कराता हूँ। उनका नाम है—रघुनाथ प्रसाद पांडे। मैं कहता हूँ—'आपसे मिलिए, आप हैं श्री रघुनाथ प्रसाद...' वे बीच में बोल पड़ते हैं—'आई एम दी ब्रदर-इन-ला ऑफ डॉ. राजेन्द्र शर्मा।' इसके पहले कि मैं उनका नाम पूरा बताऊँ, वे डॉ. राजेन्द्र शर्मा के 'ब्रदर-इन-ला' हो जाते हैं। वे कुछ नहीं हैं, अगर राजेन्द्र शर्मा के ब्रदर-इन-ला नहीं हैं। किसी को भी उन्होंने अपना पूरा नाम मालूम नहीं होने दिया है। लिहाजा जब वे आते दिखते हैं, तो लोग कहते हैं—'देखो, ब्रदर-इन-ला आ रहे हैं!' मैं लोगों को उनकी टोपी बताना चाहता हूँ, पर वे उसके ऊपर डॉ. शर्मा की महिमा का टोकना रखे रहते हैं। बहुत लोग हैं, जिनका व्यक्तित्व जब मुँह उघाड़ने लगता है, तो वे किसी की महिमा का कनटोप पहन लेते हैं।

एक निहायत शरीफ आदमी हैं। दूसरों की मदद करने को हमेशा तत्पर रहते हैं। सारी अच्छाइयाँ उनमें हैं। बस, एक ही खराबी है—उनके ससुर बड़े और मशहूर आदमी थे। यों बहुतों के ससुर बड़े और मशहूर होते हैं। पर कई दामाद अपने ससुर की महिमा ढोने की जिम्मेदारी नहीं लेते। बड़ी मेहनत का काम है। जिन्दगी कुलीगीरी करते गुजर जाती है, और मजदूरी में जो थोड़ी-सी प्रतिष्ठा मिल जाती है, बहुत कम है। ये बेचारे अपने को मिटाकर फादर-इन-ला की महिमा जमाया करते हैं। कुत्ता खुशिकस्मत है, जो कि अपने फादर-इन-ला को नहीं जानता, न उनकी महिमा से वाकिफ है। वह अपने ही स्वर में भौंक लेता है। जो दुम हिलाता है, वह भी उसकी अपनी होती है।

ये भले आदमी हर बात में ससुर का सन्दर्भ निकाल लेते हैं। फर्नीचर की बात हो रही है, तो वे अपने फादर-इन-ला की पसन्दगी की बात चला देंगे। सब्जी खरीदते दिख गए, तो मैंने कहा—'सब्जी खरीदी जा रही है।' उन्होंने टमाटर छाँटना बन्द कर दिया और बताने लगे कि ससुर साहब को कौन-सी सब्जी पसन्द थी और वे कहाँ से मँगाते थे। एक दिन पड़ोस के बीमार बच्चे के लिए डॉक्टर को बुलाने जा रहे थे। मैंने पूछ लिया—'इतनी फुर्ती में कहाँ चले जा रहे हैं?'

वे साइकिल से उतर गए। बोले—'वर्मा साहब के लड़के की तबीयत बहुत खराब है। डॉक्टर को लेने जा रहा हूँ। फादर-इन-ला जब तक थे, तो मुहल्ले में किसी को चिन्ता करने की जरूरत नहीं थी। वे फौरन डॉक्टर को बुलाकर दवा का इन्तजाम कर देते थे।'

एक दिन एक रिक्शेवाला बीमार पड़ गया—उधर वर्मा साहब का बच्चा चीख रहा था, इधर ये मुझे बता रहे थे कि ससुर साहब ने किन-किन की जान बचाई थी। बेचारे अच्छा काम करने निकलते हैं कि रास्ते में फादर-इन-ला अटका लेते हैं। अगर उनके घर में कभी आग लग जाए तो वे बुझाने के पहले यह बताएँगे कि फादर-इन-ला कैसे आग बुझाते थे। उनकी पत्नी चिल्लाएँगी कि घर फुँका जा रहा है, फायर ब्रिगेड बुलाओ न! ये कहेंगे—'ठहर जा। जाता तो हूँ।'...हाँ, तो एक दिन शाम को फादर-इन-ला ने देखा कि सामने के घर से धुआँ निकल रहा है...सोचता हूँ एक दिन उनसे कहूँ—'आपने सुना, वे जो दीक्षित जी हैं न, उन्हें जूते पड़ गए।' तब वे कहेंगे—'हाँ, कभी-कभी ऐसा मौका आ जाता है। फादर-इन-ला को भी कई बार जूते पड़े। मगर फादर-इन-ला का जूते खाने का तरीका भी निराला था।'

मरे की अपेक्षा जीवित की महिमा ढोना कठिन तो है, पर उससे फायदा ज्यादा होता है। मैंने बहुत साल पहले एक बड़े की महिमा ढोई थी। मैं उनका बस्ता लेकर चलता था। बस्ते में उनकी महिमा होती थी। किसी की महिमा बीड़ी के कट्टे में होती है और किसी की पान के डिब्बे में। एक आचार्य की महिमा सुपारी-तम्बाकू के बटुए में रहती थी। महिमावाहक चेला, जब गुरु की हाजत होती, तम्बाकू-सुपारी घिसकर पेश कर देता था। एक साहब की महिमा उनके कुत्ते में निवास करती है और महिमा ढोनेवाला उनके कुत्ते की जंजीर लिये रहता है।

महिमाशाली किसी गधे को पकड़कर उसकी पीठ पर अपनी महिमा का चन्दन लादकर बेचता फिरता है। गधा दूसरे गधों को अपनी पीठ सुँघाकर प्रतिष्ठा पाता है। मैं उनका चन्दन लादे फिरता था। पहले उनका चन्दन बाजार में खूब बिकता था। मैं पहुँचते ही हल्का हो जाता और दूसरों को पीठ सुँघाने भाग जाता। फिर ऐसा वक्त आया कि उनके चन्दन की कद्र घट गई। मैं दिन-भर लादे फिरता और कोई नहीं खरीदता। एक दिन मेरे भीतर से आवाज आई—'मूर्ख, इतना चन्दन अब नहीं बिकता। बहुत जल्दी यह तेरे ऊपर कोयला और गोबर लादेगा। समय रहते बच जा।'

मैं सँभल गया। एक दिन जब वे गोबर के कंडे लादकर बाजार को चले, मैं बीच में ही बोझ फेंककर भाग खड़ा हुआ।

लादनेवाला जितना उत्सुक होता है, उतने ही उत्सुक लदनेवाले भी होते हैं। कोई-कोई मैंने ऐसे देखे हैं, जो बेझिझक जिन्दगी-भर दूसरे का गोबर लादते हैं। साहित्य में थोड़ी प्रतिष्ठा पा गया, तो मुझे ढोनेवालों ने आ घेरा और बोले—

‘दादा, अपनी महिमा कहाँ रहती है? बस्ते में?’ मैंने कहा—‘एक तो साहित्य में ‘दादा’ अश्लील शब्द है। फिर हम अपनी महिमा खुद ढोते हैं। अभी इतनी हुई ही नहीं है कि टट्टू रखें।’

मगर मेरे साथ ऐसा भी हुआ है कि यह सोचता रहा हूँ कि अपनी ही महिमा ढो रहा हूँ, मगर अन्त में मालूम होता है कि दूसरे की ढो रहा था। एक बड़े अफसर मेरे मित्र और प्रशंसक हैं। मैं यात्रा पर था। वे मिल गए। मुझे रेस्ट हाउस ले गए। सेवा करने को उनके बहुत-से मातहत थे। उन्होंने देखा कि उनके साहब मेरी बड़ी आवभगत कर रहे हैं। जरूर बड़ा आदमी है। वे लोग मेरे प्रति अतिरिक्त सम्मान जताते रहे और खूब सेवा करते रहे। रात रेस्ट हाउस में बिताई। सुबह मातहतों ने बढ़िया नाश्ता कराया। अफसर मित्र की गाड़ी मेरी से घंटे-भर पहले छूटती थी। उन्होंने एक क्लर्क से कहा—‘परसाई जी को जबलपुर की गाड़ी में आराम से बिठा देना।’ मैं कई दिनों से यात्रा पर था। रात को जब साहब सो गए थे तब मैं चुपचाप जेब में रखे नोट गिन रहा था। किराये के दो रुपये घटते थे। सोचा, इनसे ले लूँगा। मेरे-उनके सम्बन्ध ऐसे ही थे। जब वे स्टेशन के लिए चलने लगे, तो मैंने कहा—‘पाँच रुपये चाहिए। किराया कम पड़ रहा है।’ उन्होंने पाँच का नोट दे दिया। क्लर्क वहीं था। वे तो चले गए। इधर उनके सारे मातहतों का व्यवहार शिष्ट लेकिन शुष्क हो गया। यांत्रिकता से क्लर्क ने मुझे जीप में बिठाया और स्टेशन ले आया। मैंने तीसरे दर्जे का टिकट लेने के लिए उसे पैसे दिये। खिड़की पर बड़ी भीड़ थी। वह एक टिकट-कलेक्टर दोस्त के पास गया और उससे कहा—‘यार, भीतर से एक टिकट जबलपुर का ला दो।’ उसे पता नहीं था कि उसके ठीक पीछे खड़ा हूँ। टिकट-कलेक्टर ने पूछा—‘फर्स्ट क्लास का?’ क्लर्क ने कहा—‘अरे, वह क्या फर्स्ट क्लास में जाएगा! अभी तो हमारे साहब से किराये के लिए पाँच रुपये लिये हैं। मालगाड़ी का टिकट मिलता हो, तो उसी में बिठा दो।’

मैं फौरन दूर हट गया। अगर वह जान जाएगा कि मैंने सुन लिया, तो परेशान होगा। मुझे मजा आ गया। लेखक होने का यही बड़ा फायदा है। जो बात आम आदमी को बुरी लगती है, लेखक के लिए वह दिलचस्प होती है। मुझे ऐसे बहुत मौके मिलते हैं। मैं फौरन खाई हुई चोट में से मानवी सम्बन्धों के निष्कर्ष निकालकर खुश हो जाता हूँ। निष्कर्ष-1 : मैं जिसे ढो रहा था, वह मेरी नहीं, साहब की महिमा थी। निष्कर्ष-2 : नौकरशाही में मूल्यों की यह गत हो गई है।

एक रिक्शावाले ने भी मुझे इसी तरह खुश किया था। राय के बुक-स्टॉल से मैं रिक्शा में बैठता हूँ और घर पर उतरकर पचास पैसे दे देता हूँ। वह ज्यादा ही है, कम नहीं। बिना किराया पूछे बैठ जाता हूँ और किसी ने कभी शिकायत नहीं की। तो रिक्शे में बहुत चलता हूँ। मुझमें वह रूमानी क्रान्तिकारिता नहीं है जो कहे—

हाय, मनुष्य मनुष्य को खींचता है। हम नहीं बैठेंगे। मैं सोचता हूँ—मैं नहीं बैठूँगा तो इसे मुझसे पैसे नहीं मिलेंगे। जब तक इसके लिए दूसरा धन्धा नहीं होता, इसे जिन्दा तो रहना है। मैं इसे जिन्दा रखने में बाधक बनकर एक थोथे रूमानी जनवाद के अहंकार से क्यों तनूँ? बहरहाल, एक दिन मैंने दो रिक्शेवालों से चलने को कहा। वे खाली नहीं थे। उनकी सवारियाँ शायद आसपास बाजार कर रही थीं। तीसरा देख रहा था। वह आकर बोला—'मैं चलता हूँ।' मैं हमेशा की तरह बिना किराया तय किये बैठ गया। उतरा तो वही पचास पैसे दिये। उसने तपाक से कहा—'तभी तो आपको रिक्शे नहीं मिलते?' मुझे मजा आ गया, उसे फौरन पच्चीस पैसे और दिये।

बात महिमा की थी मगर बीच में रिक्शावाला घुस गया। देखो, इन लोगों की सीनाजोरी, हमारी महिमा को चुनौती देते हैं। हम अपनी जाति की हजारों सालों की महिमा पीठ पर लादे दुनिया के बाजार में घूम रहे हैं। लोग कहते हैं—'पूर्वजों की तो बहुत लदी है। कुछ अपनी भी तो रखो।' हम जवाब देते हैं—'रखने के लिए जगह कहाँ है? देख लो, पीठ पर तिल-भर की जगह नहीं है।' दूध-दही की नदियाँ पूर्वजों ने बहा दी थीं। अब हम पीने के लिए पानी का इन्तजाम करके उनकी महिमा को हल्का क्यों करें? सत्य की पराकाष्ठा तो हरिश्चन्द्र कर चुके। हम अब क्या सत्याचरण करें? तैमूर की महिमा से लदे होटल में सलाम करके 'टिप' लेते हैं। 'वसुधैव कुटुम्बकम्' की महिमावाले दंगा कराते हैं।

नीलकंठ

कहते हैं, शंकर ने जहर पी लिया था। जिस हलाहल की ज्वाला से चराचर सृष्टि अकुला उठी, उसे शंकर सहज ही पी गए। बड़ा अच्छा किया, बड़ी बहादुरी की। पर एक प्रश्न उठता है मेरे मन में कि कंठ को नीला क्यों होने दिया? जो इतने अलौकिक शक्ति-सम्पन्न थे, वे यदि चाहते, तो क्या कंठ का रंग हस्बे-मामूल नहीं रख सकते थे? फिर चाहा क्यों नहीं? शायद इसलिए कि लोग कम-से-कम यह जान तो लें कि उन्होंने जहर पिया है। भला यह भी कोई बात है कि विष भी पिएँ और लोगों को मालूम भी न हो! नीला कंठ दिखाने का लोभ शंकर से सँवरित नहीं हुआ। वे विष तो पचा गए, रंग नहीं पचा पाए! रंग पचाना आसान नहीं है। मुझे तो सन्देह है कि यदि कंठ नीला पड़ने का यकीन न होता, तो शायद शंकर विष पीने से इनकार कर देते।

स्वेच्छा से विषपान करने में 'नील-कंठता' एक बड़ा आकर्षण है। अपनी कोशिश यह होती है कि जहर तो कम-से-कम पिएँ, पर कंठ अधिक-से-अधिक नीला हो। और कोई तो गले पर नीली स्याही पोतकर 'नीलकंठ' बने फिरते हैं।

एक सज्जन स्वतंत्रता-संग्राम में भाग ले चुके थे। हमारी स्वातंत्र्य सेना विजयी हुई। परम्परा है कि युद्ध में विजेता पक्ष विजित में लूट-मार करता है। पर हमारे इस संग्राम में विजित पक्ष तो सात समुद्र पार नये बम बनाने लगा। उसे कैसे जाकर लूटते? इसलिए विजितों ने एक नई परम्परा चलाई—अपने ही पक्ष में लूटमार करने लगे। उक्त सज्जन लड़ाई में पहली कतार में थे, इस नये शूर-कर्म में अन्तिम कतार में हो गए। कुछ हाथ नहीं लगा। तब वे बैठे-बैठे घाव दिखाकर सहानुभूति अर्जित करने लगे। सवतंत्रता-संग्राम ने कुछ लोगों को निठल्लेपन के संस्कार भी दे दिये थे। ये मजे में बैठे-बैठे कष्ट भुगतने लगे। लोग कहते—'वह बेचारा बड़ी तकलीफ उठा रहा है।' वे सुनते; बड़े प्रसन्न होते। ऐसा आनन्द और गर्व अनुभव होने लगा कि यदि कहीं कोई काम-धन्धा मिलता तो भी वे नहीं करते। स्वातंत्र्य-शूर नौकरी कैसे करे? 'विक्टोरिया क्रॉस' वाला किसी सेठ के फाटक पर पुरानी वर्दी में चौकीदारी कैसे करे?

कुछ दिनों में घाव भर गए और उन्हें देखनेवाले कम हो गए। तब उन्होंने एक अच्छी नौकरी कर ली।

आत्मीय की मृत्यु पर सिर मुड़ाने के और चाहे जो कारण हों, एक यह तो है ही कि दुख स्पष्ट दिखे और उसे समाज में मान्यता मिले। सिर मुड़ाकर अजब धज बनाए, जब कोई परिचित मिल जाता है, तो इस बेचारे के हृदय में चाहे उस क्षण आनन्द हिलोरें ले रहा हो, पर उसे देखकर यह एकदम मुँह गिरा लेता है। पूछता है बड़ी गम्भीरता से (गो कि यह जानता है)—'क्यों भाई, सब कुशल तो है?'... 'भैया, माताराम नहीं रहीं।' उसे अभ्यास से बँजा हुआ उत्तर मिलता है। वह मुँह और लटका लेता है।

'राम-राम! भैया, बड़ा बुरा हुआ। क्या बीमारी थी?'

'क्या बताऊँ भैया! कुछ पता ही नहीं चला। बात करते-करते चल दीं।'

'राम-राम! कैसी अच्छी मौत पाई है, माताराम ने! बड़ी पुण्यात्मा रहीं!'

मेरे एक दोस्त के चाचा की मृत्यु हो गई। उनका कोई लड़का नहीं था, सब सम्पत्ति इसी भतीजे को मिलनेवाली थी। इसने उनकी अरथी ऐसी प्रसन्नता से बाँधी, जैसे अपनी ही शादी में मंडप तान रहा हो! ऐसे शौक से सिर घुटाया, मानो वर्षों की लालसा पूरी हो रही हो! शाम को वह मेरे साथ घूमने निकला। रास्ते में जो परिचित मिलता, उसी से वह उदास मुँह बनाकर कहता—'भैया, तुमने तो सुन ही लिया होगा, हम पर वज्रपात हो गया।' परिचित आगे बढ़ जाता, तो वह फिर प्रसन्न हो जाता। पुन: कोई मिल जाता तो अद्‌भुत तत्परता से वह दुख ओढ़ लेता और कहता—'आपने तो सुन ही लिया होगा, हम पर दुख का पहाड़ टूट पड़ा।' हमें आठ-दस परिचित मिले; उनमें से किसी ने वज्रपात और पहाड़ टूटने की बात नहीं सुनी थी। उन सबको मेरे दोस्त ने यह बात सुनाई।

अजब चस्का होता है दुख का! फोड़ा बड़ा दर्द होता है। पर फोड़े को दबाकर, छेड़कर भी तो दर्द का मजा लेते हैं। इसे 'मीठा दर्द' कहते हैं। कहते हैं, दाद खुजाने का आनन्द, ब्रह्मानन्द की कोटि का होता है। हम ठीक नहीं कह सकते, क्योंकि हमें कभी हुई नहीं, यद्यपि स्नान के हम बहुत कायल नहीं हैं। ऐसे दर्द का चस्का जब लग जाता है, तो आदमी उपाय करके, फोड़ा उठाकर, उसका मजा लेता है। फिर तो दर्द व्यसन हो जाता है और इसी से प्राण-रस भी मिलने लगता है।

एक भले आदमी को मैं जानता हूँ, जिन्हें दर्द का चस्का लग गया था। एक आदमी उनसे दो सौ रुपये ले गया। साल बीत गया, पर उसने रुपये वापस नहीं किये। अब उन्होंने रोना-कुढ़ना शुरू किया। एक विचित्र बात देखी—रोने-कुढ़ने के बाद उनके मुख पर बड़ी प्रसन्नता, बड़ी ताजगी आ जाती। चेहरा खिल उठता। कर्जदार ने एक दिन उनसे कहा कि हर माह पचास के हिसाब से मैं आपको चार माह में रुपये चुका दूँगा। वह पचास तुरन्त देने लगा। पर ये सज्जन लेने को तैयार नहीं।

कहने लगे—'नहीं भाई, हम ऐसा नहीं करते। जैसे दो सौ ले गए थे, वैसे ही दे जाना।' वह मान गया और फिर कभी नहीं आया। इधर ये भले आदमी हर मित्र के सामने दुखड़ा रोते। जब कोई कहता—'आपको लोग बहुत तंग करते हैं, आप बड़ा नुकसान उठाते हैं,' तो ये बड़े प्रसन्न हो जाते। मुझे बड़ी देर बाद समझ में आया कि उन्होंने रुपये क्यों नहीं लिये। यदि ले लेते, तो रोने-कुढ़ने का मजा नष्ट हो जाता। दो सौ रुपये उन्होंने दुख के बैंक में डाल रखे थे और कुढ़न तथा शिकायत के रूप में जो ब्याज मिलता, उससे गुजर करते थे। ऐसे आदमी मुझे हठयोगी लगते हैं—काँटों पर पड़े हैं और भीड़ देख रही है।

एक बात और है। जब हम यह अनुभव करते हैं कि हम औरों से अधिक कष्ट भोगते हैं, तब हमें गर्व होता है। दूसरों की दृष्टि में भी हम गौरवशाली बनना चाहते हैं। दर्द का ताज सिर पर रखे घूमते हैं। दुख पूज्य माना गया है और दुख को पूज्य बनाने में सबसे बड़ा हाथ दुख देनेवालों का है। 'दीन धन्य हैं क्योंकि वही स्वर्ग के अधिकारी होंगे,' ईसा ने कहा। ईसा तो कहकर निपट गए, पर उनके अनुयायियों ने इसका अक्षरशः पालन किया। स्वर्ग का राज्य दीनों के लिए अलग छोड़कर, पृथ्वी का राज्य खुद भोगने लगे। पर स्वर्ग के राज्य के अधिकारी भी तो बनाना चाहिए। यही सोचकर ईसा के भक्तों ने कितनी ही कौमों को, करोड़ों आदमियों को दीन बना दिया। 'क्रूसेड' के जमाने से लेकर इस 'शीतयुद्ध' के जमाने तक स्वर्ग के अधिकारी बनाए जा रहे हैं और समय से पहिले स्वर्ग भेजे जा रहे हैं।

हम नहीं जानते, यह स्वर्ग का राज्य कहाँ है। पृथ्वी पर तो वह अभी तक नहीं आया। साम्यवादी दावा करते हैं कि वे दीनों का राज्य स्थापित कर रहे हैं, पर वे तो ईसा को ही नहीं मानते। ईसा के भक्तों से उनकी लड़ाई है। तो क्या ईसा ने अपने अनुयायियों को स्वयं शापित कर दिया? क्या अपने वचन को पूर्ण करने का कार्य उन्हें सौंपा है, जो ईश्वर के अस्तित्व को ही नहीं मानते?

कुछ नहीं कहा जा सकता। अभी तो दुख पूज्य ही है। सम्पन्नता दिखाने की जितनी तीव्र हविस होती है, उससे कहीं अधिक गरीबी दिखाने की होती है।

जो दुख की केवल जय बोलते हैं, कहते हैं कि दुख आदमी को महान बनाता है, ये सरासर धोखा देते हैं। दुख आदमी को 'बड़ा' भी बना सकता है और नीच भी। मन को उजला भी कर सकता है और काला भी। वे घोर निराशा से ग्रस्त होते हैं, जो दुख का हाथ जोड़कर स्वागत करते हैं—'पधारो महाराज! हम तो कृतार्थ हो गए।' दुख तो त्याज्य है, घृणित है। पर इसे किस कदर आसमान पर चढ़ाया गया है! कहते हैं :

गर्दिशे ऐय्याम तेरा शुक्रिया
हमने हर पहलू से दुनिया देख ली।

ठीक है। दुनिया तुम्हारे सामने खुल गई। दोस्त धोखा दे गए, अपने पराये हो गए। पर तुम्हारा हाल क्या हुआ? तुम्हारा तो कचूमर निकल गया। भला यह भी कोई सन्तोष हुआ कि हम डूबे तो डूबे, तुम्हें तो नंगा नहाते देख लिया!

दुख का ऐसा गर्व मुझे बहुत गलत लगता है। या तो जहर पियो मत, यदि पीना ही पड़े, या दूसरों के मंगल के लिए स्वेच्छा से पी लो, तो कंठ नीला किये मत घूमो। पर यहाँ तो मैं दुख का व्यापार फैला देखता हूँ। प्रकाशक से पुस्तक की रायल्टी माँगने गया, तो कहता है—'मैं भी आजकल 'हैंड टू माउथ' हूँ।' अंग्रेजी का अक्षर नहीं पढ़ा है, पर हमें खिसकाने के लिए अंग्रेजी मुहावरे रट लिये हैं। कुछ तो पिता या भाई की मृत्यु के बाद सहानुभूति के दलाल के जरिये, दुख का लम्बा-चौड़ा व्यापार वर्षों करते रहते हैं। वे स्वयं तो बाप को भूल जाते हैं, दूसरों को नहीं भूलने देते।

एक बार हमारा भी व्यापार शुरू हो गया था। तब की बात है, जब नौकरी छोड़कर लेखन से जीविका चलाना आरम्भ किया था। लोगों ने समझाया कि यहाँ हाथी डूब गए हैं, तुम क्या थाह लोगे? पर जब छोड़ ही दी, तो सहानुभूति भी प्रकट करने लगे। कुछ पेशेवर सहानुभूति-प्रदर्शक होते हैं। पता लगाते रहते हैं कि किस पर क्या विपत्ति पड़ी है। किसी-किसी का तो चेहरा भी ऐसा होता है कि मालूम होता है, इन्हें सरकार से मातमपुर्सी के लिए वेतन मिलता है। मेरे बारे में चिन्ताएँ प्रकट की जाने लगीं—'बड़ा दुख उठा रहा है बेचारा! अब तो शायद खाने के भी लाले पड़ने लगे। चेहरे पर कितनी परेशानी नजर आती है!' बात उल्टी थी। उन्हीं दिनों मुझे पाठ्य-पुस्तकों से दो हजार इकट्ठे मिले थे और मैं मजे में जी रहा था। पर यह भी सही है कि मेरे मुख पर कष्ट और परेशानी के भाव रहे होंगे। बात यह थी कि मैंने यह सोचकर कि अब जाने कब नया जूता प्राप्त होता है, एक नया जोड़ा पहन लिया था। यह बुरी तरह काटता था। बस, यही एक दुख था। मैं जूते को छोड़ नहीं रहा था। जिन्दगी भी तो कितनों को काटता हुआ जूता ही है, पर पहने रो रहे हैं। मैं पानी पीकर जहर पीने का श्रेय ले रहा था। कंठ स्याही से रँगा जा रहा था। मैंने शीघ्र ही ढीला जूता खरीद लिया। दर्द सहा नहीं जाता था। और फिर दया का पात्र होना कोई सुखदायक अनुभव नहीं है। समर्थ होकर भी करुणा जैसी मूल्यवान, लोक-मंगलकारी भावना को खींचना, सरासर चोरी है, धोखा है।

पर देख रहा हूँ कि इस जमाने में दुहरा शोषण चल रहा है—आदमी की रोटी तो छीनी ही जाती है, उसके हिस्से की करुणा भी छीन ली जाती है। शंकर के नाम पर एक पक्षी ही 'नीलकंठ' बना फिरता है और श्रद्धालुओं की श्रद्धा-भक्ति लेता है। आसपास नीले कंठ के परिन्दे उड़ते देखता हूँ और इनकी भीड़ में वास्तव में विषपान करनेवाला बेचारा किसी कोने में दुबका खड़ा रहता है।

सुजलां सुफलां

सावन का महीना है। सात दिन बीत गए हैं और आसमान से धरती पर गिरी हुई बूँदों की गिनती की जाए तो पचास-साठ से अधिक नहीं निकल सकतीं। मगर सर्वहारा में प्राण-शक्ति दुर्दम होती है। बाग के लाडले पौधे सूख रहे हैं, पर इन पचास-साठ बूँदों और बादलों की छाया से ही उपेक्षित, आवारा घास फूट निकली है। सूखी बदरंग धरती पर जगह-जगह हरी घास के चप्पे आ गए हैं, जैसे विरागी के फटे वस्त्र पर किसी रस-प्रवीणा भक्तिन ने रंगीन पैबन्द लगा दिये हों!

ये कजरी गाने के दिन हैं, चौपालों में आल्हा गाने का मौसम है। ये झमाझम वर्षा के दिन हैं; मोर के नाचने के और मेढक के टर्राने के दिन हैं। पर कहीं इस साल सावन का उल्लास नहीं है। एक बेशर्म मेढक कल रात टर्रा रहा था। पचास जूते खाकर जो दाँत निपोरता रहता है, उस निर्लज्ज-जैसा। विरहिन का क्या होता होगा? रोने तक की सुविधा बादलों ने इस साल छीन ली। विरहिन के आँगन में हर बूँद जलते पेट्रोल-सी पड़ती थी। इस वर्ष तो तन का ताप ही इतना जबरदस्त है कि मन की आग शरमा गई है।

हम रोज आसमान निहारते हैं। सिर पर से सफेद, मटमैले, काले बादल निकल जाते हैं। खूब उमड़ते-घुमड़ते हैं, खूब बिजली चमकती है; पर बे-बरसे निकल जाते हैं। इतनी गरजन, उमड़न, घुमड़न और गिनी-गिनाई चार बूँदें; जैसे बेवफा का वायदा, जैसे निर्बल का गुस्सा, जैसे बँधे कुत्ते का भौंकना, जैसे मूर्ख का वेद-पाठ!

पड़ोसिन वृद्धा कह रही थी—'हो न हो, किसी ने जरूर पानी धरती में गाड़ दिया है।' करोड़ों आदमी पानी चाहते हैं और एक कोई नहीं चाहता; इसलिए वर्षा रुक गई! करोड़ों यूनिट भलाई पर एक यूनिट बुराई की विजय पर कब से हम विश्वास कर रहे हैं! अभिशाप में क्या हमारा वरदान से भी अधिक विश्वास है?

मेरा एक मित्र दो-तीन घंटे मेरे साथ बैठकर बादल निहारता है। बिन बरसे सिर पर से निकल जानेवाले इन जल-पुंजों को हम बड़ी हविस से देखते हैं।

कल मित्र देखते-देखते बोला—'बंकिमचन्द्र होते, तो मैं उनसे पूछता कि क्या यही तुम्हारी 'सुजलां सुफलां मलयज शीतलां शस्य श्यामलां' मातृभूमि है? सुजलां! वाह, सावन का महीना सूखा जा रहा है। हर साल फसल प्यासी मर जाती है और बंकिम कहते हैं—'सुजला'! और सुफलां कहाँ है? किसी के अमरूद को हाथ तो लगा लो। सवा रुपये सेर के आम कितनों के लिए 'सुफल' हैं? और मलयज शीतलां? इधर बाईं तरफ से कार्पोरेशन की नाली की दुर्गन्ध आ रही है और सामने से खुली हवा से पाखाने की। शस्य राशि कहाँ है? दूसरे देशों से अन्न उधार लेकर इस स्वर्ग-भूमि के चालीस करोड़ देवता पेट भर रहे हैं। गाँवों में मनुष्य पशुओं का हिस्सा छीनकर खा रहे हैं। और बंकिम को 'शस्य श्यामलां' दिख रहा है!'

मित्र मेरा मसखरा आदमी है और हर मसखरा थोड़ा 'सिनिक' होता ही है। मजाक कमजोरी की ही होती है। कालिदास पर भी वह बेहद नाराज है। कहने लगा—'क्या लिखा है कालिदास ने! आषाढ़ के प्रथम दिवस यक्ष को बादल दिख गया! सिर फिर गया था उसका। यक्ष भी विरह में पागल हो गया था। यहाँ श्रावण के प्रथम दिवस बादल नहीं था और उसे आषाढ़ के प्रथम दिवस सन्देश ले जाने को बादल मिल गया। प्रेमी और कवि ने मिलकर बड़ा झूठ गढ़ा! कहाँ हैं वे कवि जो वर्षा-मंगल गाते हैं, जो सावन की झड़ी को उद्दीपन बताते हैं? अगर अब किसी कवि को कवि-सम्मेलन में वर्षा-गीत गाते देखा, तो पत्थर फेंककर मार दूँगा।' उसका सात्त्विक क्रोध चरम सीमा पर पहुँच गया।

कवियों की बात बहुत 'सीरियसली' ले लेने के कारण ही मेरा मित्र विक्षुब्ध था। मातृभूमि की सत्य-कल्पित महिमा के गीत सभी जातियों में गाए जाते हैं। ध्रुव प्रदेश का निवासी जो दस फीट बर्फ खोदकर एक मछली निकालकर खाता है, वह भी गाता है कि धन्य है मेरा देश! यह पृथ्वी पर स्वर्ग है! और रेगिस्तान का आदमी, जो ऊँट का पेट चीरकर पानी निकालकर पीता है, वह भी गाता है कि बलिहारी है इस देश की! जब आदमी ऐसे गीत गाकर मग्न हो जाता है, तब नेताओं का काम आसान हो जाता है। वे उसे सिखाते हैं—'अब कहो कि मैं इस स्वर्गोपम मातृभूमि के लिए शीश कटा दूँगा।' बस, इसके बाद लोकगीत गाते हुए भूखों भी मर लेंगे और युद्ध छेड़ दो तो सिर कटाने भी पहुँच जाएँगे।

अपना यह हाल है कि हमें विश्वासमय अभिमान है कि देवता यहीं भारत में अवतार लेते रहे हैं। पुराने भक्त-कवियों की बात छोड़िए; सन 1950 में प्रकाशित एक अभक्त, राजनीतिक कर्म-प्रधान नेता की एक पुस्तक में लिखा पाया कि देवता भगवान से प्रार्थना करते हैं कि हमें भारतवर्ष में अवतार लेने दिया जाए। पुराने भारतवर्ष के अब दो हिस्से हो गए। तो क्या दो-चार देवता भूल से पाकिस्तान में जन्म न ले लेते होंगे? अथवा क्या देवता हमारे राजनीतिक उलटफेरों के अनुसार चलते हैं? देवगण अमेरिका या रूस में अवतार क्यों नहीं लेना चाहते?

और अब भारत के एक भाग, साम्यवादी केरल में अवतार लेने के बारे में क्या खयाल है?*

हिमालय और गंगा-यमुना की पुण्यधारा पर भी हमारा बहुत अभिमान टिका हुआ है। कितने गर्व से हम कहते हैं—'हमारा देश सबसे महान है! उत्तर में विश्व का सबसे ऊँचा पर्वत हिमालय मस्तक ताने खड़ा है।' जब कोई गर्व से ऐसा कहता है तो पूछने को मन करता है कि क्या तुम्हारे बाप ने हिमालय को बनाया है? क्या हमारे बाप-दादों ने चट्टान पर चट्टान जमाकर नगाधिराज का निर्माण किया है? पृथ्वी कभी सिकुड़ी थी और संयोग से वह सिकुड़न यहाँ ऐसी बड़ी हुई कि हिमालय पहाड़ उठ खड़ा हुआ। इस 'एक्सीडेंट' पर गर्व करने की गुंजाइश कहाँ है? पर जड़ का कैसा मोहक गर्व है हमारा! कृतित्व पर गर्व हो तो एक बात है। लेकिन नगपति विश्व का सिरमौर हो गया। गंगा-यमुना का जल जब पापियों को स्वर्ग भेजने लगा और देवता यहीं अवतार लेने लगे, तो करने को कुछ रहा नहीं। देश तो वैसे ही महान हो गया। बिना किये जब माथा तन गया, तो करने का कष्ट क्यों करें? अकर्म का ऐसा बड़ा अनुष्ठान और कहीं नहीं हुआ होगा।

रही-सही कमी वेदों की प्राचीनता ने पूरी कर दी। यह सत्य निर्विवाद स्वीकृत हो गया कि ऋग्वेद विश्व की सबसे प्रथम साहित्यिक रचना है। अभी तक तो कोई प्रतिद्वंद्वी पैदा नहीं हुआ। पर मोहेनजोदड़ो ने ऊपर आकर हमें डुबाया था। गनीमत है कि ईजिप्ट और चीन में अति प्राचीन खँडहर मिल गए, वरना मोहेनजोदड़ो की रचना के गर्व में हम एक ईंट भी नई न रखते (यद्यपि वह आर्यों का निर्माण नहीं है।)

कुछ पेशेवर मुँह चिढ़ानेवाले मैंने देखे हैं, जो विश्व-मानवता की हर नई उपलब्धि को 'ऊँह' बोलते हैं। उनका कथन होता है कि प्राचीन काल में हमारे देश में वह चीज थी। संजय ने धृतराष्ट्र को 'टेलीविजन' में देखकर महाभारत की 'रनिंग कमेंटरी' सुनाई थी। और दधीचि ने इन्द्र को जो वज्र दिया था, वह वास्तव में एटम बम था!

यही सब सोचकर मैंने उस मित्र से कहा था—'भाई, न बंकिमचन्द्र का दोष है, न कालिदास का, न रवीन्द्र का।' ऐसे गर्व-गान से जाति की भावात्मक तुष्टि होती है और भूखे आदमी के मस्तक में भी तनाव आता है। सीमाएँ बाँध रखने के लिए मानव-मस्तकों की आवश्यकता होती है और ऐसे गीत की भावना से सिर खुशी-खुशी दिया जा सकता है। इसलिए पानी बरसे या न बरसे; फल चाहे एक न मिले; नाक में सड़ाँध बराबर घुसे; अकाल चाहे हर साल पड़े—पर गाओ समवेत स्वर में 'सुजलां सुफलां मलयज शीतलां शस्य श्यामलां मातरम!'

---

* तब केरल में साम्यवादी दल का मंत्रिमंडल था।

पगडंडियों का जमाना

मैंने फिर ईमानदार बनने की कोशिश की और फिर नाकामयाब रहा।

एक सज्जन ने मुझसे कहा कि एक परिचित अध्यापक से कहकर मैं उनके लड़के के नम्बर बढ़वा दूँ। यों मैं उनका काम कर देता, पर बहुत अरसे बाद उसी दिन मुझे ईमान की याद आई थी और मैंने पूरी तरह ईमानदार बन जाने की प्रतिज्ञा कर ली थी। सज्जन की बात सुनकर मुझे पुरानी कथाएँ याद आ गईं और मैंने सोचा कि प्रतिज्ञा करते मुझे देर नहीं हुई कि ये इन्द्र या विष्णु मेरी परीक्षा लेने आ पहुँचे। उन्हें विश्वास नहीं है कि कोई इस जमाने में लम्बी तपस्या करेगा। चार कहानियाँ लिखकर लोग युग-प्रवर्तक की लिस्ट में नाम खोजने लगते हैं। इसलिए ये देवता अब तपस्या शुरू होते ही परीक्षा लेने आ पहुँचते हैं।

मैंने उन्हें मन-ही-मन प्रणाम किया और प्रकट कहा—'मैं इसे अनुचित और अनैतिक मानता हूँ। मैं यह काम नहीं करूँगा।'

मुझे आशा थी कि अब ये अपने मौलिक देव-रूप में प्रकट होंगे और कहेंगे—'वत्स, तू परीक्षा में खरा उतरा। बोल, तुझे क्या चाहिए? हम वर देने के 'मूड' में हैं। बोल, हिन्दी साहित्य के इतिहास में तेरे ऊपर एक अध्याय लिखवा दूँ? या कहे, तो किसी समीक्षक की तेरे घर में पानी भरने की ड्यूटी लगा दूँ?'

वे मौलिक रूप में तो आए, पर वह प्रसन्नता का न होकर रोष का था। भुन-भुनाकर चले गए। मैंने सुना, वे लोगों से मेरे बारे में कह रहे थे—'आजकल वह साला बड़ा ईमानदार बन गया है।'

मैं जिसे देवता समझ बैठा था, वह तो आदमी निकला। मैंने अपनी आत्मा से पूछा—'हे मेरी आत्मा, तू ही बता, क्या गाली खाकर, बदनामी करवाकर मैं ईमानदार बना रहूँ?'

आत्मा ने जवाब दिया—'नहीं, ऐसी कोई जरूरत नहीं है। इतनी जल्दी क्या पड़ी है? आगे जमाना बदलेगा, तब बन जाना।'

मेरी आत्मा बड़ी सुलझी हुई बात कह देती है कभी-कभी। अच्छी आत्मा 'फोल्डिंग' कुर्सी की तरह होनी चाहिए। जरूरत पड़ी तब फैलाकर उस पर बैठ गए; नहीं तो मोड़कर कोने में टिका दिया। जब कभी आत्मा अड़ंगा लगाती है, तब मुझे समझ में आता है कि पुरानी कथाओं के दानव अपनी आत्मा को दूर किसी पहाड़ी पर तोते में क्यों रख देते थे। वे उससे मुक्त होकर बेखटके दानवी कर्म कर सकते थे। देव और दानव में अब भी तो यही फर्क है—एक की आत्मा अपने पास ही रहती है और दूसरे की उससे दूर।

मैंने ऐसे आदमी देखे हैं, जिनमें किसी ने अपनी आत्मा कुत्ते में रख दी है, किसी ने सूअर में। अब तो जानवरों ने भी यह विद्या सीख ली है और कुछ कुत्ते और सूअर अपनी आत्मा किसी-किसी आदमी में रख देते हैं।

आत्मा ने कह दिया, तो मैंने ईमानदार बनने का इरादा त्याग दिया।

राधेश्याम ने भी कोशिश की थी और वह भी असफल हो गया। उसकी एक छोटी-सी दुकान है। उसने पैसे-पैसे की बिक्री का सही हिसाब रखा और उसे बिक्री-कर के दफ्तर ले गया। वहाँ उससे कहा गया कि हिसाब झूठा है। तब उसे सच्चे हिसाब को सच्चा मनवाने के लिए घूस देनी पड़ी। कह रहा था—'मैं भी अब झूठा हिसाब रखूँगा। उसे घूस देकर सच्चा बनवा लिया करूँगा। सच्चाई के लिए घूस देने की अपेक्षा यह ज्यादा अच्छा है कि झूठ के लिए घूस दूँ। इतना महँगा ईमान अपनी हैसियत के बाहर है। इससे तो बेईमानी सस्ती पड़ेगी।'

एक स्त्री नौकरी के सिलसिले में एक बड़े आदमी के पास सच्चरित्रता का प्रमाण-पत्र लेने गई थी। बड़े आदमी ने उसे पहले अपने शयन-कक्ष में ले जाना चाहा और बाद में सच्चरित्रता का प्रमाण-पत्र देना चाहा। पहले देवता आदमी बनकर ठगते थे, अब आदमी देवता बनकर ठगते हैं।

देखता हूँ कि हर सत्य के हाथ में झूठ का प्रमाण-पत्र है। ईमान के पास बेईमानी की सिफारिशी चिट्ठी न हो, तो कोई उसे दो कौड़ी को न पूछे। यही सब सोचकर मैं ढीला हो गया। अब मैं बड़े खुले मन से नम्बर बढ़वाता हूँ।

इन दिनों मुझे बहुत स्नेही मिलते हैं। जो कभी-कभी ही मिलते हैं, साल में एक-दो बार, उन्हें आते देखते ही समझ जाता हूँ कि वे किस काम से आए हैं। मैं मौसम देखकर ऐसे आनेवाले का काम बता सकता हूँ। जुलाई के पहले हफ्ते में, जब घटा छाई हो, धरा ने हरी चूनर ओढ़ रखी हो, आसपास मोर-पपीहा बोल रहे हों, बिजली नीग्रो सुन्दरी के दाँतों की तरह चमक रही हो, ऐसे सुहावने समय में कोई कई महीने बाद आता दिखे, तो समझ जाता हूँ कि यह गीत गाने नहीं आया, बच्चों को स्कूल-कॉलेज में भर्ती कराने में मदद लेने आया है।

इधर मार्च से जो आता है, नम्बर बढ़वाने या 'पेपर आउट' करवाने आता है। बात यह है कि सारे 'सिलेबस' और 'प्रॉस्पेक्टस' गलत हैं। उनमें उन दो पर्चों का उल्लेख नहीं होता, जो जरूरी होते हैं—एक पर्चा शुरू का और दूसरा आखिरी। पहला चर्चा 'पेपर आउट' करने का होता है और आखिरी नम्बर बढ़वाने का। जो इन्हें अच्छी तरह कर ले, वह पास हो जाता है, पहला दर्जा भी पा सकता है। इन पर्चों को कुछ विद्यार्थी खुद कर लेते हैं। वे प्रतिभावान हैं और उनका भविष्य उज्ज्वल है। कुछ के अभिभावक ये पर्चे करते हैं। ऐसे परमुखापेक्षी विद्यार्थियों का भविष्य सन्दिग्ध है। उनकी अपेक्षा उनके अभिभावक का फिर भी कुछ भविष्य है।

अध्यापकों से सम्बन्ध होने के कारण मेरे पास दोनों पक्षोंवाले काफी आते हैं। कल जो आए थे, वे मुझे बरात में दो साल पहले पहली और अन्तिम बार मिले थे। मुझे यह पता नहीं था कि उस छोटी मुलाकात में ही उन्होंने इतनी आत्मीयता पैदा कर ली थी कि भाई परीक्षा में बैठने लगा, तो उन्हें मेरी याद सताने लगी। सुना है, विरहिन को बरसात में प्रिय की बड़ी याद सताती है। परीक्षा के मौसम में भी कुछ लोगों का विरह जाग उठता है और उन्हें किन्हीं विशेष परिचितों की याद सताने लगती है। वे कहने लगे—'अमुक प्रोफेसर आपके मित्र हैं। उन्होंने एक पर्चा निकाला है। कुछ 'हिंट' दिला दीजिए न!' मैंने सोचा, किसी से मित्रता है, तो इसका कुल इतना उपयोग है कि जब जरूरत पड़े, उससे गलत काम करा लिया जाए। कोई यह तो कहता नहीं है कि अमुक से आपकी मित्रता है, तो उन्हें समझाइए न कि ऐसा गलत काम न करें। न कोई यह कहता है कि अमुक आपका दुश्मन है तो उससे पेपर आउट करवाकर उस साले का ईमान बिगाड़ दीजिए। नहीं, दुश्मन सब सुरक्षित हैं। ईमान तो हमेशा मित्र का बिगाड़ा जाएगा। किसी दिन कोई आकर मुझसे कहेगा—'अमुक पुलिस अफसर से आपके अच्छे सम्बन्ध हैं। उनसे कहिए न कि घर में हमें सेंध लगा लेने दें।'

इन सब पर्चा आउट करवानेवालों और नम्बर बढ़वानेवालों पर हँसा भी नहीं जा सकता। इनमें अधिकांश दया के पात्र हैं। ये बेहद परेशान और घबड़ाए हुए लोग हैं। कोई चाहता है कि लड़का पास हो जाए, तो उससे नौकरी करा दें, जिससे परिवार की दुर्दशा कुछ कम हो। किसी को चिन्ता है कि लड़का फेल हो गया, तो और एक साल उसकी पढ़ाई का खर्च कैसे चलाऊँगा? कोई चाहता है कि लड़की पास हो जाए, तो उसकी शादी करके बोझ हलका करूँ। बहुत दुखी और परेशान लोग होते हैं। इनमें कुछ तो इतने दीन होते हैं कि जी होता है, पहले इनके गले लगकर रो लिया जाए!

मेरी परेशानी का कारण दूसरा है। ये अब बेझिझक, निस्संकोच और निर्लज्जता से काम करने लगे हैं। दस साल पहले भी मैं यह काम करा देता था।

तब देखता था, नम्बर बढ़वानेवाला बड़ी झिझक, लज्जा और संकोच से कहता था। लोग खुलकर नहीं कहते थे। तब ऐसी दबी-छिपी चिट्ठी आती थी—'अपने दोस्त, रमेशचन्द्र के भाई सुरेश की मोटर साइकिल, जिस पर अंग्रेजी में नम्बर 2431 लिखा है, बिगड़ गई है। वह आपके मित्र सिन्हा के पास सुधरने गई है। आप उसे सुधरवा दें कि कम-से-कम 40 प्रतिशत तो काम देने लगे।' इसका मतलब है कि सुरेश का रोल नम्बर 2431 है। उसका अंग्रेजी का पर्चा बिगड़ा है। सिन्हा उसे जाँच रहे हैं और उनसे 40 प्रतिशत नम्बर दिलवाना है। अब सीधी चिट्ठी आ जाती है। खुला कार्ड तक आ जाता है। तब नम्बर बढ़वानेवाला बड़ी देर संकोच में बैठा रहता था, दुविधा में पड़ा रहता था, यहाँ-वहाँ की बातें करता था और तब कहीं शरमाकर बगले झाँकता हुआ नम्बर बढ़वाने की बात कहता था। अब नम्बर बढ़वानेवाला इस तरह आता है, जैसे बाजार में सब्जी खरीदने जाता है। सीधा मेरी आँखों में देखता है और अधिकारपूर्वक कहता है कि नम्बर बढ़वाने हैं।

दस सालों में यह जो प्रगति हो गई है, यह मुझे परेशान करती है। भयंकर संकोचहीनता है यह। यह साहस मुझे डराता है। मैं इन्तजार करता हूँ कि कोई तो थोड़ा संकोच लेकर आए कि मैं कुछ आश्वस्त हो जाऊँ।

कोई नहीं आता। मुझे लगता है, हम सबने मान लिया है कि आम सड़कें सब बन्द हो गई हैं। उन पर तख्ती टँग गई है—'सड़क मरम्मत के लिए बन्द है।' सालों से ये सड़कें बन्द हैं और सब पगडंडियों से जा रहे हैं। चलते-चलते पगडंडियों के काँटे और झाड़ियाँ साफ हो गई हैं और वे सड़कों जैसी चिकनी और चौड़ी हो गई हैं। बेझिझक, नंगे पाँव इन पर लोग चल रहे हैं। आम सड़क पर चलनेवाला अब बेवकूफ या पागल समझा जाएगा। अब आम सड़कें खुल भी जाएँ, तो लोग उन पर चलने में झिझकेंगे। मरम्मतवाले भी इसलिए ढीले पड़ गए हैं। मगर उपयोग न होने से आम सड़कों पर झाड़ियाँ और जंगली पौधे उगेंगे और वे ढक जाएँगी। तब किसी को आभास भी न होगा कि इस देश में कहीं आम सड़कें भी हैं।

लगता है, आम सड़कें अब भविष्य के पुरातत्त्ववेत्ता को ही मिलेंगी। वही इन्हें खोजेगा। वह निष्कर्ष निकालकर बताएगा कि उस जमाने में इस देश में आम सड़कें तो थीं, पर कोई उन पर चलता नहीं था। सब पगडंडी पकड़ते थे। अनुपयोग के कारण सड़कें दब गई थीं।

सफलता के महल का सामने का आम दरवाजा बन्द हो गया है। कई लोग भीतर घुस गए हैं और उन्होंने कुंडी लगा दी है। जिसे उसमें घुसना है, वह रूमाल नाक पर रखकर नाबदान में से घुस जाता है। आसपास सुगन्धित रूमालों की दुकानें लगी हैं। लोग रूमाल खरीदकर उसे नाक पर रखकर नाबदान में से घुस रहे हैं।

जिन्हें बदबू ज्यादा आती है और जो सिर्फ मुख्य द्वार से घुसना चाहते हैं, वे खड़े दरवाजे पर सिर मार रहे हैं और उनके कपालों से खून बह रहा है।

पहिला सफेद बाल

आज पहिला सफेद बाल दिखा। कान के पास काले बालों के बीच से झाँकते इस पतले रजत-तार ने सहसा मन को झकझोर दिया।

ऐसा लगा, जैसे वसन्त में वनश्री देखता घूम रहा हूँ कि सहसा किसी झाड़ी से शेर निकल पड़े;

या पुराने जमाने में किसी मजबूत माने जानेवाले किले की दीवार पर रात को बेफिक्र घूमते गरबीले किलेदार को बाहर से चढ़ते हुए शत्रु के सिपाही की कलगी दिख जाए;

या किसी पार्क के कुंज में अपनी राधा को हृदय से लगाए प्रेमी को एकाएक राधा का बाप आता दिख जाए।

कालीन पर चलते हुए काँटा चुभने का दर्द बड़ा होता है। मैं अभी तक कालीन पर चल रहा था। रोज नरसीसम जैसी आत्म-रति से आईना देखता था, घुँघराले काले केशों को देखकर, सहलाकर, सँवारकर प्रसन्न होता था। उम्र को ठेलता जाता था, वार्द्धक्य को अँगूठा दिखाता था, पर आज कान में यह सफेद बाल फुसफुसा उठा—'भाई मेरे, एक बात 'कानफिडेंस' में कहूँ—अपनी दुकान समेटना अब शुरू कर दो!'

तभी से दुखी हूँ। ज्ञानी समझाएँगे—जो अवश्यम्भावी है, उसके होने का क्या दुख? जी हाँ, मौत भी तो अवश्यम्भावी है, तो क्या जिन्दगी-भर मरघट में अपनी चिता रचते रहें? और ज्ञान से कहीं हर दुख जीता गया है? वे क्या कम ज्ञानी थे, जो मरणासन्न लक्ष्मण का सिर गोद में लेकर विलाप कर रहे थे—'मेरो सब पुरुषारथ थाको!' स्थितप्रज्ञ दर्शन अर्जुन को समझानेवाले की आँखें उद्धव से गोकुल की व्यथा-कथा सुनकर डबडबा आई थीं। मरण को त्योहार माननेवाले ही मृत्यु से सबसे अधिक भयभीत होते हैं। वे त्योहार का हल्ला करके अपने हृदय के सत्य भय को दबाते हैं।

मैं वास्तव में दुखी हूँ। सिर पर सफेद कफन बुना जा रहा है; आज पहिला तार डाला गया है। उम्र बुनती जाएगी इसे और यह यौवन की लाश को ढक लेगा। दुख नहीं होगा मुझे? दुख उन्हें नहीं होगा, जो बूढ़े ही जन्मे हैं।

मुझे गुस्सा है, इस आईने पर। वैसे तो यह बड़ा दयालु है, विकृति को सुधारकर चेहरा सुडौल बनाकर बताता रहा है, आज एकाएक यह कैसे क्रूर हो गया? क्या इस एक बाल को छिपा नहीं सकता था? इसे दिखाए बिना क्या उसकी ईमानदारी पर बड़ा कलंक लग जाता? उर्दू-कवियों ने ऐसे संवेदनशील आईनों का जिक्र किया है, जो माशूक के चेहरे में अपनी ही तसवीरें देखने लगते हैं; जो उस मुख के सामने आते ही गश खाकर गिर पड़ते हैं; जो उसे पूरी तरह प्रतिबिम्बित न कर सकने के कारण चटक जाते हैं। सौन्दर्य का सामना करना कोई खेल नहीं है। मूसा बेहोश हो गया था! ऐसे भले आईने होते हैं, उर्दू-कवियों के। और यह एक हिन्दी लेखक का आईना है!

मगर आईने का क्या दोष? बाल तो अपना सफेद हुआ है। सिर पर धारण किया, शरीर का रस पिलाकर पाला, हजारों शीशियाँ तेल की उड़ेल दीं—और ये धोखा दे गए। संन्यासी शायद इसीलिए इनसे छुट्टी पा लेता है कि उस विरागी का साहस भी इनके सामने लड़खड़ा जाता है।

आज आत्मविश्वास उठा जाता है; साहस छूट रहा है। किले में आज पहिली सुरंग लगी है। दुश्मन को आते अब क्या देर लगेगी!

क्या करूँ? इसे उखाड़ फेंकूँ? लेकिन सुना है, यदि एक सफेद बाल को उखाड़ दो, तो वहाँ एक गुच्छा सफेद हो जाता है। रावण जैसा वरदानी होता है, कम्बख्त। मेरे चाचा ने एक नौकर सफेद बाल उखाड़ने के लिए ही रखा था, पर थोड़े ही समय में उनके सिर पर काँस फूल उठा था। एक तेल बड़ा 'मनराखन' हो गया है। कहते हैं, उससे बाल काले हो जाते हैं। (नाम नहीं लिखता, व्यर्थ प्रचार होगा) उस तेल को लगाऊँ? पर उससे भी शत्रु मरेगा नहीं, उसकी वर्दी बदल जाएगी। कुछ लोग खिजाब लगाते हैं। वे बड़े दयनीय होते हैं। बुढ़ापे से हार मानकर, यौवन का ढोंग रचते हैं। मेरे एक परिचित खिजाब लगाते थे। शनिवार को वे बूढ़े लगते और सोमवार को जवान—इतवार उनका रँगने का दिन था। न जाने वे ढलती उम्र में काले बाल किसे दिखाते थे! शायद तीसरे विवाह की पत्नी को। पर वह उन्हें बाल रँगते देखती तो होगी ही! और क्या स्त्री को केवल काले बाल दिखाने से यौवन का भ्रम उत्पन्न किया जा सकता है? नहीं, यह सब नहीं होगा। शत्रु को सिर पर बिठाए रखना पड़ेगा। जानता हूँ, यह धीरे-धीरे सब वफादार बालों को अपनी ओर मिला लेगा।

याद आती है, मेरे समानधर्मा, कवि केशवदास की, जिसे 'चन्द्रवदन मृगलोचनी' ने 'बाबा' कह दिया, तो वह बालों पर बरस पड़ा था। हे मेरे पूर्वज, दुखी, रसिक कवि! तेरे मन की ऐंठन मैं अब बखूबी समझ सकता हूँ।

मैं चला आ रहा हूँ, तेरे पीछे। मुझे 'बाबा' तो नहीं, पर 'दादा' कहने लगी है—बस, थोड़ा ही फासला है!

मन बहुत विचलित है। आत्म-रति के अतिरेक का फल नरसीसस ने भोगा था, मुझे भी भोगना पड़ेगा। मुझे एक अन्य कारण से डर है। मैंने देखा है, सफेद बाल के आते ही आदमी हिसाब लगाने लगता है कि अब तक क्या पाया, आगे क्या करना है और भविष्य के लिए क्या संचय किया। हिसाब लगाना अच्छा नहीं होता। इससे जिन्दगी में वणिक-वृत्ति आती है और जिस दिशा से कुछ मिलता है, आदमी उस दिशा में सिजदा करता है। बड़े-बड़े 'हीरो' धराशायी होते हैं। बड़ी-बड़ी देव-प्रतिमाएँ खंडित होती हैं। राजनीति, साहित्य, जन-सेवा के क्षेत्र की कितनी महिमामंडित मूर्तियाँ इन आँखों ने टूटते देखी हैं; कितनी आस्थाएँ भंग होते देखी हैं। बड़ी खतरनाक उम्र है यह; बड़े समझौते होते हैं सफेद बालों के मौसम में। यह सुलह का झंडा सिर पर लहराने लगा है। यह घोषणा कर रहा है—'अब तक के शत्रुओ! मैंने हथियार डाल दिये हैं। आओ, सन्धि कर लें।' तो क्या सन्धि होगी—उनसे, जिनसे संघर्ष होता रहा? समझौता होगा उससे, जिसे गलत मानता रहा?

पर आज एकदम ये निर्णायक प्रश्न मेरे सामने क्यों खड़े हो गए? बाल की जड़ बहुत गहरी नहीं होती। हृदय से तो उगता नहीं है यह! यह सतही है, बेमानी! यौवन सिर्फ काले बालों का नाम नहीं है। यौवन नवीन भाव, नवीन विचार ग्रहण करने की तत्परता का नाम है; यौवन साहस, उत्साह, निर्भरता और खतरे-भरी जिन्दगी का नाम है; यौवन लीक से बच निकलने की इच्छा का नाम है। और सबसे ऊपर, बेहिचक बेवकूफी करने का नाम यौवन है। मैं बराबर बेवकूफी करता जाता हूँ। यह सफेद झंडा प्रवंचना है। हिसाब करने की कोई जल्दी नहीं है। सफेद बाल से क्या होता है?

यह सब मैं किसी दूसरे से नहीं कह रहा हूँ, अपने-आपको ही समझा रहा हूँ। द्विमुखी संघर्ष है यह—दूसरों को भ्रमित करना और मन को समझाना। दूसरों से भय नहीं। सफेद बालों से किसी और का क्या बिगड़ेगा? पर मन तो अपना है। इसे तो समझाना ही पड़ेगा कि भाई, तू परेशान मत हो। अभी ऐसा क्या हो गया है! यह तो पहिला ही है। और फिर अगर तू नहीं ढीला होता, तो क्या बिगड़नेवाला है!

पहिले सफेद बाल का दिखना एक पर्व है। दशरथ को कान के पास सफेद बाल दिखे, तो उन्होंने राम को राजगद्दी देने का संकल्प किया। उनके चार पुत्र थे। उन्हें देने का सुभीता था। मैं किसे सौंपूँ? कोई कन्धा मेरे सामने नहीं है, जिस पर यह गौरवमय भार रख दूँ। किस पुत्र को सौंपूँ? मेरे एक मित्र के तीन पुत्र हैं। सबेरे यह मेरा दशरथ अपने कुमारों को चुल्लू-चुल्लू पानी मिला दूध बाँटता है। इनके कन्धे ही नहीं हैं—भार कहाँ रखेंगे? बड़े आदमियों के दो तरह के पुत्र होते हैं—वे, जो वास्तव में हैं, पर कहलाते नहीं हैं और वे जो कहलाते हैं, पर हैं नहीं।

जो कहलाते हैं, वे धन-सम्पत्ति के मालिक बनते हैं और जो वास्तव में हैं, वे कहीं पंखा खींचते हैं या बर्तन माँजते हैं। होने से कहलाना ज्यादा लाभदायक है।

अपना कोई पुत्र नहीं। होता तो मुश्किल में पड़ जाते। क्या देते? राज-पाट के दिन गए, धन-दौलत के दिन हैं। पर पास ऐसा कुछ नहीं है, जो उठाकर दे दिया जाए। न उत्तराधिकारी है, न उसका प्राप्य। यह पर्व क्या बिना दिये चला जाएगा?

पर हम क्या दें? महायुद्ध की छाया में बढ़े हम लोग; हम गरीबी और अभाव में पले लोग; केवल जिजीविषा खाकर जिए हम लोग—हमारी पीढ़ी के बाल तो जन्म से ही सफेद हैं। हमारे पास क्या है? हाँ, भविष्य है, लेकिन वह भी हमारा नहीं, आनेवालों का है। तो इतना रंक नहीं हूँ—विराट भविष्य तो है। और अब उत्तराधिकारी की समस्या भी हल हो गई। पुत्र तो पीढ़ियों के होते हैं। केवल जन्मदाता किसी का पिता नहीं होता। विराट भविष्य को एक पुत्र ले भी कैसे सकता है? इससे क्या कि कौन किसका पुत्र होगा, कौन किसका पिता कहलाएगा! मेरी पीढ़ी के समस्त पुत्रो! मैं तुम्हें वह भविष्य ही देता हूँ। यद्यपि वह अभी मूर्त नहीं हुआ है, पर हम जुटे हैं, उसे मूर्त करने। हम नींव में धँस रहे हैं कि तुम्हारे लिए एक भव्य भविष्य रचा जा सके। वह तुम्हारे लिए एक वर्तमान बनकर ही आएगा—हमारा तो कोई वर्तमान भी नहीं था। मैं तुम्हें भविष्य देता हूँ और इस देने का अर्थ यह है कि हम अपने-आपको दे रहे हैं, क्योंकि उसके निर्माण में अपने-आपको मिटा रहे हैं। लो, सफेद बाल दिखने के इस पर्व पर यह तुम्हारा प्राप्य सँभालो। होने दो हमारे बाल सफेद। हम काम में तो लगे हैं—जानते हैं कि काम बन्द करने और मरने का क्षण एक ही होता है।

हमें तुमसे कुछ नहीं चाहिए। ययाति जैसे स्वार्थी हम नहीं हैं जो पुत्र की जवानी लेकर युवा हो गया था। बाल के साथ, उसने मुँह भी काला कर लिया।

हमें तुमसे कुछ नहीं चाहिए। हम नींव में धँस रहे हैं; लो, हम तुम्हें कलश देते हैं।

सहानुभूति

एक कवि मित्र ने रेल से कटकर आत्महत्या कर ली। मैं उसकी शव-यात्रा में जाने लायक साहस नहीं बटोर पाया। वह साथी था, वर्षों का मित्र! तीस साल के उस जवान मित्र के दो टुकड़े भी हम नहीं देख सके। कुछ लोगों का आग्रह था कि हमें उसके दो टुकड़े भी देखना था। उन्होंने तो जी-भर उसे देखा था, उसकी शव-यात्रा में गए थे और बड़े शौक से रस लेकर वर्णन कर रहे थे कि कैसे कटा, कहाँ से कटा, खून कहाँ गिरा, आँखें कैसी थीं, सिर कैसा था। दो टुकड़े इतनी दिलचस्पी से देखनेवालों में से कई ने, तब उसकी ओर आँखें भी नहीं उठाई थीं, जब वह समूचा था। टुकड़े देखनेवालों ने हमारी निन्दा आरम्भ की, जिन्होंने उसे समूचा देखा था। कुछ लोग स्नेह और सहानुभूति का घड़ा भरकर रखे रहते हैं और आदमी के मरने की राह देखते रहते हैं। इनका हृदय आग बुझाने के लिए पानी से भरी रखी हुई बाल्टी की तरह होता है, जिसका उपयोग तभी होता है, जब आग लगती है। इनका स्नेह और सहानुभूति प्राप्त करने के लिए आदमी को मरना पड़ता है। इन लोगों ने, हम नहीं जानेवालों को हृदयहीन कहा। फिर अखबारवालों ने कटाक्ष किया। महत्त्वपूर्ण मृत्यु का उपयोग जो रोचक समाचार बनाने के लिए करते हैं, उन्होंने हम लोगों की सहृदयता पर प्रश्नचिह्न लगाया। अखबारी सहानुभूति मैंने एक बार स्वयं देखी थी। एक दैनिक के दफ्तर में सम्पादक के पास बैठा था। सम्पादक अगले अंक के लिए 'बैनर' खोज रहे थे। कोई बड़ा समाचार मिल नहीं पा रहा था और वे परेशान थे। सहसा रेडियो ने एक बड़े लोकप्रिय नेता की मृत्यु का समाचार प्रसारित किया। सम्पादक खुशी से उछल पड़े और टेबिल पर हाथ मारकर बोले—'फाइन! अच्छा 'बैनर' बन जाएगा।' अखबारनवीसों ने न जानेवालों पर टिप्पणी करके उस कवि की प्रतिष्ठा को भी बढ़ाया नहीं, घटाया ही। अर्थ तो यही निकला न कि उसकी शव-यात्रा में कई साहित्यिक ही नहीं गए। यह भी क्या कवि! नादान की दोस्ती वाली कहावत ऐसे ही मौके पर याद आती है।

सहानुभूति का हिसाब नहीं करना है, संवेदना की तुलना नहीं करनी और न यही कहना है कि हम औरों से अधिक सहृदय हैं। एक बात मन में उठती है कि जीवित की अवहेलना और मृतक का सम्मान कितना बढ़ गया है! पाँच सौ साल पहिले कबीर बड़ी हैरत में चिल्लाया था :

जियत बाप से दंगम दंगा,
मरे हाड़ पहुँचाए गंगा!

याद आता है कि ईसा जब भक्तों के दल के साथ बढ़े जा रहे थे, तब एक आदमी ने आकर कहा कि मैं मृत भाई को दफनाकर अभी आता हूँ। ईसा ने कहा—'लेट द डेड बडर देअर डे!' तुम चलो मेरे साथ! ईसा क्या हृदयहीन था? ईसा ने उस 'फार्म' का विरोध किया था, जो जीवन को ढक लेता है। देखता हूँ, बुरी तरह 'फार्म' ने हमारी भावनाओं को आवृत कर रखा है। रूप और रूपक का बोलबाला है। स्नेह, सहानुभूति, करुणा का भी एक प्रगट रूप रूढ़ हो गया है और उसी को हम आन्तरिक भाव से अधिक मानने लगे हैं। सच्चा संवेदन भी जब रूढ़ हो जाता है, तब वह एक भावहीन, रिक्त, थोथा रिफ्लेक्स हो जाता है। बिना बोले का दुख बड़ा कहा गया है, पर अब कोलाहल में दुख की मात्रा नापी जाती है। शव-यात्रा में जो तफरीहन भी जाए, उसका दुख बड़ा गिना जाएगा और जो दुख से टूटकर घर बैठा रहे, उसे निष्ठुर माना जाएगा। प्रथा है कि पुत्र की अन्त्येष्टि-क्रिया में पिता नहीं जाता। भला पिता पुत्र का दाह होते कैसे देखेगा? अधिक दुखवाले को घर में ही बैठने देना चाहिए। लेकिन अब शायद अधिक दुख का सबूत देने के लिए बाप को भी रूपक रचना पड़ेगा। एक आदमी को जानता हूँ जो हर शव-यात्रा में जाता है। दाह-संस्कार के प्रबन्ध के लिए उस जैसा विश्वासी आदमी दूसरा नहीं है। करुण से करुण मृत्यु पर जब आसपास लोग सिसकते होते हैं, उसके चेहरे पर शिकन नहीं आती। वह उत्सव के उत्साह से रस्सी, घास-बाँस और हंडी की व्यवस्था में व्यस्त रहता है। क्या वह हर मृत्यु पर सबसे अधिक दुखी आदमी होता है?

नीरो रोता भी समारोह में था। हम सभी छोटे-मोटे नीरो बने जा रहे हैं। जो समारोह में न रोए, उसका रोना, रोना नहीं गिना जाएगा। पहिले 'मदनोत्सव' होते थे, अब रुदनोत्सव होते हैं। इन रुदनोत्सवों में सच्चा रोनेवाला तो रह जाता है, झूठा रोनेवाला रंग जमा लेता है। एक नेता की शवयात्रा मैंने देखी थी। उसका शव एक ट्रक पर रखकर चार-पाँच मील दूर नर्मदा-घाट पर ले जाया जा रहा था। एक व्यक्ति जो बड़ी उत्तेजना से जुलूस की व्यवस्था कर रहा था, एकदम उचककर ट्रक पर चढ़ गया और शव के सीने पर दोनों हाथ रखकर दहाड़ मारकर रोने लगा—'हाय, जी!' ऐसा ओवर-एक्टिंग हुआ कि ट्रेजेडी की जगह कॉमेडी हो गई। मृतक के सगे भाई बेचारे नीचा सिर किये अन्तिम पंक्ति में चलने लगे।

उनका रोना हराम कर दिया, उस विकट विलापी ने। दूसरे दिन अखबारों में छपा कि उक्त व्यक्ति चार-पाँच मील शव से चिपका हुआ क्रन्दन करता गया और रास्ते में उसे कई बार मूर्च्छा आ गई। यह आगे क्यों नहीं लिखा कि धिक्कार है उन वज्र-हृदय भाइयों की, जो एक बार भी नहीं चीखे और चुपचाप पीछे चलते रहे।

शोक-समारोह कभी-कभी कैसे हास्यास्पद हो जाते हैं, इसकी आपबीती बताता हूँ। मैं एक स्कूल में अध्यापक था। दस बजे लड़कों की सामूहिक प्रार्थना होती थी। वे आपस में लत्ती मारते, पेंसिल कोंचते, कान खींचते, चिमटी लेते, प्रार्थना कर लेते थे। सामने चबूतरे पर खड़े अध्यापक भी यह फुसफुसाते हुए निभा लेते थे कि यार, आज दस तारीख हो गई पर वेतन नहीं मिला अब तक। बेचारे रोज प्रार्थना करें फिर भी इतना-सा वरदान न मिले कि वेतन पहिली को मिल जाएगा। मैं प्रार्थना में शामिल नहीं होता था। संस्था के मालिकों ने मुझे यह सोचकर नहीं छेड़ा होगा कि ईश्वर के होने का कोई निश्चय नहीं है, पर यह आदमी तो निश्चित है। अनिश्चित का पक्ष लेकर निश्चित से कौन झंझट करे! मैं अपने कमरे में बैठा रहता। एक विशेष अवसर पर मैं उस स्थल पर पहुँचता था—तब जब किसी प्रसिद्ध व्यक्ति के लिए शोक-प्रदर्शन करना होता। शोक-भाषण मेरे जिम्मे था। हर दो-चार माह में ऐसे व्यक्ति मृत होते ही हैं जिनके लिए स्कूलों में शोक-प्रस्ताव पास होते हैं और छुट्टी होती है। मुझे हेडमास्टर से सूचना मिल जाती कि आज शोक-भाषण करना है। मैं आँखों में असीम दर्द भरकर, मुख पर दुःख बिछाकर, धीरे-धीरे नीचे देखता कमरे से निकलता और चबूतरे पर खड़ा हो जाता। सामने सैकड़ों लड़कों की कतारें होतीं। विकल नयनों से मैं एक बार उन लड़कों को देखता और भारी गले से बोलना आरम्भ कर देता—'आज हम गहन शोक की छाया-तले खड़े हैं...' भाषण के अन्त में यह अवश्य कहता कि मृतक जो स्थान रिक्त कर गया है, वह कभी नहीं भरेगा—यद्यपि किसी-किसी के मरने से कोई स्थान ही रिक्त नहीं होता, बल्कि ऐसा लगता है कि अच्छा हुआ, 'ट्यूमर' कट गया। मैं हर मरनेवाले में मनुष्य के सब गुण आरोपित कर देता था, वह चाहे विश्व-प्रसिद्ध व्यक्ति हो या मुहल्ले का नेता। चेखव की एक कहानी में मुझ जैसा एक पात्र है जो मृत्यु पर भाषण करने में उस्ताद है। उसके पास 'रेडीमेड' भाषण है। उसे लोग सोते से उठाकर श्मशान भूमि ले जाते हैं, मरनेवाले का नाम मात्र बता देते हैं और वह धड़ल्ले से शोकपूर्ण भाषण दे देता है। एक बार नशे की झोंक में वह नामों में गड़बड़ा गया और उस व्यक्ति की मृत्यु पर बोल गया, जो उसके ठीक सामने खड़ा था। मुझे भी शोक-भाषण का अभ्यास हो गया था। ठंड में जब काली शेरवानी धारण किये मैं बोलता; तब तो ऐसा लगता, जैसे पादरी अन्तिम आशीर्वाद दे रहा है! मेरे भाषण के बाद छुट्टी हो जाती।

कुछ दिनों में लड़कों ने मेरे प्रार्थना में आने का सम्बन्ध छुट्टी से जोड़ लिया। मैं आता दिखता, तो समझ जाते कि कोई मरा है और आज छुट्टी हो जाएगी।

फिर तो लड़के कभी किसी की मृत्यु की खबर पाकर मेरे पास आते और बड़ी गम्भीर मुद्रा में कहते—'सर, अमुक आदमी की मृत्यु हो गई। शोक-सभा होनी चाहिए।' मैं उन्हें टालता, तो वे जोर देते—'सर, सर्वत्र शोक छाया हुआ है। वह महापुरुष था। उसकी आत्मा की शान्ति के लिए प्रार्थना करनी चाहिए।' एक दिन तो मुझसे आकर कहने लगे कि डाकू मानसिंह के लिए शोक-सभा करनी चाहिए। मैंने डाँटा, तो कहने लगे कि चाहे डाकू हो, पर था तो प्रसिद्ध आदमी। एक दिन एक प्रसिद्ध आदमी की मृत्यु हुई। हेडमास्टर को यह निर्णय करने में देर लगी कि मरनेवाला छुट्टी के योग्य था या नहीं। लड़के निराश हो चुके थे। अन्तिम क्षण में हेडमास्टर ने मुझे बुला भेजा। मुझे आते देखते ही लड़के खुशी से उचकने लगे और ताली बजाकर चिल्लाने लगे—'छुट्टी होगी! छुट्टी! छुट्टी!' मैंने क्रोध से उनकी ओर देखा और डाँटा। फिर भारी स्वर में शुरू किया—'आज हम गहन शोक की छाया तले'—वाक्य समाप्त होने के पहिले ही लड़के कोलाहल करते हुए भाग खड़े हुए। कहा जाएगा कि अनुशासन नहीं था लड़कों में। मैं कहता हूँ, शोक-प्रदर्शन की भावनाहीन रूढ़ि का यही परिणाम होता है। आत्मा अगर वास्तव में होती हो तो उसकी शान्ति बड़ी भंग होती होगी, हमारी इन आत्मा की शान्ति की प्रार्थनावाली शोकसभाओं से।

इन रूपों में कहाँ सच्चा संवेदन है? अरथी के पीछे चलानेवालों में कौन दोस्त और कौन दुश्मन है, इसकी कोई पहिचान नहीं। मेरे एक परिचित की बीमारी में जितने लोग उन्हें देखने आए, उनमें से आधे भी उन्हें वोट देते, तो वे लोकसभा का चुनाव जीत जाते, पर वे बेचारे म्युनिसिपल की वार्ड मेम्बरी का चुनाव ही हार गए।

फार्म जहाँ नहीं है, वहाँ भी भावना है, इसे हम क्यों नहीं मानते? शायद वहाँ थोड़ी अधिक ही हो। जहाँ आडम्बर प्रधान हो गया, वहाँ सच्ची भावना कैसे रहेगी? खादी जिसके शरीर पर न हो, उसे कुछ समय पहिले तक देश-भक्त ही नहीं समझते थे। ऐसा लग रहा था कि खादी का देश की अर्थव्यवस्था से सम्बन्ध तोड़कर लोग मन्दिर में खादी का थान रखकर उसकी पूजा करेंगे।

जिस दिन पादरी का बढ़िया रेशमी चोगा सिल गया, उस दिन से चर्च में शायद उनके ईश्वर ने आना छोड़ दिया। जितनी देर मुल्ला मसजिद की गुम्बद से सबको सुनाकर खुदा को पुकारता है, उतनी देर उसका खुदा मसजिद से भागकर कहीं चला जाता होगा। जब पंडित ने पूजा में तरह-तरह के बहाने से यजमान से पैसे रखवाना शुरू किया, तो उनके देवता घबड़ाकर खिसक दिये।

यह सब शायद मन की बहक है। आखिर रीति-नीति भी तो कोई चीज है। रूढ़ि का भी तो अपना महत्त्व है। माना कि हम मनुष्य के बेटे को सूली पर टाँग देते हैं, पर गले में 'क्रॉस' लटकाए तो घूमना ही चाहिए।

इसलिए उठूँ। शोक-सभा में जाना है। वहाँ जानेवालों के नाम छपेंगे।

विज्ञापन में बिकती नारी

अखबार में भविष्य-फल और विज्ञापन जरूर पढ़ता हूँ। जिनका कोई भविष्य नहीं है, उन्हें भी भविष्य-फल पढ़ना चाहिए। कभी-कभी फल में से भविष्य निकल पड़ता है, जैसे अकाल में से राहत-कार्य अधिकारियों के बँगले निकल पड़ते हैं। मेरी राशि के सामने लिखा रहता है : 'इस सप्ताह आर्थिक तंगी रहेगी, पर पैसे का प्रबन्ध हो जाएगा।' मेरे और भारत सरकार के ग्रह एक-से पड़े हैं। उसका भी यही स्थायी भविष्य-फल है : आर्थिक तंगी रहेगी, पर पैसे का इन्तजाम हो जाएगा। मैं पास का पैसा खर्च करने निकल पड़ता हूँ। तंगी होगी तब पैसे का इन्तजाम होगा—ऐसा ज्योतिषी कहते हैं। तंगी ही न होगी, तो ग्रह क्यों इन्तजाम करेंगे? भारत सरकार तंगी पैदा करती है, तो ग्रह कहीं अमेरिका के, कहीं रूस के, कहीं विश्व-बैंक के पीछे पड़कर पैसे का इन्तजाम करवा देते हैं।

उस दिन भविष्य-फल पढ़ते ही मैं तंगी पैदा करने निकल पड़ा। पास में कुछ रुपये थे। ये अगर बने रहे, तो ग्रह कहीं से पैसा नहीं दिलवाएँगे। मैंने तय किया, एक पंखा खरीदकर तंगी पैदा कर ली जाए। मैंने अखबार में पंखों के विज्ञापन देखे। हर कम्पनी के पंखे के सामने स्त्री है। एक पंखे से उसकी साड़ी उड़ रही है और दूसरे से उसके केश। एक विज्ञापन में तो सुन्दरी पंखे के फलक पर ही बैठी हुई है। मुझे डर लगा, कहीं किसी ने स्विच दबा दिया तो? ऐसी बदमाशियाँ आजकल होती रहती हैं। मैं सुन्दरी के लिए बहुत चिन्तित हुआ। पिछले साल मेरा एक महीना ऐसी ही चिन्ता में कटा था। एक पत्रिका ने मुखपृष्ठ सजाने के लिए चित्र छापा था—तीसरी मंजिल की खिड़की पर स्त्री पैर लटकाए बैठी है। मैं परेशान हो गया। जरा-सा झोंका आए तो यह गिर पड़ेगी। रात को एकाएक नींद खुल जाती और मैं सोचता—पता नहीं, उसका क्या हुआ! कहीं गिर तो नहीं पड़ी? अगला अंक जब आया और मैंने देख लिया कि लड़की उतर गई है, तब चैन पड़ा।

सोचा, यही पंखा खरीद लूँ। स्त्री को उतारकर घर पहुँचा दूँ और कहूँ—'बहनजी, इस तरह पंखे पर नहीं बैठा करते। पंखे तो बिक ही जाएँगे। तुम उनके लिए जान जोखिम में क्यों डालती हो?'

मैंने बहुत पंखे देखे। किसी के सामने कोई पुरुष बैठा हुआ हवा नहीं ले रहा है। कोई पंखा कोई पुरुष इसलिए क्यों खरीद ले कि उससे सुन्दर स्त्री की साड़ी उड़ रही है? अगर उसका पुरुष पर कोई असर न हो तो? धोखा हो जाएगा।

लेकिन कमोबेश हर चीज का यही हाल है। टूथपेस्ट के इतने विज्ञापन हैं, मगर हर एक में स्त्री ही 'उजले दाँत' दिखा रही है। एक भी ऐसा मंजन बाजार में नहीं है, जिससे पुरुष के दाँत साफ हो जाएँ। या कहीं ऐसा तो नहीं है कि इस देश का आदमी मुँह साफ करता ही नहीं है? यह सोचकर बड़ी घिन आई कि ऐसे लोगों के बीच में रहता हूँ, जो मुँह भी साफ नहीं करते।

इस विज्ञापन में लड़के ने एक खास साइकिल खरीद ली है। पास ही लड़की खड़ी है। बड़े प्रेम से उसे देखकर मुसकरा रही है। अगर लड़का दूसरी कम्पनी की साइकिल खरीद लेता, तो लड़की उससे कहती—'हटो, हम तुमसे नहीं बोलते। तुमने अमुक साइकिल नहीं खरीदी।'

यह एक और लड़की है, जो प्रेमी को एक खास सिगरेट पिलवा रही है। वह सिगरेट पी रहा है और यह मुग्ध भाव से देख रही है—'तू यह मत समझ लेना कि मैं तेरे रूप और गुण पर मुग्ध हूँ। मैं तो इसलिए तुझे प्यार करने आई हूँ कि तू यह सिगरेट पीता है।'

ये चार-पाँच सुन्दरियाँ उस युवक की तरफ एकटक देख रही हैं।

—सुन्दरियो, तुम उस युवक पर क्यों मुग्ध हो? वह सुन्दर है, इसलिए?

—नहीं, वह अमुक मिल का कपड़ा पहने है, इसलिए। वह किसी दूसरी मिल का कपड़ा पहन ले, तो हम उसकी तरफ देखेंगी भी नहीं। हम मिल की तरफ से मुग्ध होने की ड्यूटी पर हैं।

सुन्दरी को ट्रक और टायर से क्या मतलब? मगर इस विज्ञापन में ट्रक खड़ा है, ट्रक के मालिक सरदार जी खड़े हैं। एक टायर रखा है और सुन्दरी इशारा कर रही है कि वह टायर लगाओ। यह बात बरदाश्त नहीं की जा सकती। पेस्ट, कपड़ा, सिगरेट में दखलअन्दाजी चल सकती है, मगर ट्रक का मामला खतरनाक है। ट्रक को अमृतसर से बम्बई गेहूँ भरकर ले जाना है। अगर स्त्री के कहने से रद्दी टायर लगा लिया और वह कहीं बीच जंगल में धोखा दे गया, तो सरदार जी का क्या होगा? इसकी जिम्मेदारी किस पर?

मैंने कोई विज्ञापन ऐसा नहीं देखा जिसमें पुरुष स्त्री से कह रहा हो कि यह साड़ी या यह स्नो खरीद ले। अपनी चीज वह खुद पसन्द करती है, मगर पुरुष की सिगरेट से लेकर टायर तक में दखल देती है।

ऐसा लगता है, सारी अर्थ-व्यवस्था पर नारी-सौन्दर्य ने कब्जा कर रखा है।

मैं नहीं जानता, स्त्रियाँ इन विज्ञापनों में अपने 'रोल' के बारे में क्या सोचती हैं, मगर इनसे ये निष्कर्ष निकलते हैं :

- इस देश की सारी सुन्दर स्त्रियाँ कम्पनियों की नौकरानियाँ हैं। उनका काम कम्पनी की तरफ से पुरुष को फुसलाना है।
- सुन्दर स्त्री के जीवन का महान उद्‌देश्य है : किसी कारखाने का माल बिकवाना।
- सौन्दर्य की परिभाषा : सौन्दर्य स्त्री की वह मोहिनी शक्ति है, जिसके वशीभूत होकर पुरुष रद्‌दी सामान खरीद लेता है।
- इस देश का पुरुष बौड़म है। उसे किसी चीज की परख नहीं है। उसमें सुरुचि का भी अभाव है।
- स्त्री सिगरेट और टायर के मामले में भी विशेषज्ञ होती है।
- इस देश का पुरुष स्त्री का गुलाम है। वह जो चीज बता देती है, उसी को खरीद लेता है।
- स्त्री अपने उपयोग के किसी सामान में पुरुष को दखल नहीं देने देती। वह साड़ी अपनी इच्छा से खरीदेगी, मगर पुरुष को टायर अपनी इच्छा से नहीं खरीदने देगी।
- कोई सुन्दर स्त्री किसी पुरुष से सच्चा प्रेम नहीं करती। वह उसी पुरुष से प्रेम करने लगती है, जो उसकी बताई कम्पनी का माल खरीदता है।
- सच्चा प्रेम सिर्फ कुरूप स्त्रियाँ करती हैं, क्योंकि वे किसी कम्पनी का माल नहीं बिकवातीं।

अब सिर्फ कुरूप स्त्री भरोसे के लायक रह गई। सुन्दरी का कोई भरोसा नहीं। कोई सुन्दरी अगर मेरी तरफ मुग्ध होकर देखती है, तो मैं समझ जाता हूँ कि मैं उस कम्पनी के जूते पहने हूँ, जिसकी तरफ से यह मुग्ध होने की ड्यूटी कर रही है। अगर कोई सुन्दरी पुरुष से लिपट जाए तो यह सोचना भ्रम है कि वह तुमसे लिपट रही है। वह शायद रामप्रसाद मिल्स के सूट के कपड़े से लिपट रही है। अगर कोई सुन्दरी तुम्हारे पाँवों की तरफ देख रही है, तो वह 'सतयुगी समर्पिता' नारी नहीं है, जिसके लिए कहा गया है—'एकहि धर्म एक व्रत नेमा, काय वचन मन पति पद प्रेमा'। वह तुम्हारे पाँवों में पड़े धर्मपाल शू कम्पनी के जूते पर मुग्ध है। सुन्दरी आँखों में देखे, तो जरूरी नहीं कि वह आँख मिला रही है। वह शायद 'नेशनल आप्टिशियंस' के चश्मे से आँख मिला रही है। प्रेम व सौन्दर्य का सारा स्टॉक कम्पनियों ने खरीद लिया है। अब ये उन्हीं के मार्फत मिल सकते हैं।

विकलांग श्रद्धा का दौर

अभी-अभी एक आदमी मेरे चरण छूकर गया है। मैं बड़ी तेजी से श्रद्धेय हो रहा हूँ, जैसे कोई चलतू औरत शादी के बाद बड़ी फुर्ती से पतिव्रता होने लगती है! यह हरकत मेरे साथ पिछले कुछ महीनों से हो रही है कि जब-तब कोई मेरे चरण छू लेता है। पहले ऐसा नहीं होता था। हाँ, एक बार हुआ था, पर वह मामला वहीं रफा-दफा हो गया। कई साल पहले एक साहित्यिक समारोह में मेरी ही उम्र के एक सज्जन ने सबके सामने मेरे चरण छू लिये। वैसे चरण छूना अश्लील कृत्य की तरह अकेले में ही किया जाता है। पर वह सज्जन सार्वजनिक रूप से कर बैठे, तो मैंने आसपास खड़े लोगों की तरफ गर्व से देखा—तिलचट्टो, देखो, मैं श्रद्धेय हो गया! तुम घिसते रहो कलम!...पर तभी उस श्रद्धालु ने मेरा पानी उतार दिया। उसने कहा—'अपना तो नियम है कि गौ, ब्राह्मण, कन्या के चरण जरूर छूते हैं।' यानी उसने मुझे बड़ा लेखक नहीं माना था, बम्हन माना था।

श्रद्धेय बनने की मेरी इच्छा तभी मर गई थी। फिर मैंने श्रद्धेयों की दुर्गति भी देखी। मेरा एक साथी पी-एच.डी. के लिए रिसर्च कर रहा था। डॉक्टरेट अध्ययन और ज्ञान से नहीं, आचार्य-कृपा से मिलती है। आचार्यों की कृपा से इतने 'डॉक्टर' हो गए हैं कि बच्चे खेल-खेल में पत्थर फेंकते हैं तो किसी डॉक्टर को लगता है। एक बार चौराहे पर यहाँ पथराव हो गया। पाँच घायल अस्पताल में भर्ती हुए और वे पाँचों हिन्दी के 'डॉक्टर' थे। नर्स अपने अस्पताल के डॉक्टर को पुकारती : 'डॉक्टर साहब', तो बोल पड़ते थे ये हिन्दी के डॉक्टर।

मैंने खुद कुछ लोगों के चरण छूने के बहाने उनकी टाँग खींची है। लँगोटी धोने के बहाने लँगोटी चुराई है। श्रद्धेय बनने की भयावहता मैं समझ गया था। वरना मैं समर्थ हूँ, अपने-आपको कभी का श्रद्धेय बना लेता। मेरे ही शहर में कॉलेज के एक अध्यापक थे। उन्होंने अपने नेमप्लेट पर खुद ही 'आचार्य' लिखवा लिया था। मैं तभी समझ गया था कि इस फूहड़पन में महानता के लक्षण हैं। आचार्य बम्बईवासी हुए और वहाँ उन्होंने अपने को 'भगवान रजनीश' बना डाला।

आजकल वह फूहड़ से शुरू करके मान्यता-प्राप्त भगवान हैं। मैं भी अगर नेम-प्लेट में नाम के आगे 'पंडित' लिखवा लेता तो कभी का 'पंडितजी' कहलाने लगता।

सोचता हूँ, लोग मेरे चरण अब क्यों छूने लगे हैं? यह श्रद्धा एकाएक कैसे पैदा हो गई? पिछले महीनों में मैंने ऐसा क्या कर डाला? कोई खास लिखा नहीं है। कोई साधना नहीं की। समाज का कोई कल्याण भी नहीं किया। दाढ़ी नहीं बढ़ाई। भगवा भी नहीं पहना। बुजुर्गी भी कोई नहीं आई। लोग कहते हैं, ये वयोवृद्ध हैं। और चरण छू लेते हैं। वे अगर कमीने हुए तो उनके कमीनेपन की उम्र भी साठ-सत्तर साल की हुई। लोग वयोवृद्ध कमीनेपन के भी चरण छू लेते हैं। मेरा कमीनापन अभी श्रद्धा के लायक नहीं हुआ है। इस एक साल में मेरी एक ही तपस्या है—टाँग तोड़कर अस्पताल में पड़ा रहा हूँ। हड्डी जुड़ने के बाद भी दर्द के कारण टाँग फुर्ती से समेट नहीं सकता। लोग मेरी इस मजबूरी का नाजायज फायदा उठाकर झट मेरे चरण छू लेते हैं। फिर आराम के लिए मैं तख्त पर लेटा ही ज्यादा मिलता हूँ। तख्त ऐसा पवित्र आसन है कि उस पर लेटे दुरात्मा के भी चरण छूने की प्रेरणा होती है।

क्या मेरी टूटी टाँग में से दर्द की तरह श्रद्धा पैदा हो गई है? तो यह विकलांग श्रद्धा है। जानता हूँ, देश में जो मौसम चल रहा है, उसमें श्रद्धा की टाँग टूट चुकी है। तभी मुझे भी यह विकलांग श्रद्धा दी जा रही है। लोग सोचते होंगे—इसकी टाँग टूट गई है। यह असमर्थ हो गया। दयनीय है। आओ, इसे हम श्रद्धा दे दें!

हाँ, बीमारी में से श्रद्धा कभी-कभी निकलती है। साहित्य और समाज के एक सेवक से मिलने मैं एक मित्र के साथ गया था। जब वह उठे तब उस मित्र ने उनके चरण छू लिये। बाहर आकर मैंने मित्र से कहा—'यार, तुम उनके चरण क्यों छूने लगे?' मित्र ने कहा—'तुम्हें पता नहीं है, उन्हें डायबिटीज हो गया है।' अब डायबटीज श्रद्धा पैदा करे, तो टूटी टाँग भी कर सकती है। इसमें कुछ अटपटा नहीं है। लोग बीमारी से कौन फायदे नहीं उठाते। मेरे एक मित्र बीमार पड़े थे। जैसे ही कोई स्त्री उन्हें देखने आती, वह सिर पकड़कर कराहने लगते। स्त्री पूछती—'क्या सिर में दर्द है?' वे कहते—'हाँ, सिर फटा पड़ता है।' स्त्री सहज ही उनका सिर दबा देती। उनकी पत्नी ने ताड़ लिया। कहने लगी—'क्यों जी, जब कोई स्त्री तुम्हें देखने आती है तभी तुम्हारा सिर क्यों दुखने लगता है?' उसने जवाब भी माकूल दिया। कहा—'तुम्हारे प्रति मेरी इतनी निष्ठा है कि परस्त्री को देखकर मेरा सिर दुखने लगता है। जान प्रीत-रस इतनेहु माहीं।'

श्रद्धा ग्रहण करने की भी एक विधि होती है। मुझसे सहज ढंग से अभी श्रद्धा ग्रहण नहीं होती। अटपटा जाता हूँ। अभी 'पार्ट टाइम' श्रद्धेय ही हूँ। कल दो आदमी आए। वे बात करके जब उठे तब एक ने मेरे चरण छूने को हाथ बढ़ाया। हम दोनों ही नौसिखुए। उसे चरण छूने का अभ्यास नहीं था, मुझे छुआने का। जैसा भी बना, उसने चरण छू लिये। पर दूसरा आदमी दुविधा में था।

वह तय नहीं कर पा रहा था कि मेरे चरण छुए या नहीं। मैं भिखारी की तरह उसे देख रहा था। वह थोड़ा-सा झुका। मेरी आशा उठी। पर वह फिर सीधा हो गया। मैं बुझ गया। उसने फिर जी कड़ा करके कोशिश की। थोड़ा झुका। मेरे पाँवों में फड़कन उठी। फिर वह असफल रहा। वह नमस्ते करके ही चला गया। उसने अपने साथी से कहा होगा—तुम भी यार, कैसे टुच्चों के चरण छूते हो। मेरे श्रद्धालु ने जवाब दिया होगा—काम निकालने को उल्लुओं से ऐसा ही किया जाता है। इधर मुझे दिन-भर ग्लानि रही। मैं हीनता से पीड़ित रहा। उसने मुझे श्रद्धा के लायक नहीं समझा। ग्लानि शाम को मिटी जब एक कवि ने मेरे चरण छुए। उस समय मेरे एक मित्र बैठे थे। चरण छूने के बाद उसने मित्र से कहा—'मैंने साहित्य में जो कुछ सीखा है, परसाई जी से।' मुझे मालूम है, वह कवि सम्मेलनों में हूट होता है। मेरी सीख का क्या यही नतीजा है? मुझे शर्म से अपने-आपको जूता मार लेना था। पर मैं खुश था। उसने मेरे चरण छू लिये थे।

अभी कच्चा हूँ। पीछे पड़नेवाले तो पतिव्रता को भी छिनाल बना देते हैं। मेरे ये श्रद्धालु मुझे पक्का श्रद्धेय बनाने पर तुले हैं। पक्के सिद्ध-श्रद्धेय मैंने देखे हैं। सिद्ध मकरध्वज होते हैं। उनकी बनावट ही अलग होती है। चेहरा, आँखें खींचनेवाली। पाँव ऐसे कि बरबस आदमी झुक जाए। पूरे व्यक्तित्व पर 'श्रद्धेय' लिखा होता है। मुझे ये बड़े बौड़म लगते हैं। पर ये पक्के श्रद्धेय होते हैं। ऐसे एक के पास मैं अपने मित्र के साथ गया था। मित्र ने उनके चरण छुए जो उन्होंने विकट ठंड में भी श्रद्धालुओं की सुविधा के लिए चादर के बाहर निकाल रखे थे। मैंने उनके चरण नहीं छुए। नमस्ते करके बैठ गया। अब एक चमत्कार हुआ। होना यह था कि उन्हें हीनता का बोध होता कि मैंने उन्हें श्रद्धा के योग्य नहीं समझा था। हुआ उलटा। उन्होंने मुझे देखा। और हीनता का बोध मुझे होने लगा—हाय, मैं इतना अधम हूँ कि अपने को इनके पवित्र चरणों को छूने के लायक नहीं समझता। सोचता हूँ, ऐसा बाध्य करनेवाला रोब मुझ ओछे श्रद्धेय में कब आएगा?

श्रद्धेय बन जाने की इस हलकी-सी इच्छा के साथ ही मेरा डर बरकरार है। श्रद्धेय बनने का मतलब है : 'नॉन परसन'—'अव्यक्ति' हो जाना। श्रद्धेय वह होता है जो चीजों को हो जाने दे। किसी चीज का विरोध न करे—जबकि व्यक्ति की, चरित्र की, पहचान ही यह है कि वह किन चीजों का विरोध करता है। मुझे लगता है, लोग मुझसे कह रहे हैं—तुम अब कोने में बैठो। तुम दयनीय हो। तुम्हारे लिए सब कुछ हो जाया करेगा। तुम कारण नहीं बनोगे। मक्खी भी हम उड़ाएँगे।

और फिर श्रद्धा का यह कोई दौर है देश में? जैसा वातावरण है, उसमें किसी को भी श्रद्धा रखने में संकोच होगा। श्रद्धा पुराने अखबार की तरह रद्दी में बिक रही है। विश्वास की फसल को तुषार मार गया। इतिहास में शायद कभी किसी जाति को इस तरह श्रद्धा और विश्वास से हीन नहीं किया गया होगा।

जिस नेतृत्व पर श्रद्धा थी, उसे नंगा किया जा रहा है। जो नया नेतृत्व आया है, वह उतावली में अपने कपड़े खुद उतार रहा है। कुछ नेता तो अंडरवियर में ही हैं। कानून से विश्वास गया। अदालत से विश्वास छीन लिया गया। बुद्धिजीवियों की नस्ल पर ही शंका की जा रही है। डॉक्टरों को बीमारी पैदा करनेवाला सिद्ध किया जा रहा है। कहीं कोई श्रद्धा नहीं, विश्वास नहीं।

अपने श्रद्धालुओं से कहना चाहता हूँ—'यह चरण छूने का मौसम नहीं, लात मारने का मौसम है। मारो एक लात और क्रान्तिकारी बन जाओ।'

फिर उसी नर्मदा मैया की जय

[होशंगाबाद के जल-प्रलय पर लेखक के नोट्स]

भाई की ससुराल होशंगाबाद में है और उसकी पत्नी तब वहीं प्रलय के बीच थी। होशंगाबाद सरीखा महाविनाश खड़गवासला के बाद दूसरा नहीं हुआ।

मेरी ननिहाल होशंगाबाद के उस पार शाहगंज में है। 1926 का पूरा महाप्रलय कहलाता था। विशेषज्ञ कहते थे—एक शताब्दी में ऐसा पूर नहीं आया। अब कहते हैं—पाँच शताब्दियों में इस साल सरीखा पूर नहीं आया। विशेषज्ञ को आदमी से नहीं, आँकड़ों से मतलब है। पाँच सौ साल पहले होशंगाबाद बसा था, इसका क्या सबूत? इसका सबूत कबीरदास के पास ही होगा। पर इस बार के पूर और विनाश-लीला के लिए शब्द नहीं हैं। व्यंग्य-लेखक ने देखा, तो सारा व्यंग्य भूल गया।

मैं 1926 में ननिहाल में था। दो-ढाई साल का था। नर्मदा बढ़ रही थी। मैं पानी में डूब रहा था। हर आदमी आत्मरक्षा में लगा था। जब मैं डूब रहा था, मेरी माँ एकदम कूद पड़ी। मेरी टाँग पकड़ी और खींच लाई। उस समय माँ-बेटे, दोनों बह जाते और मर जाते। पर मेरी माँ ने जान देने का तय करके मुझे बचा लिया। माँ इसी तरह की होती है। सबकी माँ। इस वीरबाला सरस्वती ने भी उसी 'माँ' भावना से सैकड़ों लोगों को बचाया। यह 'माँ' ही कर सकती है।

तब माँ जान की कीमत पर मुझे नहीं बचाती तो हरिशंकर परसाई जैसा आदमी इस दुनिया में न होता। मेरे होने से कुछ मित्रों, देशवासियों को खुशी है, पर बहुत लोगों को दुख भी है। वे सोचते हैं—यह बदमाश 1926 में ही क्यों नहीं मर गया? झंझट ही दूर हो जाता।

'नर्मदा मैया' से मेरा लगाव इस तरह का है। मैं नर्मदा के तट पर पैदा हुआ, उसी नर्मदा में डूब रहा था और अब उसी नर्मदा को दो बार देखकर आ चुका हूँ। मैं नर्मदा-पुत्र ही हूँ।

जिनके घर-बार बह गए, बच्चे डूबकर मर गए, वे मेरे साथ रेल के डिब्बे में थे। पर जब नर्मदा रास्ते में आई तो वे पाँच पैसे डालकर, हाथ जोड़कर कहते—'जै नर्मदा मैया!'

मैं सोचता रह गया, जिनका सब कुछ अभी इसी नर्मदा ने नष्ट कर दिया है, उसी की 'जय' बोल रहे हैं। यह क्या मामला है? मुझे याद आया, कृषि-सभ्यता से यह श्रद्धा चली आ रही है। यह भारतीय मानस से मिटेगी नहीं। नदी जीवनदायिनी भी है और विनाशकारिणी भी। पर विनाश के बाद जीवन वहीं फिर बस जाता है और नये विनाश की राह देखता है। विनाश को भूलकर जीवन फिर वहीं आ जाता है। जिजीविषा बड़ी प्रबल होती है। मनुष्य मृत्यु पर विजय पाने की हर क्षण कोशिश करता है, घायल हो जाता है, पर फिर लड़ने को तैयार हो जाता है।

नर्मदा से मेरा बड़ा घना लगाव है। उन घाटों पर हमने कितनी बार बैठकर आधी रात तक गीत गाए हैं? कितनी बार हमने पूर्ण चन्द्र को नर्मदा में देखा है? कितनी बार बरसात में डोंगी या लाठी के सहारे या चट्टानों पर से लहर को बचाकर मैंने पार नहीं किया है? कितनी बार मैंने नर्मदा में सैर नहीं की है, तैरा नहीं हूँ? मैं बिलकुल नर्मदा-पुत्र हूँ। लेखक देखने गया था, मगर भावुक हो गया। इसी पूज्या नदी का पुत्र, इसी का पानी पिया, इसी में नहाया-तैरा, इसी ने विनाश कर दिया। मैं थोड़ी देर तक स्तब्ध खड़ा रहा।

मेरा एक भावात्मक लगाव नर्मदा से है। पर ऐतिहासिक और समाजशास्त्रीय दृष्टि भी है। कृषि-युग में पम्प नहीं थे, बिजली नहीं थी, ट्यूबवेल नहीं थे। तब नगर नदियों के किनारे बसते थे—पीने को पानी भी, सिंचाई भी, फसल भी और आवागमन का मार्ग भी। तभी से यह श्रद्धा चली आ रही है कि जिसने विनाश कर दिया, उसे भी 'जय नर्मदे'। पर इस जमाने में भी बाढ़ से बचाव का इन्तजाम न हो, यह बात प्राकृतिक मानकर भी शर्मनाक है।

आदमी जगह छोड़ेगा नहीं। पर विज्ञान और टेक्नोलॉजी कहाँ चली गई? जहाँ हर कभी बाढ़ आती है, वहाँ पहले से इन्तजाम क्यों नहीं? आसपास सर्वे क्यों नहीं? खतरे के स्तर पर पहुँचने पर नीची बस्तियाँ खाली क्यों नहीं कराईं?

खैर, छोड़ूँ। मैं बताऊँ कि एक मनुष्य के पतन की जितनी गहराई है, उससे अधिक ऊँचाई मनुष्यता के उत्थान की है। मुझे लोगों ने बताया कि इटारसी के लोगों ने घर खोल दिये थे : 'दुखी भाइयो और बहनो, आओ। हमारे घर में जो है, तुम्हारा है। जितना है, बनाओ और खाओ। आगे हम इन्तजाम करते हैं।' ट्रकें भरकर पका भोजन जाता था। मध्यमवर्ग की महिलाओं ने गहने बेच दिये और कहा—'गहने के बिना आदमी नहीं मरता। अन्न के बिना मरता है। बेच दो इन गहनों को और खाने का सामान लाओ।' लोगों ने कहा—'इटारसी नहीं होता और ऐसे मानवी लोग न होते, तो न जाने कितने हजार लोग मर जाते!' जो दुकान करते हैं, मुनाफा कमाते हैं,

उन लोगों में से भी जो पशु नहीं, आदमी थे, दुकानें और गोदामें खोल दीं। भोपाल तक से लोग खाने का सामान लाकर दे जाते थे। न जाने कहाँ-कहाँ से सहायता आई!

इधर मेरे शहर में मीठे तेल में बेकार हुए डीजल को मिलाया जाता है, पर उधर कुछ लोग दुकानें खोल देते हैं कि 'ले जाओ! कोई भूखा न मरे।' कैसा विरोधाभास है! आदमी कब लकड़बग्घा हो जाए और कब करुणा-सागर—ठिकाना नहीं है।

मनुष्य कितना जटिल है! कितना समस्यामूलक है! कितना क्रूर है! कितना दयालु है!

मैं उन सबकी जय बोलता हूँ, जिनने सिद्ध किया कि मैं अभी भी मनुष्य हूँ!

लेकिन बाकी जो बचे, वे बिलबिलाते कीड़े हैं, जो सभ्यता के सड़े भात में पैदा हो जाते हैं।

मैं दूरबीन से आसपास देख रहा था। कहीं गाँव का निशान नहीं।

मैंने जान-बूझकर नहीं बताया कि शाहगंज मेरी ननिहाल है। फायदा भी क्या? परिवार यहाँ-वहाँ नौकरी कर रहा है। घर होगा, जो खत्म हो गया होगा। पचासों गाँवों का निशान नहीं है। कोई बूढ़ी नानी या मौसी मर गई होगी। क्या होता है? इतनी नानियाँ और मौसियाँ मर गईं। मेरी भी मर गई हो!

मगर फिर भी मेरी आँखों में आँसू आ गए। यहाँ मालाखेड़ी था, इस तरफ शाहगंज, उस तरफ बुदनी है—पचासों गाँव मेरे ध्यान में आए। कितने दिनों मैं इस धूल में लोटा हूँ। पर अब यहाँ कुछ नहीं।

दिल्ली में यमुना के उस पार सैकड़ों गाँव हर साल बहते हैं, पर लोग बरसात के बाद फिर वहीं झोंपड़ी-झुग्गी बना लेते हैं। मुसीबत को जिसने बन्धु बना लिया है, उससे आदमी को क्या डर?

फिर मुझे याद आता है—मेरी ननिहाल कहाँ गई? बची कि बह गई? लोग मरे कि बचे? मेरे परिवार के लोग बचे कि मर गए?

मैंने किसी से नहीं पूछा। बताया भी नहीं। इतनी ननिहालें नष्ट हो गईं, इतने बच्चे मर गए, इतनी औरतें एक के बाद दूसरा बच्चा नदी में छोड़ती जाती थीं कि कम-से-कम एक तो बच जाए! वहाँ अपना छोटा-सा दुख लेकर मैं क्यों बैठूँ?

मैंने कॉलेज के लोगों की तारीफ सुनी। बहुत अच्छा राहत-कार्य किया। लोग आते और पका या बिना पका खाना देकर बिना नाम बताए चले जाते। फोटोग्राफर नहीं लाते थे। इसी तरह के कई राहत-कार्य चले।

आँसू पोंछकर मैं जब निपटा तो एक सज्जन ने कहा—'कुछ तो कहिए!'

मैंने कहा—'शब्द कहने में समर्थ नहीं हैं। समर्थ कर्म है। कर्म करो। जीवन मृत्यु पर विजय पाएगा। विज्ञान से, आन्दोलन से, क्रान्ति से। इस बीच कितने ही लोग मरेंगे। पर जीने के लिए कितने लोग नहीं मरे? जीने के लिए मरना भी पड़ता है।'

और फिर याद आया, मेरी ननिहाल...।

मैंने कहा—'छोड़ो। आत्मरक्षा की कोशिश कीड़ा भी कर लेता है। फिर वे तो मनुष्य हैं।'

फिर किनारे पर लोगों का समवेत स्वर—'जय नर्मदे'!

आदमी और नदी का सम्बन्ध हमेशा रहेगा।

उस बहादुर मत्स्यगन्धा सरस्वती की याद आई। वह बाहर गई थी।

मंत्री उईके ने साहस और आदमियत का काम किया कि क्रुद्ध भीड़ में चले गए। वह भीड़ किसी को भी चीरकर फेंक देती। अफसरों का पिटना स्वाभाविक है।

पर लोग खुस-फुस कर रहे थे कि पुलिस अफसर को सट्टेवालों ने पीटा था। खैर, जाँच चल रही है। यह भी लोगों ने बताया कि हिंसा को राजनीति का सिद्धान्त माननेवाले एक दल ने उपद्रव कराए।

मैं सोचता हूँ, सोलह वर्ष की केवट बच्ची में यह साहस कहाँ से आया? साहस और लोग भी जताते हैं। दूसरों की प्राण-रक्षा भी करते हैं।

पर आत्मरक्षा आदमी पहले करता है। जब खुद सुरक्षित हो जाता है, तब दूसरे की रक्षा करता है। दूसरा वह होता है, जो थोड़ा खतरा उठाकर दूसरे को बचाता है। इतना खतरा नहीं लेता कि अपनी जान चली जाए।

पर यह साहस बिलकुल अलग है। समुद्र-सरीखा हाल है। तेज लहरें हैं। चट्टानें छिपी हैं। ऐसे में कोई लड़की यह मानकर कि मैं तो निश्चित मरूँगी, दूसरों को बचाने निकल पड़े? अपनी मौत के बारे में तय करके दूसरों की प्राण-रक्षा करने निकल पड़ना—यह कैसा साहस है?

मुझे लगता है—इसमें वही भावना है, जो मेरी माँ में मुझे बचाते वक्त थी—मातृत्व की भावना। छोटी केवट लड़की उस वक्त माँ हो गई होगी और सोचा होगा—बच्चों को बचाना है। साथ ही मानवी करुणा। इस भीतरी भावना ने बाहरी शारीरिक सामर्थ्य से मिलकर उसके हाथों से डोंगी चलवाई होगी। यह केवल शारीरिक साहस नहीं है, गहरा है, भीतरी है।

उसका सम्मान हो रहा है। उसने वे रुपये बाढ़-पीढ़ितों के लिए दे दिये।

तब कलेक्टर ने बैंक में उसका खाता खुलवाया और उसे ड्राफ्ट या चेक दिये जाने लगे।

इधर मेरे शहर में भी सार्वजनिक सम्मान हुआ। पचासों मालाएँ गले में डल रही हैं। जय बोली जा रही है। पर लड़की न प्रसन्न, न उत्तेजित, न भावुक। ऐसे बैठी रही, जैसे झोंपड़े में, घर में बैठी है और उसने कोई खास काम नहीं किया है।

स्कूली बच्चे पच्चीस-पचास पैसे जेब-खर्च का लाकर दे रहे थे।

पर बड़ी-बड़ी संस्थावाले, जो चार-छह हजार का डिनर करते हैं, वायदा करके भी नहीं आए। और भी लखपति, करोड़पति नहीं आए। उनके दस्तखतों सहित लिस्ट आयोजन के मंत्री के पास थी। संचालन मैं कर रहा था।

भोला-सा मंत्री बोला—'अब दानदाताओं के नाम पढ़ते जाएँ। वे आकर माला पहनाएँगे और ड्राफ्ट देंगे।'

मैंने कहा—'वे तुम्हारे दानदाता यहाँ मुझे नहीं दिख रहे हैं। नाम पढ़ेंगे और कोई नहीं आया तो बड़े शर्म की बात होगी। वे तो अपनी शर्म ऊँचे दामों पर बेच चुके, पर अपनी अभी बची है।'

यह समाचार अखबारों में छप गया।

मैंने सोचा—इनकी आत्मा बीमार तो है, पर अभी मरी नहीं है। साँस चल रही है। शायद ये उसे कुछ भेजें।

फिर याद आई मुझे—ननिहाल!

नर्मदा से ही नष्ट लोगों की—'नर्मदा मैया की जय!'

और याद आता है—मनु!

हिमगिरि के उत्तुंग शिखर पर
बैठ शिला की शीतल छाँह,
एक पुरुष भीगे नयनों से
देख रहा था प्रलय-प्रवाह।

सड़क बन रही है

सामने सड़क बन रही है। मैं बैठा-बैठा देख रहा हूँ। गिट्टियों को कुचलनेवाला भयंकर रोलर दिन-भर धड़धड़ाता रहता है। बचपन से देख रहा हूँ, यह सड़क का रोलर वैसा ही भयंकर और बेडौल है। इस बीच दुनिया के सारे कुचलनेवाले सुडौल हो गए। साम्राज्यवाद ने पहले ही कुरूपता त्यागकर सुन्दर रूप ले लिया है। कुचलनेवाले को निरन्तर सुडौल होते जाना चाहिए, तभी कुचले जानेवाले उसे अपने ऊपर चलने देते हैं। मगर यह रोलर वैसा ही विकर्षक है। उसे नहीं मालूम कि खूबसूरत डीजल इंजन चलने से आत्महत्याओं की संख्या बढ़ी है। अगर यह रोलर होता, तो एक भी गिट्टी उचककर न भागती।

यह सड़क कौन बनवा रहा है? क्यों बनवा रहा है? अभी तो चुनाव के कई महीने हैं। अभी से पैसा क्यों बरबाद किया जा रहा है? निर्वाचन-केन्द्रित जन-कल्याण में सड़क मतदान के एक दिन पहले ही बननी चाहिए।

यह क्या ऊटपटाँग सोचने लगा। पिछले कुछ सालों में मन की ऐसी वृत्ति हो गई है कि अच्छी चीज भी देखता हूँ, तो बुरी बातें मन में आती हैं। पहले कोयल का स्वर स्वाभाविक मीठा लगता था। अब वह कूकती है, तो शक होता है कि इसने किसी संगीत विद्यालय में नौकरी के लिए दरख्वास्त दी है और सिफारिश कराना चाहती है। कोई आदमी मुहल्ले में 'मौत मट्टी' में ज्यादा शामिल होता है, तो सोचता हूँ, यह अगली बार वार्ड मेम्बरी का चुनाव लड़ेगा। जिसे वोट नहीं चाहिए, वह क्यों किसी के दुख में शामिल होगा?

सड़क बन रही है तो यह अच्छी बात है। यह बिना मिलावट के अच्छी बात है। मगर मन में मिलावट हो गई है। तो मैं बैठा-बैठा सोच रहा हूँ कि इस सड़क में से किसका बँगला बन जाएगा? किसके अहाते की दीवार उठ जाएगी? बड़ी इमारतों के पेट से बँगले पैदा होते मैंने देखे हैं। एक हॉस्टल की इमारत शहर में बनी और बँगला पैदा हुआ तो चार-पाँच मील दूर उपनगर में गिरा। बड़ा चमत्कारी प्रसव है। आल्हा-ऊदल की कथा में ऐसा प्रसंग है कि भैंस गढ़ महोबे में ब्याई तो बच्चा फर्रुखाबाद में जाकर गिरा।

इमारत से बँगला प्रगट होता तो स्वाभाविक है, पर सड़क के पेट से बँगला पैदा होना चमत्कार है—भैंस के पेट से कुत्ता पैदा होने की तरह। सड़क बनवाने के पुण्य के प्रताप से ऐसा होता होगा। दशरथ की रानियों को यज्ञ की खीर खाने से पुत्र हो गए थे। पुण्य का प्रताप अपार है, अनाथालय में से हवेली पैदा हो जाती है।

बुरी बातें हैं ये। मगर मैं क्या करूँ? मन में उठती हैं, तो क्या सारी जिम्मेदारी मेरी है?

अच्छा, सड़क पर लौटता हूँ और कुछ मीठी बात सोचता हूँ। पहले यह सड़क ऊबड़-खाबड़ थी, गिट्टियाँ निकली हुई थीं। सुन्दरियाँ इस सड़क पर चलतीं तो डरता कि कहीं पाँवों में गिट्टी न गड़ जाए। जब सड़कें नहीं थीं, 'गैल' थी, तब गैल चलती सुन्दरी के पाँव में काँटा गड़ता था। इस प्रसंग का वह खूब प्रचलित लोक-गीत सबने सुना होगा—'काँटा लागा रे बालमवा मोसे गैल चली ना जाय।'—नायक काँटा निकालता था। यह बड़ा रसमय प्रसंग होता था। चतुर नायिका जान-बूझकर काँटा गड़ा लेती थी या बिच्छू से कटवा लेती थी। अब कंक्रीट की सभ्यता ने रस-धारा के ऊपर पक्का पुल बना दिया है। ऊपर से अछूते निकल जाइए। कंक्रीट की सड़कों पर काँटे नहीं गड़ते, दुर्घटना होती है; और दुर्घटना कोई रसमय प्रसंग नहीं है—गो प्रेम की फिल्म इससे भी बन सकती है। स्त्री की जिन्दगी में कातरता के मौके कम होते जा रहे हैं। एक ही मौका बढ़ा है—जब वह परीक्षा में फेल होती है। मगर यह भी कातरता से ज्यादा लज्जा का प्रसंग है।

कातरता का एक दृश्य और इन सड़कों पर दिखता है। नायक स्कूटर को तेज दौड़ाता है, तब पीछे की सीट पर बैठी नायिका डरकर उसे जकड़ लेती है। पुराने जमाने में नौका-विहार में ऐसे प्रसंग आते थे। भय-कातर सुन्दरी पुरुष को हमेशा अच्छी लगी है। बेवकूफ हो, तब तो और अच्छी लगती है। पुरुष पूछता है—'तुमने वह कबूतर कैसे उड़ा दिया?' सुन्दरी ने दूसरा भी उड़ाकर कहा—'ऐसे!' पुरुष इस बेवकूफी पर मुग्ध हो जाता है। वाह, कितनी उच्च कोटि की मूर्खा है! यह प्रसंग प्रेम और राजनीति, दोनों के इतिहास में चला गया।

कातर और बेवकूफ स्त्री पुरुष को क्यों अच्छी लगती है? शायद इसलिए कि उसका अपना भिन्न व्यक्तित्व तो दूर, अस्तित्व तक नहीं हो पाता। वह पूरी तरह किसी का हिस्सा बनकर रह जाती है। बहुत-सी स्त्रियाँ होती हैं जो उम्र और शिक्षा के बावजूद जीवित प्राणी न होकर किसी का 'लगेज' होती हैं। उनका अपना स्वर नहीं होता, वे सिर्फ प्रतिध्वनि होती हैं। बुद्धि, भावना, इच्छा तक अपनी नहीं होती। अगर उनसे पूछो—देवी जी, आज मौसम कैसा है? तो वे आसमान की तरफ न देखकर उसकी तरफ देखेंगी, जिसका हिस्सा हैं। इस आशय से कि क्यों, बता दें कि नहीं? क्या बताएँ? तुम्हीं न इन्हें बता दो कि कैसा मौसम है।

फिर सड़क की बात करता हूँ। मुहल्ले के सारे आवारा कुत्ते पिट चुके। बच्चों को गिट्टी के ढेर मिल गए। मिट्टी के ढेले से कुत्ते को मारने में वह मजा नहीं है,

जो गिट्टी से मारने में। बच्चों को आवारा कुत्तों को मारने का अभ्यास हो जाए, तो अच्छा है। आगे चलकर ये देश को सँभालेंगे। एक ही आशंका है—इन्हें ऊँची नस्ल के कुत्तों को मारने का अभ्यास नहीं हो रहा है। ऊँची नस्ल का चाहे कुत्ता ही क्यों न हो, दबंग होता है। जूठन चुराकर खानेवाले घटिया कुत्ते ही पिट रहे हैं। दस किलो अनाजवाला जेल जा रहा है, दस ट्रक चोरी से बेचनेवाला अटारी में बेखटके रहता है। पाँच रुपये घूसवाला पकड़ा जाता है, पाँच लाखवाला पकड़नेवाले को 'डिसमिस' करा देता है। अल्सेशियन पर ये बच्चे भी गिट्टी नहीं फेंकते।

मेरे सामने एक कैलेंडर टँगा है। तसवीर में एक बच्चा फौजी पोशाक पहने बर्फ पर बैठा है। सामने शिवलिंग है और बगल में राइफल संगीन के जरिये बर्फ में गड़ी है। बच्चा हाथ जोड़े बैठा है। स्कूल जाते हुए बच्चे का चित्र नहीं है। पाकिस्तान में भी स्कूल जाते बच्चे का चित्र नहीं मिलेगा। चीन में भी नहीं। सब जगह राइफल। इधर तो बच्चा राइफल के साथ शिव को नमन कर रहा है। पाकिस्तान का बच्चा किसकी मूर्ति को नमन करता होगा? मूर्तिपूजा वहाँ है नहीं और अय्यूब खाँ देवता नहीं बने। चीन में माओ-त्से-तुंग देवता बन गए हैं। तो राइफल और माओ की मूर्ति चीनी बच्चे के सामने होगी। हमारे यहाँ का सिख ट्रक ड्राइवर कहता है—रास्ता खराब था जी, मगर वाहे गुरुजी की किरपा से मजे में चले आए। हिन्दू ड्राइवर कहता है—ईश्वर की कृपा से रास्ता ठीक कट गया। मुसलमान ड्राइवर कहता है—खुदा का शुक्र है कि ट्रक किसी तरह आ गया। चीन का ड्राइवर कहता है—माओ के विचारों के प्रताप से बिना दुर्घटना के ट्रक आ गया। बिना देवता के शायद आदमी का काम नहीं चलता। देवता बदलते जाएँ, यह अलग बात है। अमरीका के कैलेंडर का बच्चा किसे नमन करता होगा? क्या राइफल और लिंकन को? लिंकन को नमन करके क्या वह वियतनाम जाता होगा? अभागा बच्चा होगा वह।

यों ये सभी बच्चे अभागे हैं—दुनिया-भर के, जिनके सामने इनके बुजुर्ग राइफल और देवता को रख देते हैं। यह मेरे सामने का बच्चा भी कम अभागा नहीं है। इसके हिस्से का दूध राइफल पी रही है।

बहुत 'वल्गर' (गँवारू) है यह चित्र। मगर यह देशभक्ति का चित्र है। मुझे लगता है, दुनिया में कहीं का हो, देशभक्त थोड़ा 'वल्गर' होता ही है।

गिट्टी के ढेर में से बची कचूमर मुहल्ले के बच्चे लाकर घरों के सामने डाल रहे हैं। कीचड़ से बचाव होगा। बच्चों को सफलता का रहस्य मिल रहा है। जो सड़क पर की चीज को घर में डाल ले, वह इस जमाने में सफल होता है।

रोलर फिर धड़धड़ाता आ गया है। सोचता हूँ, यह कुचलने की ताकत कायम रखकर थोड़ा सुडौल क्यों नहीं हो जाता? गुजरे जमाने का उपनिवेशवादी कब तक बना रहेगा? मॉडर्न क्यों नहीं होता?

अपील का जादू

एक देश है! गणतंत्र है! समस्याओं को इस देश में झाड़-फूँक, टोना-टोटका से हल किया जाता है! गणतंत्र जब कुछ चरमराने लगता है, तो गुनिया बताते हैं कि राष्ट्रपति की बग्घी के कील-काँटे में कुछ गड़बड़ आ गई है। राष्ट्रपति की बग्घी की मरम्मत कर दी जाती है और गणतंत्र ठीक चलने लगता है।

सारी समस्याएँ मुहावरों, नारों और अपीलों से सुलझ जाती हैं। साम्प्रदायिकता की समस्या को इस नारे से हल कर लिया गया—हिन्दू-मुस्लिम भाई-भाई!

एक दिन कुछ लोग प्रधानमंत्री के पास यह शिकायत करने गए कि चीजों की कीमतें बहुत बढ़ गई हैं। प्रधानमंत्री उस समय गाय के गोबर से कुछ प्रयोग कर रहे थे। वे स्वमूत्र और गाय के गोबर से देश की समस्याओं को हल करने में लगे थे।

उन्होंने लोगों की बात सुनी। चिढ़कर कहा—'आप लोगों को कीमतों की पड़ी है! देख नहीं रहे हो, मैं कितने बड़े काम में लगा हूँ? मैं गोबर में से नैतिक शक्ति पैदा कर रहा हूँ। जैसे गोबर गैस, वैसे 'गोबर नैतिकता'। इस नैतिकता के प्रकट होते ही सब कुछ ठीक हो जाएगा। तीस साल के कांग्रेसी शासन ने देश की नैतिकता खत्म कर दी है।'

एक मुँहफट आदमी ने कहा—'इन तीस में से बाईस साल आप भी कांग्रेस के मंत्री, मुख्यमंत्री और उप-प्रधानमंत्री रहे हैं। तो तीन-चौथाई नैतिकता तो आपने ही खत्म की होगी!'

प्रधानमंत्री ने गुस्से से कहा—'बको मत। तुम कीमतें घटवाने आए हो न! मैं व्यापारियों से अपील कर दूँगा।'

एक ने कहा—'साहब, कुछ प्रशासकीय कदम नहीं उठाएँगे?'

दूसरे ने कहा—'साहब, कुछ अर्थशास्त्र के भी तो नियम होते हैं।'

प्रधानमंत्री ने कहा—'मेरा विश्वास न अर्थशास्त्र में है, न प्रशासकीय कार्यवाही में। यह गांधी का देश है। यहाँ हृदय-परिवर्तन से काम होता है।

मैं व्यापारियों से नैतिकता की अपील कर दूँगा। वे कीमतें एकदम घटा देंगे। अपील से उनके दिलों में मैं लोभ की जगह त्याग फिट कर दूँगा। मैं सर्जरी भी जानता हूँ।'

रेडियो से प्रधानमंत्री ने व्यापारियों से अपील कर दी—व्यापारियों को नैतिकता का पालन करना चाहिए। उन्हें अपने हृदय में मानवीयता को जगाना चाहिए। इस देश में बहुत गरीब लोग हैं, उन पर दया करनी चाहिए।

अपील से जादू हो गया।

दूसरे दिन शहर के बड़े बाजार में बड़े-बड़े बैनर लगे थे :

'व्यापारी नैतिकता का पालन करेंगे।'
'मानवीयता हमारा सिद्धान्त है।'
'कीमतें एकदम घटा दी गई हैं।'

जगह-जगह व्यापारी नारे लगा रहे थे—'नैतिकता! मानवीयता!' वे इतने जोर से और आक्रामक ढंग से नारे लगा रहे थे कि लगता था, चिल्ला रहे हैं—'हरामजादे! सूअर के बच्चे!'

गल्ले की दुकान पर तख्ती लगी थी—'गेहूँ सौ रुपये क्विंटल!' ग्राहक ने आँखें मलीं। फिर पढ़ा। फिर आँखें मलीं और फिर पढ़ा। वह आँखें मलता जाता और पढ़ता जाता। उसकी आँखें सूज गईं, तब उसे भरोसा हुआ कि यही लिखा है।

उसने दुकानदार से कहा—'क्या गेहूँ सौ रुपया क्विंटल कर दिया? परसों तक तो दो सौ रुपये था!'

सेठ ने कहा—'हाँ, अब सौ रुपये के भाव से देंगे।'

ग्राहक ने कहा—'ऐसा गजब मत कीजिए। आपके बच्चे भूखे मर जाएँगे।'

सेठ ने कहा—'चाहे जो हो जाए, मैं अपना और परिवार का बलिदान कर दूँगा, पर कीमत नहीं बढ़ाऊँगा। नैतिकता और मानवीयता का तकाजा है।'

ग्राहक गिड़गिड़ाने लगा—'सेठ जी, मेरी लाज रख लो। दो सौ पर ही दो। मैं पत्नी से दो सौ के हिसाब से पैसे लेकर आया हूँ। सौ के भाव से ले जाऊँगा, तो वह समझेगी कि पैसे मैंने उड़ा दिये और गेहूँ चुराकर लाया हूँ।'

सेठ ने कहा—'मैं किसी भी तरह सौ से ऊपर नहीं बढ़ाऊँगा। लेना हो तो लो, वरना भूखे मरो।'

दूसरा ग्राहक आया। वह अक्खड़ था। उसने कहा—'ऐ सेठ, यह क्या अन्धेर मचा रखा है! भाव बढ़ाओ, वरना ठीक कर दिये जाओगे।'

सेठ ने जवाब दिया—'मैं धमकी से डरनेवाला नहीं हूँ। तुम मुझे काट डालो, मार डालो, पर मैं भाव बढ़ाऊँगा नहीं। नैतिकता और मानवीयता भी कोई चीज है!'

एक गरीब आदमी झोला लिये दुकान के सामने खड़ा था। दुकानदार आया और उसे गले लगाने लगा। गरीब आदमी डर से चिल्लाया—'अरे, मार डाला! बचाओ! बचाओ!'

सेठ ने कहा—'तू इतना डरता क्यों है?'

गरीब ने कहा—'तुम मुझे दबोच जो रहे हो! मैंने तुम्हारा क्या बिगाड़ा है?'

सेठ ने कहा—'अरे भाई, मैं तो तुझसे प्यार कर रहा हूँ, प्रधानमंत्री ने मानवीयता की अपील की है न!'

एक दुकान पर ढेर सारे चाय के पैकेट रखे थे। दुकान के सामने लगी भीड़ चिल्ला रही थी—'चाय को छिपाओ। हमें इतनी खुली चाय देखने की आदत नहीं है। हमारी आँखें खराब हो जाएँगी।'

उधर से सेठ चिल्लाया—'मैं नैतिकता में विश्वास करता हूँ। चाय खुली बेचूँगा और सस्ती बेचूँगा। कालाबाजार बन्द हो गया है।'

एक मध्यवर्गीय आदमी बाजार से निकला। एक दुकानदार ने उसका हाथ पकड़ लिया। उस आदमी ने कहा—'सेठ जी, इस तरह बाजार में बेइज्जत क्यों करते हो! मैंने कह तो दिया कि दस तारीख को आपकी उधारी चुका दूँगा।'

सेठ ने कहा—'अरे भैया, पैसे कौन माँगता है? जब मर्जी हो, दे देना। चलो, दुकान पर चलो। कुछ शक्कर लेते जाओ। दो रुपये किलो।'

उस आदमी ने कहा—'दो रुपया किलो! अरे, बाप रे! परसों तक तो पाँच रुपये किलो थी। नहीं, मैं इतनी सस्ती नहीं खरीदूँगा।'

सेठ ने कहा—'खरीदना पड़ेगा। मैं तो तुम्हें शक्कर देकर रहूँगा, मेरा धर्म है।'

सेठ ने जबर्दस्ती उसके झोले में शक्कर डलवा दी।

दो दिन बाद सरकारी कर्मचारियों का जुलूस निकला। वे बाँहों पर काला पट्टा लगाए थे। वे कीमतें बढ़ाने की माँग कर रहे थे। उनका कहना था—'हमें अभी बोनस और महँगाई भत्ता मिला है, इसके हिसाब से कीमतें बढ़नी चाहिए। पर इधर कीमतें एकदम घटा दी गई हैं। ऐसा कभी नहीं हुआ। यह हमारा अपमान है। हम कोई भिखमंगे नहीं हैं। हमारी भी नैतिकता है। सस्ता सामान खरीदना बेईमानी है। व्यापारी दाम बढ़ाएँ, वरना हम धरना देंगे।'

शाम को बाजार में पथराव हो गया। भीड़ ने नारे लगाए—'भाव बढ़ाओ! जनता की माँग पूरी हो! भाव घटानेवालों का नाश हो!'

सारे देश में आन्दोलन फैला था। व्यापारी अपने हठ पर थे और जनता अपने हठ पर। कोई झुकने को तैयार नहीं था।

विदेशी पत्रकार हैरत में थे। दुनिया के इतिहास में यह नई बात हो रही थी। वे अपने अखबारों में रिपोर्ट भेज रहे थे—'यह विचित्र देश है। जो हो रहा है, वह सपना मालूम होता है। दुनिया-भर में कीमतें घटाने के लिए आन्दोलन होते हैं,

यहाँ कीमतें बढ़ाने के लिए आन्दोलन हो रहे हैं। लोग सस्ता माल खरीदने को तैयार नहीं हैं। प्रधानमंत्री की नैतिकता और मानवीयता की एक अपील से व्यापारी एकदम त्यागी हो गए हैं। उधर जनता अपनी नैतिकता पर डटी है। हजारों लोग लाठी-चार्ज में घायल हो गए हैं, कितने ही व्यापारी पिट चुके हैं। अराजकता की स्थिति आ रही है।'

बड़ी खराब हालत थी।

आखिर जनता के प्रतिनिधि चैम्बर ऑफ कॉमर्स के अध्यक्ष के पास पहुँचे। कहा—'भाई जी, अपने व्यापारियों को समझाइए। देश का तो खयाल कीजिए। मुद्रा-स्फीति का खयाल कीजिए। लोगों की क्रयशक्ति पर ध्यान दीजिए। व्यापारियों के इस रवैये से देश की अर्थ-व्यवस्था टूटी जा रही है। आप लोग भाव बढ़ाइए।'

चैम्बर ऑफ कॉमर्स के अध्यक्ष ने जवाब दिया—'अब हम क्या कर सकते हैं? हमारी नैतिकता और मानवीयता को प्रधानमंत्री ने क्यों उकसाया? अब जनता नतीजा भुगते।'

प्रतिनिधि मंडल ने हाथ जोड़कर कहा—'भाई साहब, जनता की हालत बहुत खराब है। लोगों को पेचिश हो रही है, क्योंकि वे सस्ता अनाज खा रहे हैं। बच्चा दूध का घूँट लेता है और कै कर देता है, क्योंकि उसमें सस्ती शक्कर मिली है। लोग चाय का घूँट लेते हैं तो मतली आती है, क्योंकि चाय सस्ती है। लोग कुरता पहनते हैं, तो शरीर खुजलाने लगता है, क्योंकि कपड़ा कम रेट का है। स्त्री बघार लगाती है, तो उसे चक्कर आ जाता है, क्योंकि तेल सस्ता और शुद्ध है। कुछ कीजिए। देशवासियों की जान खतरे में है।'

चैम्बर ऑफ कॉमर्स के अध्यक्ष ने कहा—'आप लोग सब प्रधानमंत्री के पास ही जाइए। वही स्थिति को ठीक कर सकते हैं।'

प्रतिनिधियों ने प्रधानमंत्री से बात की। सुनकर प्रधानमंत्री ने कहा—'आप लोगों ने ही मुझे व्यापारियों से अपील करने को मजबूर किया था। देख लिया मेरी अपील का जादू! खैर, मैं स्थिति को ठीक कर दूँगा।'

प्रधानमंत्री ने फिर रेडियो पर व्यापारियों से अपील की—'व्यापारियों ने मेरी अपील को गलत समझ लिया था। इस गलतफहमी के कारण ही देश में दुखद स्थिति पैदा हो गई है। मैंने व्यापारियों से सामान्य नैतिकता और मानवीयता का पालन करने को नहीं कहा था। व्यापारी को अपनी विशिष्ट व्यावसायिक नैतिकता का ही पालन करना चाहिए। आशा है, वे अब स्थिति को सामान्य बनाएँगे। मैं अपनी पहले की अपील वापस लेता हूँ।'

दूसरे दिन बाजार पहले जैसा हो गया और लोगों ने राहत की साँस ली।

वह क्या था

सुबह उनकी मृत्यु हो गई। वह इतवार को छुट्टी के दिन मरे। बरसात है, पर वह खुले दिन मरे। सुबह मर गए जिससे हमने तीन-चार घंटों में उन्हें फूँक दिया। रात को मरते तो रतजगा होता और औरतों को ज्यादा विलाप करना पड़ता। हार्टफेल से एकदम मर गए, किसी को उनकी सेवा करने की तकलीफ नहीं हुई। शनिवार को वेतन लेकर क्रिया-कर्म का खर्च छोड़कर मरे। वसीयत लिखकर मरे, जिससे आगे परिवार में झगड़ा न हो।

जैसे जिए, वैसे ही मरे।

शाम को बरामदे में मैं बैठा उनके बारे में सोच रहा हूँ। कितनी ही बेसिलसिले बातें याद आती हैं।

मेरे बरामदे से उनकी सीढ़ियाँ दिखती हैं। मैं उन्हें सीढ़ियों से चढ़ते-उतरते देखता। वह बहुत हलके पाँव रखकर धीरे-धीरे सीढ़ियाँ चढ़ते-उतरते—इस तरह कि सीढ़ियों पर दबाव न पड़े, उन्हें धक्का न लगे। आहट न हो। लगता, जैसे अपने ही घर में चोरी करने घुस रहे हों! वह सीढ़ी से माफी-सी माँगते थे—माफ करना, मुझे तुम्हारे ऊपर पाँव रखना पड़ रहा है। मेरी मजबूरी है। मुझे घर में तो जाना ही पड़ेगा।

जगह छोटी है। सीढ़ी के पास कभी तीन-चार साइकिलें रखी होतीं। वह कोई साइकिल हटाकर रास्ता नहीं बनाते। लहराते और लचीले होते साइकिलों के बीच से ऐसे निकल जाते कि किसी साइकिल को स्पर्श भी नहीं होता।

मैं बरामदे में बैठा होता तो वह नमस्ते करते। आहिस्ता से एक हाथ आधा उठाते और बहुत धीरे से 'नमस्ते' कहते। जब उनका हाथ नीचे गिर जाता तब मुझे सिर्फ '...ते' सुनाई पड़ता। वह पहली सीढ़ी पर पाँव रखते, तब मुझे उनका हाथ गिरता दिखता और 'ते' सुनाई पड़ता। वह फुर्ती से गर्मजोशी के साथ दोनों हाथ जोड़कर पूरा 'नमस्ते' नहीं कहते। उन्हें डर था, मैं हड़बड़ाकर झटके के साथ हाथ जोड़ूँगा। वह मुझे इस तकलीफ से बचाते थे। कभी मैं पहले जोर से नमस्ते कर

लेता तो वह ठिठक जाते। क्षण-भर स्थिति को समझते और हाथ आधा उठाकर 'ते' करते हुए सीढ़ी पर पाँव रख देते।

कभी मेरे पास वह दो मिनट बैठ जाते। याद आता है। वे बैठे थे। मक्खियाँ बहुत थीं। मैं एक पत्रिका से जोर से मक्खियाँ उड़ा रहा था। मैंने देखा, उनकी नाक पर भी दो मक्खियाँ बैठी हैं। बड़ी देर बाद उन्होंने हाथ उठाया और आहिस्ता से मक्खियों को उड़ा दिया। वह जैसे क्षमा माँग रहे हों—'माफ करना, मेरा इरादा तुम्हें कतई तकलीफ देने का नहीं है। पर तुम मेरी नाक पर बैठी हो। जरा परे हट जाओ। चाहो तो दुबारा बैठ जाना, नाक तुम्हारी ही है।'

एक दिन शाम से बिजली चली गई। मैं मोमबत्ती लगाए बैठा था। वह आकर बैठ गए। मैंने कहा—'बिजली चली गई।'

वह बोले—'हाँ जी, बड़ा अँधेरा हो गया।'

मैंने कहा—'मेरी तो तबीयत ठीक नहीं है। आप उस सामने के मकान से फोन कर दीजिए। बिजली आ जाएगी।'

उन्होंने कहा—'आ जाएगी, जी! सभी के यहाँ तो अँधेरा है!'

वह नहीं गए। मैंने दुबारा कहा तो उन्होंने वही जवाब दिया—'सभी के यहाँ तो अँधेरा है।'

मुझे समझ में नहीं आ रहा था कि सबके घर में अँधेरा है, इससे उनके घर में उजाला कैसे हो जाता है? पर वह तो सन्तोष से बैठे थे।

बरसात में सामने पानी भर गया था। कीचड़ जमा हो गया था। वह अक्सर कहते—'यहाँ कीचड़ हो गया है। तकलीफ होती है।'

मैंने कहा—'वहाँ थोड़े पत्थर और ईंटें डलवा दीजिए।'

उन्होंने कहा—'क्या करेंगे, जी। सभी को तकलीफ है।'

सभी को तकलीफ है, इस अहसास से वह वहाँ पत्थर और ईंटें नहीं डलवा रहे थे। पाँव, जूते और कपड़े खराब करके कीचड़ में से निकलते। एक पड़ोसी ने वहाँ पत्थर वगैरह डलवाए तो इन्हें भी सुभीता हो गया।

कितनी ही छोटी-छोटी बातें हैं। अजब आदमी था। कोई प्रतिरोध करता ही नहीं था।

एक दिन बाहर से आए तो मेरे पास बैठ गए। कहने लगे—'मुझे तो पड़ोसी के कुत्ते ने काट लिया।'

मैंने कहा—'कहाँ पर'

उन्होंने कहा—'मैं चला जा रहा था कि कुत्ता झपटा। पाँव में उसने मुँह मारा। गनीमत यह हुई कि उसके दाँत पाँव में नहीं लगे। पैंट फट गई। यह देखिए।'

मुझे गुस्सा आया। मैंने कहा—'उस कुत्ते की बहुत शिकायतें हैं। आप पुलिस में रिपोर्ट कीजिए।'

उन्होंने कहा—'क्या रिपोर्ट करें, जी। सभी कुत्ते काटते हैं।'

मैंने कहा—'आपकी पैंट फट गई है। आप कुत्ते के मालिक से पैंट के पैसे लीजिए।'

उन्होंने शान्ति से कहा—'अजी, सभी को कुत्ते काटते हैं।'

एक दिन उनकी लड़की शाम को बड़ी देर तक घर वापस नहीं आई। उसकी माँ परेशान थी। वह गम्भीर थे। उनकी पत्नी बार-बार उनसे कहती—'जाओ, तलाश करो। बहुत अँधेरा हो गया है। जमाना खराब लगा है।'

उन्होंने कहा—'जमाना तो सभी के लिए खराब लगा है।'

थोड़ी देर बाद लड़की आ गई। मैं सोच रहा था, ये उसे डाँटेंगे।

उन्होंने कहा—'बेबी, तू बहुत तंग करती है।' और झट से जोड़ा—'सभी बेबियाँ तंग करती हैं।'

बात खत्म।

एक दिन मैंने कहा—'सुना है, सरकार महँगाई-भत्ते की यह किस्त नहीं दे रही है?'

उन्होंने कहा—'हाँ जी, सभी को नहीं दे रही है।'

मैंने कहा—'आप लोग कुछ कर नहीं रहे हैं?'

उन्होंने कहा—'क्या करें, जी? देनेवाली तो सरकार है। हम तो लेनेवाले हैं। जब सरकार देगी, तब ले लेंगे।'

कुछ दिन बाद हड़ताल की घोषणा हो गई। मैंने उनसे कहा—'कल से आपके यहाँ हड़ताल है। आप तो कल काम पर नहीं जाएँगे?'

उन्होंने कहा—'मैं तो काम पर जाऊँगा।'

मैंने कहा—'क्यों? आप हड़ताल नहीं करेंगे?'

उनका जवाब था—'सभी तो हड़ताल कर रहे हैं, जी। मेरे नहीं करने से क्या बिगड़ता है?'

मैंने कहा—'तो आप मँहगाई-भत्ता नहीं लेंगे?'

उन्होंने कहा—'सबको मिलेगा तो मैं भी ले लूँगा।'

विचित्र आदमी थे। हर स्थिति में यों बरकाकर निकल जाते थे।

तटस्थ भाव वह हर स्थिति में बनाए रखते। चुनाव हो रहे थे। मेरे पास उनके सिवा दो आदमी और बैठे थे। हम लोग पार्टियों के बारे में, उम्मीदवारों के बारे में बातें कर रहे थे। उनके गुण-दोषों की चर्चा हो रही थी।

एक ने कहा—'इस बार जनता पार्टी जरूर जीतेगी।'

दूसरे ने कहा—'नहीं। कुछ भी हो, कांग्रेस के जीतने के आसार हैं।'

उन्होंने धीरे-से कहा—'देखिए जी, दो लड़ते हैं तो एक जीतता ही है।'

मैंने कहा—'पर आपको कौन-सी पार्टी पसन्द है?'

उन्होंने कहा—'अपने लिए दोनों ही अच्छी हैं।'

मैंने पूछा—'फिर भी आप किसे वोट देंगे?'

उन्होंने कहा—'मैं तो वोट देने ही नहीं जाऊँगा। सभी तो वोट डालेंगे। मेरी क्या जरूरत है?'

मैंने कहा—'यानी आपके लिए कोई भी सरकार हो?'

उन्होंने कहा—'हाँ जी, सभी सरकारें एक-सी होती हैं।'

कितनी ही बातें उनकी याद आती हैं। कैसे आदमी थे!

वह आज सुबह मर गए। मरने के पहले उन्हें जरा देर होश आया। उन्होंने आँखें खोलकर चारों तरफ देखा और धीरे-से बोले—'सभी मरते हैं, जी!'

और मर गए।

सोच रहा हूँ, कैसा आदमी था! कभी प्रतिरोध नहीं। कभी तनकर खड़ा हुआ नहीं। चींटी से भी बचकर चला। कोई अस्वीकार नहीं किया। कोई विरोध नहीं। उसे कुछ भी असहनीय नहीं लगा।

एक ऐसा आदमी था, जिसके पास जलती मशाल ले जाओ तो वह बुझ जाए।

मैं सोच रहा था। एक पड़ोसी मित्र आ गए। वह भी मरहूम के बारे में सोच रहे थे।

कहने लगे—'भाई, क्या आदमी था! मैं तो सोचता हूँ, वह संत था।'

मैं कुछ नहीं बोला।

मित्र ने फिर पूछा—'बताओ, क्या था वह?'

मैं बोला नहीं। सोच रहा था।

मित्र ने कहा—'बोलो न, क्या था वह?'

इसी समय मेरे पाँव को किसी लिजलिजी चीज ने स्पर्श किया। मैंने जोर से पाँव झटकारा। केंचुआ दूर जा पड़ा।

मित्र ने पूछा—'क्या था?'

मैंने जोर से कहा—'केंचुआ था।'

आचार्य जी, एक्सटेंशन और बागीचा

क्लीन शेव के बाद भी आचार्य जी को एक्सटेंशन नहीं मिला।

आचार्य जी के पिता झर्राटेदार मूँछें रखते थे। वे अंग्रेज सरकार के नौकर थे। उनकी मूँछों की सिफत यह थी कि आदमी और मौका देखकर बर्ताव करती थीं। वे किसी के सामने 'आई डोंट केअर' के ठाठ की हो जातीं। फिर किसी और के सामने वे मूँछों पर इस तरह हाथ फेरते कि वे 'आई एम सॉरी सर' हो जातीं। मूँछों के इस दुहरे स्वभाव के कारण वे सफल और सुखी आदमी रहे। आचार्य जी जब जवान थे और आचार्य नहीं, सिर्फ लेक्चरर थे, तब उन्होंने पिताजी की तरह मूँछें रख ली थीं। वे इन मूँछों से रीडरी की तलाश करते थे, जैसे कोई-कोई कीड़े मूँछ के दो लम्बे बालों से राह खोजते हैं। पर मूँछों के ही कारण रीडरी दूर हटती जाती थी। तब आचार्य जी ने पिता और पौरुष, दोनों से क्षमा माँगकर मूँछें आधी करवा लीं। उनका डंक चला गया और वे मात्र ब्रश रह गईं। वे रीडर हो गए। आगे आधी मूँछें भी प्रोफेसर बनने में बाधा डालने लगीं तो उन्होंने उन्हें कतरवाकर नाक के दोनों तरफ मक्खी बिठा ली और प्रोफेसर हो गए। आगे रिटायर होने का वक्त आया और वे एक्सटेंशन की कोशिश में लग गए। अब उन्होंने मक्खी भी साफ करा ली और क्लीन शेव हो गए। उन्हें एक एक्सटेंशन मिल गया।

मगर अब मूँछों का कुछ नहीं बचा था, जो साफ किया जा सके। इसलिए उन्हें दूसरा एक्सटेंशन नहीं मिला।

आचार्य जी मेरे बड़े भाई के मित्र थे। बड़े भाई की मृत्यु हो चुकी थी। आचार्य जी इस नाते मुझे शुरू से ही स्नेह देने लगे। वे मुझे भुजाओं में जकड़ लेते और मुझे लगता, मेरे गाल पर साहित्य झाड़ू लगा रहा है। आगे मुझे लगता, मेरे गाल पर आलोचना ब्रश कर रही है। फिर मुझे लगने लगा, मेरी रचनाओं पर समीक्षा की मक्खियाँ भिनभिना रही हैं। क्लीन शेव के बाद भी वे उसी तरह मुझे गले लगाकर गाल पर गाल रख देते और मुझे लगता, हजारों केंचुए मेरे शरीर से लिपटे हैं। मुझे अपने-आपसे घिन होने लगती।

गोल चेहरा। चेहरे पर बच्चे जैसी पवित्रता। आँखों में अपार स्नेह। नाक की मुद्रा में निश्छलता। पूरे मुख पर यह भाव कि मैं तो इतना स्नेही, भला और परोपकारी हूँ, पर सारी दुनिया मुझ पर अन्याय कर रही है। वे जब भी मुझे मिलते, मुझे यही बोध होता कि भले आदमी दुनिया में कितने दुखी रहते हैं। कई सालों तक मैं उन्हें सामने से देखता रहा और उनका यही पावन रूप मुझे दिखता। एक दिन मैं कोण से उनकी नाक को अनायास देख लिया और मेरे भीतर एक झटका-सा लगा। नाक सामने से कुछ और बताती थी और साइड से कुछ और। मुझे आज तक उनकी नाक का वह बाजू से देखना याद है। तब उनकी नाक बहुत कुटिल और क्रूर लगी थी। आदमी को समझने के लिए सामने से नहीं, कोण से देखना चाहिए। आदमी कोण से ही समझ में आता है। उनका वह सहज, स्नेहिल मुखड़ा मुझे भयानक लगा। मैंने उनकी आँखों को फिर देखा। उनमें स्नेह के पीछे न जाने क्या-क्या छिपा था।

उस दिन से मैं आचार्य जी से डरने लगा। वे मुझे गले लगाते, तो मेरा दम घुटता। मैं हृदय से चाहता कि वे मुझसे नफरत करें, पर वे स्नेह छोड़ते ही नहीं थे। और मुझे देखते ही भुजाओं में भर लेते। उनके स्नेह के अनुपात से मैं उनके स्वार्थ का अनुपात समझने लगा। तीस सेकंड गले लगाकर वे मेरी चार-छह किताबें ले गए। एक मिनट आलिंगन करके उन्होंने अपने प्रतिद्वंद्वी के खिलाफ मुझसे अखबार में लिखवा लिया। डेढ़ मिनट के आलिंगन में उन्होंने मुझसे अपने बारे में लेख लिखवा लिया। दो मिनट मुझे हृदय से लगाया और मुझसे तीन-चार सौ कापियाँ जँचवा लीं। लगातार एक सप्ताह तक मुझे तीन मिनट फी दिन के हिसाब से गले लगाकर उन्होंने अपने आवारा बेटे की शादी मेरी मारफत मेरे परिवार की एक लड़की से करा ली—और लड़की के माँ-बाप मुझे अभी तक गाली देते हैं। हृदय से लगाने पर भी उन्हें लगता कि जोर कम पड़ेगा, तो वे मेरे बड़े भाई की याद करके आँखों में आँसू ले आते और मैं समझ जाता कि आज कोई बड़ा काम मुझसे करवाएँगे।

मैं सोचता कि क्या मेरे प्रति ही इनका इतना स्नेह है? क्या सिर्फ मुझे ही गले लगाते हैं? नहीं, वे बहुत सुलझे हुए विचार के आदमी थे। उनके विचारों में कोई दुविधा नहीं थी। किससे कितना लाभ उठाना है, इसका हिसाब उनके मन में होता था और वे इसी हिसाब से अपने हृदय का स्नेह उद्वेलित कर देते थे।

मैं उन्हें समझ गया था। एक बार वे एक शहर पन्द्रह दिन के लिए गए। उन्हें मुफ्त में ठहरने और खाने की सुविधा चाहिए थी। वे जानते थे, उस शहर में मेरा एक घनिष्ठ और सम्पन्न मित्र रहता है। जाने के पन्द्रह दिन पहले से उन्होंने मेरे ऊपर स्नेह उड़ेलना शुरू कर दिया। मेरे तमाम कपड़े भीग गए। मैं इन्तजार कर रहा था स्नेह की परिणति का। आखिर जाते वक्त वे उस मित्र के लिए मेरी चिट्ठी ले गए। मित्र ने उनका बढ़िया इन्तजाम कर दिया। महीना-भर बाद वह मित्र मुझे मिला तो उसने कहा कि आचार्य जी का उसने अच्छा इन्तजाम कर दिया था।

उन्हें कोई तकलीफ नहीं हुई। मैंने पूछा—'पर उन्होंने तुमसे मेरी निन्दा की होगी न? सच बताओ।'

उसने झिझककर कहा—'हाँ, की थी! पर तुमने कैसे जाना?'

मैंने कहा—'मैं जानता हूँ, वे बहुत सुलझे हुए विचारों के आदमी हैं। जिससे फायदा उठा रहे हैं, उसकी प्रशंसा और बाकी सबकी निन्दा—ऐसा क्लीअर थिंकिंग है उनका।'

बड़े सुलझे विचार! जिसे नष्ट करने की कोशिश में लगे हैं, वह अगर मर जाए तो रो पड़ेंगे। कविता सुनकर भाव-विह्वल हो जाएँगे, आँखें छलछला आएँगी, पर आँसू पोंछकर जूनियर को सस्पेंड कराने की कार्रवाई करने लगेंगे। खुद कविता सुनाएँगे और मानवी करुणा से हम सबको पावन कर देंगे, पर कविता सुनाने के बाद किसी छात्र के नम्बर घटाकर उसे फेल कर देंगे। प्रेमिका को गले लगाएँगे तो हिसाब भी करते जाएँगे कि इसका नेकलेस चुराकर कैसे बेचा जा सकता है। बच्चे को चूमेंगे तो वात्सल्य के साथ यह हिसाब भी करते जाएँगे कि बड़ा होकर यह कितना कमाएगा और मुझे उसमें से कितना देगा।

बड़े सुलझे विचार! मैं तीन-चार सालों के लिए दूसरे शहर चला गया। सोचा, अब उनके स्नेह से मुझे छुटकारा मिलेगा। पर उनकी जब-तब चिट्ठियाँ आ जातीं। नीचे लिखा होता—'तुम्हारा ही' या 'केवल तुम्हारा'। हर ऐसी चिट्ठी के बाद मैं इन्तजार करता कि अगली चिट्ठी में ये क्या काम बताते हैं। नये वर्ष की मंगलकामना वे भेजते, तो मैं समझ जाता कि मेरे मारफत इस साल अपने मंगल का हिसाब उनके पास तैयार होगा।

'केवल तुम्हारा' की दो-तीन चिट्ठियों के बाद उन्होंने पाठ्य-पुस्तक में मेरी एक कहानी ले ली। प्रकाशक से उन्होंने कह दिया होगा कि इस लेखक से मेरे घनिष्ठ सम्बन्ध हैं। उसे कुछ देने की जरूरत नहीं है। संग्रह के हर लेखक के बारे में उन्होंने यही कह दिया होगा और प्रकाशक से रुपये लेकर पुस्तक को कोर्स में लगवा दिया। साहित्य में बन्धुत्व से अच्छा धन्धा हो जाता है।

मैं अपने-आपको अब धिक्कारने लगा था। सोचता—मैं कितना सत्त्वहीन हूँ! हर बार परास्त हो जाता हूँ। इस बार मैंने उनका सामना करने का तय किया। मैंने उन्हें लिखा कि आपने मुझे प्रकाशक से रुपये नहीं दिलवाए और कहानी ले ली। उनका जवाब आया—'इतने वर्षों के स्नेह के बाद क्या मुझे इतना अधिकार भी नहीं है कि मैं तुम्हारी एक कहानी ले लूँ—केवल तुम्हारी?' मैंने अब इन 'केवल मेरे' से निपटने की ठान ली। मैंने उन्हें लिखा—'मेरे प्रति आपका स्नेह है इसलिए मैं नुकसान उठाऊँ और प्रकाशक के प्रति आपका स्नेह नहीं है, इसलिए वह फायदा उठाए। ऐसा स्नेह मानवजाति के इतिहास में पहली बार आपके द्वारा आविष्कृत हुआ है।'

चिट्ठी का उन्होंने जवाब नहीं दिया। पन्द्रह दिन बाद मैंने वकील से प्रकाशक को नोटिस दिलवा दिया। अब मानवी सम्बन्धों का एक नया दौर शुरू हुआ। प्रकाशक को वे लिखकर दे चुके थे कि मेरी लिखित अनुमति उनके पास है। प्रकाशक ने उन्हें मेरा नोटिस बताया होगा और तब उन्होंने मुझे लिखा कि 'मैं संकट में पड़ गया हूँ और तुम मुझे अनुमति भेजकर उबार लो—तुम्हारा अपना।' पर मैं 'मेरे अपने' से निपटने की ठान चुका था। मैंने एक नोटिस प्रकाशक को और दिलवाया कि मुझे पन्द्रह दिन के भीतर हजार रुपया दो, वरना कॉपीराइट एक्ट के मुताबिक दीवानी और फौजदारी, दोनों मुकदमे चलाए जाएँगे।

मुझे मालूम हुआ कि यह नोटिस पाकर प्रकाशक ने आचार्य जी पर धोखाधड़ी का मुकदमा दायर कर दिया। मेरा मन फिर कच्चा हुआ, पर मैंने मन को एक थप्पड़ लगाया और सख्त होकर बैठ गया। अब मुझे जो चिट्ठी मिली, उसमें नीचे लिखा था—'आपका दासानुदास'। आग्रह वही था कि मैं अनुमति लिखकर भेज दूँ।

मैंने अनुमति फिर भी नहीं भेजी। तब उनकी चिट्ठी आई कि 'मैं अमुक तारीख को तुमसे मिलने ही आ रहा हूँ। एक अरसे से तुम्हें देखा नहीं है। तुम्हें देखने की ललक एकाएक मन में उठ आई है।'

मैं ललक को समझ गया। मन फिर फिसला तो मैंने उसे इस बार दो चाँटे लगाए।

नियत तारीख को वे आ गए। मैं उन्हें घर के बाहर ही मिल गया। वे एकदम विह्वल हो गए। आँखें बन्द कर लीं। उन्हें चक्कर आने लगे। बोले—'इतने दिनों बाद इस घर में आया हूँ तो तुम्हारे भाई की याद से तड़प उठा हूँ। ओह, कितना नोबल था वह!'

मुझे लगा, ये बेहोश होकर गिर पड़ेंगे। मैंने कहा—'चलिए, भीतर चलिए।'

उन्होंने मेरा कन्धा पकड़ लिया। बोले—'ठहरो, जरा मुझे सँभल जाने दो भैया!'

मैं समझ गया, ये बड़े संकट में पड़ गए, वरना मेरे भाई की याद का इतना लम्बा उपयोग न करते। मैं उन्हें सहारा देकर भीतर ले गया। वे बैठे। पानी माँगा। कहने लगे—'भावुक हूँ न, एकदम विचलित हो जाता हूँ। किसी प्रिय की स्मृति से।'

अब उन्होंने संकटों का वर्णन किया। मेरे मन ने फिर कच्चापन दिखाया पर मैंने उसे फिर चाँटा मारा। मैंने तय किया कि आज मैं इन्हें नफरत करने के लिए मजबूर कर दूँगा। मैंने उनसे साफ कह दिया—'मैं स्नेह और संकोच में आपके और दूसरों के हाथों काफी पिट चुका। अब मैं यह काम बन्द कर रहा हूँ। स्नेह की दुकान मैंने बढ़ा दी। अब अनुमति तभी लिखकर दूँगा, जब मुझे रुपये मिलेंगे।'

मेरा खयाल था, अब इनके चेहरे पर क्रोध और नफरत आएगी। पर, मैं निराश हुआ। वहाँ पहले जैसा ही स्नेह था। मैं इस आदमी के साथ कैसे करूँ? यह अभी भी स्नेह के हथियार को नहीं छोड़ रहा है। जरा देर के लिए यह हथियार डाल दे तो मैं इसे दबोच लूँ और रुपये वसूल कर लूँ। पर वह तो हथियार पर धार धर रहा था।

मुझे इस हथियार का सामना करना ही पड़ेगा। मैंने कहा—'किसी तरह मैं समझौता नहीं करूँगा। मुझे रुपये चाहिए ही। भाई के लिए हम लोग बाद में रो लेंगे।'

उन्होंने बटुआ निकाला। मैंने चेहरा देखा। नफरत अब भी नहीं थी। क्लेश था। बटुआ खोलकर उन्होंने सौ का नोट निकाला। नफरत अब भी नहीं थी मुख पर। बस, क्लेश गाढ़ा हो गया था। जैसे नोट नहीं, प्राण निकालकर दे रहे हों! मैंने नोट ले लिया और अनुमति लिख दी। सोचा, अब स्नेह सम्बन्ध खत्म हो गए। मैं हल्का हो जाऊँगा। पर जाते वक्त उन्होंने मुझे फिर हृदय से लगा लिया। सोचा, इनके स्नेहिल चेहरे को जरा कोण से देख लूँ, पर हिम्मत नहीं हुई।

मैं लौटकर आचार्य जी के शहर आ गया। वे विभागाध्यक्ष थे। बड़े बँगले में रहते थे। मेरे आने की खबर पाते ही उन्होंने मुझे बुलवा लिया और फिर गले से लगा लिया। स्नेह की डोर मैं बार-बार काटता और वे जोड़ लेते। मेरा अन्दाज है, पहले वे लोभ के लिए स्नेह करते थे, अब शायद थोड़े डर के कारण।

विभाग में काम करने का उनका अपना तरीका था। वे शोध करवाते थे। शोध-छात्र लेने में वे एक सिद्धान्त का पालन करते थे। एक गल्ला व्यापारी का लड़का लेते, एक कपड़ा व्यापारी का, एक हौजरी के दुकानदार का। फिर कोई जगह खाली बचती तो सब्जी के व्यापारी के लड़के को ले लेते। कभी घी और किराना व्यापारी के लड़के को भी चांस मिल जाता। हर साल विश्वविद्यालय में लड़के शोर मचाते : 'आवश्यकता है एक किराना व्यापारी के लड़के की जिसे डॉक्टरेट चाहिए। शोध का निर्देश किराने की मात्रा और क्वालिटी पर निर्भर करेगा। किराने के 'सैम्पल' सहित दरख्वास्त दो।'

इस हल्ले-गुल्ले से अविचलित आचार्य जी विद्या की साधना कराते जाते थे। वे सुलझे विचारों के आदमी थे।

रिटायर होने तक वे कुछ दार्शनिक हो गए। वीतराग लगने लगे। वे एक्सटेंशन की कोशिश में थे। एक्सटेंशन उन्हें मिल ही गया।

चपरासियों से काम लेकर उन्होंने बँगले के सामने बहुत अच्छा बागीचा लगवा लिया था। रंग-बिरंगे खूबसूरत फूल। एक्सटेंशन की अवधि में उनका प्रकृति-प्रेम बहुत बढ़ गया था। मैं उनके यहाँ कभी-कभी जाता। वे बागीचे में बैठे मिलते। कहते—'प्रकृति के सौन्दर्य में से ईश्वर झाँकता है।'

वे किसी भी कली के पास बैठ जाते। कहते—'तुम इस कली का स्पन्दन सुन रहे हो? नहीं न! मैं सुन रहा हूँ। और जरा इस फूल के जीवन का उत्स देखो, इस पत्ते को देखो, किस उल्लास से लहरा रहा है!'

वे फूल को बच्चे की तरह सहलाते। कहते—'ये भी मनुष्य हैं। प्रकृति में प्राण हैं। ये फूल, पत्ते, पौधे मेरी सन्तानें हैं। मैं अपने बच्चों की तरह इन्हें प्यार करता हूँ। एक फूल कुम्हलाता है तो मुझे लगता है, मेरा जीवन कुम्हला रहा है।

एक पत्ती सूखकर गिरती है, तो लगता है, मेरी एक भुजा टूट गई। कोई कली झड़ जाती है, तो मुझे ऐसा क्लेश होता है, जैसे मेरे प्राण का एक अंश विसर्जित हो रहा हो!'

वे मुग्ध हो जाते। आनन्द-विभोर हो जाते। फूल-पत्तों के लिए अपार ममता उनके नयनों में होती। तब वे मुझे भव्यतर मनुष्य लगते और पिछला सब कुछ भुलाकर मैं उन पर श्रद्धा करने लगता। कैसा दयालु, भावुक आदमी है, जो फूल और पत्ते के लिए रोता है!

बागीचा सँवरता जाता था। साथ ही दूसरे एक्सटेंशन की कोशिश चलती जाती। कविमन सुबह फूल-पत्तों को सँवारता और बाकी दिन एक्सटेंशन की कोशिश में लगा रहता।

एक दिन आचार्य जी को अन्तिम बार बता दिया गया कि दूसरा एक्सटेंशन नहीं मिलेगा और दो महीने बाद यानी 31 जनवरी को उन्हें चले जाना है।

सुबह का वक्त था। मैं उनके घर पहुँचा। वे इस वक्त हमेशा बागीचे में मिलते थे। आज बरामदे में बैठे मिले।

बोले—'कल खबर मिल गई। एक्सटेंशन नहीं मिलेगा।'

उन्होंने आँखें बन्द कर लीं।

खोलीं तो मैं उनकी आँखें देखकर काँप गया। बूढ़ी आँखों में से आग निकल रही थी। उन्होंने बागीचे को देखा। मुझे लगा, फूल-पत्ते झुलस गए होंगे।

साँस खींचकर बोले—'आखिर एक्सटेंशन नहीं मिला। यहाँ अब दो महीने बाद डॉ. दीनानाथ आ जाएगा। डॉ. दीनानाथ!'

उन्होंने उसी दिन नौकरों को हुक्म दिया कि बागीचे में पानी नहीं दिया जाएगा।

पानी के बिना पौधों ने, धरती से जितना प्राण-रस खींच सकते थे, खींचा। फिर सूखने लगे।

मैं उनके घर कभी-कभी जाता। वे बरामदे में बैठे होते और सूखते पौधों को देख रहे होते।

कहते—'उस गुलाब की हालत देख रहे हो? सूख रहे हैं बेटे!'

'एक्सटेंशन नहीं मिला।'

'उस मौलसिरी की हालत भी पतली है।'

'एक्सटेंशन नहीं मिला।'

'ये गमले तो अभी से सूख गए।'

'एक्सटेंशन नहीं मिला।'

'यहाँ डॉ. दीनानाथ आएगा।'

अपने बढ़ाए, पाले-पोसे पौधों को आचार्य जी सुखा रहे थे। बरामदे में बैठकर उनका सूखना देखते थे और बीच-बीच में उसाँस लेकर कहते—'एक्सटेंशन नहीं मिला। अब यहाँ डॉक्टर दीनानाथ आएगा।'

दो महीने में बागीचा पूरा सूख गया। वे फूल नहीं थे, जिनका स्पन्दन वे सुनते थे। वह कली नहीं थी, जिसके जीवन का उत्स वे अनुभव करते थे। वे पत्ते झड़ गए थे, जिनका उल्लास देखकर वे मुग्ध होते थे। बागीचे में अब सूखे, नंगे पौधे खड़े थे क्योंकि जमीन उन्हें जकड़े थी।

30 तारीख को आचार्य जी ने सामान बँधवाया। दूसरे दिन उन्हें जाना था। दिन-भर वह व्यस्त रहे। शाम ढली। इसी समय गांधी जी की हत्या हुई थी।

जनवरी की रात। कड़ाके की ठंड थी। आचार्य जी ने नौकरों से वे सूखे डंठल कटवाकर बागीचे में इकट्ठे करवाए। एक ढेर लग गया। उसमें उन्होंने आग लगा दी और बड़ी रात तक अलाव तापते रहे।

दूसरे दिन आचार्य जी चले गए। इस सन्तोष से गए कि उन्होंने डॉ. दीनानाथ की आग ताप ली थी।

मैं उन्हें विदा करने गया था। वे घर से निकले। जले हुए बागीचे की तरफ देखा।

आखिरी बार बोले—'एक्सटेंशन नहीं मिला।'

और मुँह फेरकर स्टेशन चल दिये।

भेड़ें और भेड़िये

एक बार एक वन के पशुओं को ऐसा लगा कि वे सभ्यता के उस स्तर पर पहुँच गए हैं, जहाँ उन्हें एक अच्छी शासन-व्यवस्था अपनानी चाहिए।

और, एक मत से यह तय हो गया कि वन-प्रदेश में प्रजातन्त्र की स्थापना हो।

शीघ्र ही एक समिति बैठी, शीघ्र ही एक विधान बन गया और शीघ्र ही एक पंचायत के निर्माण की घोषणा हो गई, जिसमें वन के तमाम पशुओं के द्वारा निर्वाचित प्रतिनिधि हों, और जो वन-प्रदेश के लिए कानून बनाए और शासन करे।

पशु-समाज में इस 'क्रान्तिकारी' परिवर्तन से हर्ष की लहर दौड़ गई कि सुख, समृद्धि और सुरक्षा का स्वर्ण-युग अब आया और वह आया।

जिस वन-प्रदेश में हमारी कहानी ने चरण धरे हैं, उसमें भेड़ें बहुत थीं—निहायत नेक, ईमानदार, कोमल, विनयी, दयालु, निर्दोष पशु, जो घास तक को फूँक-फूँककर खाता है।

भेड़ों ने सोचा कि अब हमारा भय दूर हो जाएगा। हम अपने प्रतिनिधियों से कानून बनवाएँगे कि कोई जीवधारी किसी को न सताए, न मारे। सब जिएँ और जीने दें। शान्ति, स्नेह, बन्धुत्व और सहयोग पर समाज आधारित हो।

और, उधर भेड़ियों ने सोचा कि अब हमारा संकटकाल आया। भेड़ों की संख्या इतनी अधिक है कि पंचायत में उनका ही बहुमत होगा। और अगर उन्होंने कानून बना दिया कि कोई पशु किसी को न मारे, तो हम खाएँगे क्या? क्या हमें घास चबाना सीखना पड़ेगा?

ज्यों-ज्यों चुनाव समीप आता, भेड़ों का उल्लास बढ़ता जाता।

एक दिन बूढ़े सियार ने भेड़िये से कहा—मालिक, आजकल आप बड़े उदास रहते हो?

हर भेड़िये के आसपास दो-चार सियार रहते ही हैं। जब भेड़िया अपना शिकार खा लेता है, तब ये सियार हड्डियों में लगे मांस को कुतर खाते हैं,

और हड्डियाँ चूसते रहते हैं। ये भेड़िये के आसपास दुम हिलाते चलते हैं, उसकी सेवा करते हैं, और मौके-बेमौके 'हुआँ-हुआँ' चिल्लाकर उसकी जय बोलते हैं।

बूढ़े सियार ने बड़ी गम्भीरता से पूछा—महाराज, आपके मुखचन्द्र पर चिन्ता के मेघ क्यों छाए हैं? वह सियार कुछ कविता भी करना जानता होगा या शायद दूसरे की उक्ति को अपनी बनाकर कहता हो।

खैर, भेड़िये ने कहा—तुझे क्या मालूम नहीं है कि वन-प्रदेश में नई सरकार बननेवाली है? हमारा राज तो अब चला।

सियार ने दाँत निपोरकर कहा—हम क्या जानें महाराज! हमारे तो आप ही 'माई-बाप' हो। हम तो कोई और सरकार नहीं जानते। आपका दिया खाते हैं, आपके गुन गाते हैं।

भेड़िये ने कहा—मगर अब समय आ रहा है कि सूखी हड्डियाँ भी चबाने को नहीं मिलेंगी।

सियार सब जानता था मगर जानकर भी न जानने का नाट्य करना न आता, तो सियार शेर न हो गया होता?

आखिर भेड़िये ने वन-प्रदेश के पंचायत के चुनाव की बात बूढ़े सियार को समझाई और बड़े गिरे मन से कहा—चुनाव अब पास आता जा रहा है। अब यहाँ से भागने के सिवा कोई चारा नहीं है। पर जाएँ भी तो कहाँ?

सियार ने कहा—मालिक, सरकस में भर्ती हो जाइए।

भेड़िये ने कहा—अरे, वहाँ भी शेर और रीछ को तो लेते हैं, पर हम इतने बदनाम हैं कि हमें वहाँ भी कोई नहीं पूछता।

'तो', सियार ने खूब सोचकर कहा—अजायबघर में चले जाइए।

भेड़िये ने कहा—अरे, वहाँ भी जगह नहीं है। सुना है, वहाँ तो आदमी रखे जाने लगे!

बूढ़ा सियार अब ध्यानमग्न हो गया। उसने एक आँख बन्द की, नीचे के होंठ को ऊपर के दाँत से दबाया और एकटक आकाश की तरफ देखने लगा, जैसे विश्वात्मा से कनेक्शन जोड़ रहा हो! फिर बोला—बस, सब समझ में आ गया। मालिक, अगर पंचायत में आपकी भेड़िया-जाति का बहुमत हो जाए तो?

भेड़िया चिढ़कर बोला—कहाँ की आसमानी बात करता है! अरे, हमारी जाति कुल दस फीसदी है, और भेड़ें तथा अन्य छोटे पशु नब्बे फीसदी। भला वे हमें काहे को चुनेंगे? अरे, कहीं जिन्दगी अपने को मौत के हाथ सौंप सकती है? मगर हाँ, ऐसा हो सकता, तो क्या बात थी!

बूढ़ा सियार बोला—आप खिन्न मत होइए सरकार! एक दिन का समय दीजिए। कल तक कोई योजना बन ही जाएगी। मगर एक बात है, आपको मेरे कहे अनुसार कार्य करना पड़ेगा!

मुसीबत में फँसे भेड़िये ने आखिर सियार को अपना गुरु माना और आज्ञापालन की शपथ ली।

दूसरे दिन बूढ़ा सियार अपने साथ तीन सियारों को लेकर आया। उनमें से उसने एक को पीले रंग में रँग दिया था, दूसरे को नीले में और तीसरे को हरे में।

भेड़िये ने देखा और पूछा—अरे, ये कौन हैं?

बूढ़ा सियार बोला—ये भी सियार हैं, सरकार—रँगे सियार हैं। आपकी सेवा करेंगे। आपके चुनाव का प्रचार करेंगे।

भेड़िये ने शंका की—मगर इनकी बात मानेगा कौन? ये तो वैसे ही छल-कपट के लिए बदनाम हैं।

सियार ने भेड़िये का हाथ चूमकर कहा—बड़े भोले हैं आप, सरकार! अरे मालिक, रूप-रंग बदल देने से तो सुना है, आदमी बदल जाते हैं। फिर ये तो सियार हैं।

और, तब बूढ़े सियार ने भेड़िये का रूप बदला। मस्तक पर तिलक लगाया, गले में कंठी पहनाई और मुँह में घास के तिनके खोंस दिये। बोला—अब आप पूरे संत हो गए। अब भेड़ों की सभा में चलेंगे। मगर तीन बातों का खयाल रखना—अपनी हिंसक आँखों को ऊपर मत उठाना, हमेशा जमीन की ओर देखना। और कुछ बोलना मत, नहीं तो सब पोल खुल जाएगी। और वहाँ बहुत-सी भेड़ें आएँगी, सुन्दर-सुन्दर, मुलायम-मुलायम। तो कहीं किसी को तोड़ मत खाना।

भेड़िये ने पूछा—लेकिन ये रँगे सियार क्या करेंगे? किस काम आएँगे?

बूढ़ा सियार बोला—ये बड़े काम के हैं। आपका सारा प्रचार तो ये ही करेंगे। इन्हीं के बल पर आप चुनाव लड़ेंगे। यह पीलावाला बड़ा विद्वान है, विचारक है, कवि भी है, लेखक भी। यह नीला सियार नेता और पत्रकार है। और यह हरा धर्मगुरु है। बस, अब चलो।

जरा ठहरो!—भेड़िये ने बूढ़े सियार को रोका—कवि, लेखक, नेता, विचारक—ये तो सुना है, बड़े अच्छे लोग होते हैं। और ये तीनों...?

बात काटकर सियार बोला—ये तीनों सच्चे नहीं हैं, रँगे हुए हैं, महाराज! अब चलिए, देर मत करिए।

और वे चले। आगे बूढ़ा सियार था, उसके पीछे रँगे सियारों के बीच भेड़िया चल रहा था—मस्तक पर तिलक, गले में कंठी, मुख में घास के तिनके। धीरे-धीरे चल रहा था, अत्यन्त गम्भीरतापूर्वक, सिर झुकाए विनय की मूर्ति!

उधर एक स्थान पर सहस्रों भेड़ें इकट्ठी हो गई थीं—उस संत के दर्शन के लिए, जिसकी चर्चा बूढ़े सियार ने फैला रखी थी।

चारों सियार भेड़िये की जय बोलते हुए भेड़ों के झुंड के पास आए।

बूढ़े सियार ने एक बार जोर से संत भेड़िये की जय बोली। भेड़ों में पहले से ही यहाँ-वहाँ बैठे सियारों ने भी जय-ध्वनि की।

भेड़ों ने देखा तो बोलीं—अरे भागो, यह तो भेड़िया है!

तुरन्त बूढ़े सियार ने उन्हें रोककर कहा—भाइयो और बहनो! अब भय मत करो। भेड़िया राजा संत हो गए हैं। उन्होंने हिंसा बिलकुल छोड़ दी है। उनका 'हृदय-परिवर्तन' हो गया है। वे आज सात दिनों से घास खा रहे हैं। रात-दिन भगवान के भजन और परोपकार में लगे रहते हैं। उन्होंने अपना जीवन जीव-मात्र की सेवा के लिए अर्पित कर दिया है। अब वे किसी का दिल नहीं दुखाते, किसी का रोम तक नहीं छूते। भेड़ों से उन्हें विशेष प्रेम है। इस जाति ने जो कष्ट सहे हैं, उनकी याद करके अभी भी भेड़िया संत की आँखों में आँसू आ जाते हैं। उनकी अपनी भेड़िया जाति ने जो अत्याचार आप पर किये हैं, उनके कारण भेड़िया संत का माथा लज्जा से जो झुका है, सो झुका ही हुआ है। परन्तु अब वे शेष जीवन आपकी सेवा में लगाकर तमाम पापों का प्रायश्चित्त करेंगे। आज सवेरे की ही बात है कि एक मासूम भेड़ के बच्चे के पाँव में काँटा लग गया, तो भेड़िया संत ने उसे दाँतों से निकाला—दाँतों से! पर जब वह बेचारा कष्ट से चल बसा, तो भेड़िया संत ने सम्मानपूर्वक उसकी अन्त्येष्टि क्रिया की! उनके घर के पास जो हड्डियों का ढेर लगा है, उसके दान की घोषणा उन्होंने आज ही सवेरे की है। अब तो वे सर्वस्व त्याग चुके हैं। अब आप उनसे भय मत करो। उन्हें अपना भाई समझो। बोलो सब मिलकर—संत भेड़िया जी की जय!

भेड़िया जी अभी तक उसी तरह गर्दन डाले विनय की मूर्ति बने बैठे थे। बीच में कभी-कभी सामने की ओर इकट्ठी भेड़ों को देख लेते और टपकती हुई लार को गटक जाते।

बूढ़ा सियार फिर बोला—भाइयो और बहनो, मैं भेड़िया संत से अपने मुखार-विन्द से आपको प्रेम और दया का सन्देश देने की प्रार्थना करता, पर प्रेम-वश उनका हृदय भर आया है, वे गद्गद हो गए हैं, और भावातिरेक से उनका कंठ अवरुद्ध हो गया है। वे बोल नहीं सकते। अब आप इन तीनों रंगीन प्राणियों को देखिए। आप इन्हें न पहचान पाए होंगे। पहचानें भी कैसे? ये इस लोक के जीव तो हैं नहीं। ये तो स्वर्ग के देवता हैं जो हमें सदुपदेश देने के लिए पृथ्वी पर उतरते हैं। ये पीले विचारक हैं, कवि हैं, लेखक हैं। नीले नेता हैं और स्वर्ग के पत्रकार हैं, और हरे वाले धर्मगुरु हैं। अब कविराज आपको स्वर्ग-संगीत सुनाएँगे। हाँ, कवि जी...।

पीले सियार को 'हुआँ-हुआँ' के सिवा कुछ और तो आता नहीं था, 'हुआँ-हुआँ' चिल्ला दिया। शेष सियार भी 'हुआँ-हुआँ' बोल पड़े। बूढ़े सियार ने आँख के इशारे से शेष सियारों को मना किया और चतुराई से बात को यों कहकर सम्हाला—भाई कवि जी तो कोरस में गीत गाते हैं। पर कुछ समझे आप लोग? कैसे समझ सकते हैं?

अरे, कवि की बात सबकी समझ में आ जाए तो कवि काहे का? उनकी कविता में से शाश्वत के स्वर फूट रहे हैं। वे कह रहे हैं कि जैसे स्वर्ग में परमात्मा, वैसे ही पृथ्वी पर भेड़िया। हे भेड़िया जी, हे महान! आप सर्वत्र व्याप्त हैं, सर्वशक्तिमान हैं। प्रात:काल सन्ध्या आपके मस्तक पर तिलक करती है, साँझ को ऊषा आपका मुख चूमती है, पवन आपकी अग्नि पर पंखा करती है, और रात्रि को आपकी ही ज्योति लक्ष-लक्ष खंड होकर आकाश में तारे बनकर चमकती है। हे विराट! आपके चरणों में इस क्षुद्र का प्रणाम है।

फिर नीले रंग के सियार ने कहा—निर्बलों की रक्षा बलवान ही कर सकते हैं। भेड़ें कोमल हैं, निर्बल हैं, अपनी रक्षा नहीं कर सकतीं। भेड़िया बलवान है, इसलिए उसके हाथ में अपने हितों को छोड़ निश्चिन्त हो जाओ। वह भी तुम्हारा भाई है। आप एक ही जाति के हो। तुम भेड़, वह भेड़िया। कितना कम अन्तर है! और बेचारा भेड़िया व्यर्थ ही बदनाम कर दिया गया है कि वह भेड़ों को खाता है। अरे, खाते और हैं, हड्डी उनके द्वार पर फेंक जाते हैं। ये व्यर्थ बदनाम होते हैं। तुम लोग तो पंचायत में बोल भी नहीं पाओगे। भेड़िया बलवान है। यदि तुम पर कोई अन्याय होगा तो डटकर लड़ेगा। इसलिए अपनी हित-रक्षा के लिए भेड़ियों को चुनकर पंचायत में भेजो। बोलो सब—भेड़िया की जय!

फिर हरे रंग के धर्मगुरु ने उपदेश दिया—जो यहाँ त्याग करेगा, वह उस लोक में पाएगा। जो यहाँ दुख भोगेगा, वह वहाँ सुख पाएगा। जो यहाँ राजा बनाएगा, वह वहाँ राजा बनेगा। जो यहाँ वोट देगा, वह वहाँ 'वोट' पाएगा। इसलिए सब मिलकर भेड़िया को वोट दो। वे दानी हैं, परोपकारी हैं, संत हैं। मैं उनको प्रणाम करता हूँ।

यह एक भेड़िये की कथा नहीं है, यह सब भेड़ियों की कथा है। सब जगह इस प्रकार प्रचार हो गया और भेड़ों को विश्वास हो गया कि भेड़िये से बड़ा उनका कोई हित-चिन्तक और हित-रक्षक नहीं है।

और अब पंचायत का चुनाव हुआ तो भेड़ों ने अपनी हित-रक्षा के लिए भेड़ियों को चुना।

और पंचायत में भेड़ों के हितों की रक्षा के लिए भेड़िये प्रतिनिधि बनकर गए।

और पंचायत में भेड़ियों ने भेड़ों की भलाई के लिए पहला कानून यह बनाया :

'हर भेड़िये को सवेरे नाश्ते के लिए भेड़ का एक मुलायम बच्चा दिया जाए, दोपहर के भोजन में एक पूरी भेड़ तथा शाम को स्वास्थ्य के खयाल से कम खाना चाहिए, इसलिए आधी भेड़ दी जाए।'

वैष्णव की फिसलन

वैष्णव करोड़पति है। भगवान विष्णु का मन्दिर। जायदाद लगी है। भगवान सूद-खोरी करते हैं। ब्याज से कर्ज देते हैं। वैष्णव दो घंटे भगवान विष्णु की पूजा करता है, फिर गादी-तकिएवाली बैठक में आकर धर्म को धन्धे से जोड़ता है। धर्म धन्धे से जुड़ जाए, इसी को 'योग' कहते हैं। कर्ज लेने वाले आते हैं। विष्णु भगवान का वे मुनीम हो जाते हैं। कर्ज लेनेवाले से दस्तावेज लिखवाता है :

'दस्तावेज लिख दी रामलाल वल्द श्यामलाल ने भगवान विष्णु वल्द नामालूम को ऐसा जो कि...'

वैष्णव बहुत दिनों से विष्णु के पिता के नाम की तलाश में है, पर वह मिल नहीं रहा। मिल जाए तो वल्दियत ठीक हो जाए।

वैष्णव के नम्बर दो का बहुत पैसा हो गया है। कई एजेंसियाँ ले रखी हैं। स्टॉकिस्ट है। जब चाहे माल दबाकर 'ब्लेक' करने लगता है। मगर दो घंटे विष्णु-पूजा में कभी नागा नहीं करता। सब प्रभु की कृपा से हो रहा है। उसके प्रभु भी शायद दो नम्बरी हैं। एक नम्बरी होते, तो ऐसा नहीं करने देते।

वैष्णव सोचता है—अपार नम्बर दो का पैसा इकट्ठा हो गया है। इसका क्या किया जाए? बढ़ता ही जाता है। प्रभु की लीला है। वही आदेश देंगे कि क्या किया जाए।

वैष्णव एक दिन प्रभु की पूजा के बाद हाथ जोड़कर प्रार्थना करने लगा—'प्रभु, आपके ही आशीर्वाद से मेरे पास इतना सारा दो नम्बर का धन इकट्ठा हो गया है। अब मैं इसका क्या करूँ? आप ही रास्ता बताइए, मैं इसका क्या करूँ? प्रभु, कष्ट हरो सबका!'

तभी वैष्णव की शुद्ध आत्मा से आवाज उठी—''अधम, माया जोड़ी है, तो माया का उपयोग भी सीख! तू एक बड़ा होटल खोल। आजकल होटल बहुत चल रहे हैं।'

वैष्णव ने प्रभु का आदेश मानकर एक विशाल होटल बनवाया। बहुत अच्छे कमरे। खूबसूरत बाथरूम। नीचे लांड्री। नाई की दुकान। टैक्सियाँ। बाहर बढ़िया लॉन। ऊपर टेरेस गार्डन।

और वैष्णव ने खूब विज्ञापन करवाया।

कमरे का किराया तीस रुपया रखा।

फिर वैष्णव के सामने धर्मसंकट आया। भोजन कैसा होगा? उसने सलाहकारों से कहा—'मैं वैष्णव हूँ। शुद्ध शाकाहारी भोजन कराऊँगा। शुद्ध घी की सब्जी, फल, दाल, रायता, पापड़ वगैरह।'

बड़े होटल का नाम सुनकर बड़े लोग आने लगे। बड़ी-बड़ी कम्पनियों के एक्जीक्यूटिव, बड़े अफसर और बड़े सेठ।

वैष्णव सन्तुष्ट हुआ।

पर फिर वैष्णव ने देखा कि होटल में ठहरनेवाले कुछ असन्तुष्ट हैं।

एक दिन एक कम्पनी का एक्जीक्यूटिव बड़े तैश में वैष्णव के पास आया। कहने लगा—'इतने महँगे होटल में हम क्या यह घास-पत्ती खाने के लिए ठहरते हैं? यहाँ 'नानवेज' का इन्तजाम क्यों नहीं है?'

वैष्णव ने जवाब दिया—'मैं वैष्णव हूँ। मैं गोश्त का इन्तजाम अपने होटल में कैसे कर सकता हूँ?'

उस आदमी ने कहा—'वैष्णव हो, तो ढाबा खोलो। आधुनिक होटल क्यों खोलते हो? तुम्हारे यहाँ आगे कोई नहीं ठहरेगा।'

वैष्णव ने कहा—'यह धर्मसंकट की बात है। मैं प्रभु से पूछूँगा।'

उस आदमी ने कहा—'हम भी बिजनेस में हैं। हम कोई धर्मात्मा नहीं हैं—न आप, न मैं।'

वैष्णव ने कहा—'पर मुझे तो यह सब प्रभु विष्णु ने दिया है। मैं वैष्णव धर्म के प्रतिकूल कैसे जा सकता हूँ? मैं प्रभु के सामने नतमस्तक होकर उनका आदेश लूँगा।'

दूसरे दिन वैष्णव साष्टांग विष्णु के सामने लेट गया। कहने लगा—'प्रभु, यह होटल बैठ जाएगा। ठहरनेवाले कहते हैं कि हमें यहाँ बहुत तकलीफ होती है। मैंने तो प्रभु, वैष्णव भोजन का प्रबन्ध किया है, पर वे मांस माँगते हैं। अब मैं क्या करूँ?'

वैष्णव की शुद्ध आत्मा से आवाज आई—'मूर्ख, गांधी जी से बड़ा वैष्णव इस युग में कौन हुआ है? गांधी का भजन है—'वैष्णव जन तो तेणे कहिए, जे पीर परायी जाणे रे।' तू इन होटल में रहनेवालों की पीर क्यों नहीं जानता? उन्हें इच्छानुसार खाना नहीं मिलता। इनकी पीर तू समझ और उस पीर को दूर कर।'

वैष्णव समझ गया।

उसने जल्दी ही गोश्त, मुर्गा, मछली का इन्तजाम करवा दिया।

होटल के ग्राहक बढ़ने लगे।

मगर एक दिन फिर वही एक्जीक्यूटिव आया।

कहने लगा—'हाँ, अब ठीक है। मांसाहार अच्छा मिलने लगा। पर एक बात है।'

वैष्णव ने पूछा—'क्या?'

उसने जवाब दिया—'गोश्त के पचने की दवाई भी तो चाहिए।'

वैष्णव ने कहा—'लवणभास्कर चूर्ण का इन्तजाम करवा दूँ?'

एक्जीक्यूटिव ने माथा ठोंका। कहने लगा—'आप कुछ नहीं समझते। मेरा मतलब है—शराब। यहाँ बार खोलिए।'

वैष्णव सन्न रह गया। शराब यहाँ कैसे पी जाएगी? मैं प्रभु के चरणामृत का प्रबन्ध तो कर सकता हूँ, पर मदिरा? हे राम!

दूसरे दिन वैष्णव ने फिर प्रभु से कहा—'प्रभु, वे लोग मदिरा माँगते हैं। मैं आपका भक्त मदिरा कैसे पिला सकता हूँ?'

वैष्णव की पवित्र आत्मा से आवाज आई—'मूर्ख, तू क्या होटल बिठाना चाहता है? देवता सोमरस पीते थे। वही सोमरस यह मदिरा है। इसमें तेरा वैष्णव-धर्म कहाँ भंग होता है? सामवेद में 63 श्लोक सोमरस अर्थात मदिरा की स्तुति में है। तुझे धर्म की समझ है या नहीं?'

वैष्णव समझ गया।

उसने होटल में 'बार' खोल दिया।

अब होटल ठाठ से चलने लगा। वैष्णव खुश था।

फिर एक दिन एक आदमी आया। कहने लगा—'अब होटल ठीक है। शराब भी है, गोश्त भी है। मगर मरा हुआ गोश्त है। हमें जिन्दा गोश्त भी चाहिए।'

वैष्णव ने पूछा—'यह जिन्दा गोश्त कैसा होता है?'

उसने कहा—'कैबरे, जिसमें औरत नंगी होकर नाचती है।'

वैष्णव ने कहा—'अरे, बाप रे!'

उस आदमी ने कहा—'इसमें 'अरे बाप रे' की कोई बात नहीं। सब बड़े होटलों में चलता है। यह शुरू कर दो तो कमरों का किराया बढ़ा सकते हो।'

वैष्णव ने कहा—'मैं कट्टर वैष्णव हूँ। मैं प्रभु से पूछूँगा।'

दूसरे दिन फिर वैष्णव प्रभु के चरणों में था। कहने लगा—'प्रभु, वे लोग कहते हैं कि होटल में नाच भी होना चाहिए। आधा नंगा या पूरा नंगा।'

वैष्णव की शुद्ध आत्मा से आवाज आई—'मूर्ख, कृष्णावतार में मैंने गोपियों को नचाया था। चीरहरण तक किया था। तुझे क्या संकोच है?'

प्रभु की आज्ञा से वैष्णव ने 'कैबरे' भी चालू कर दिया।

अब कमरे भरे रहते थे—शराब, गोश्त और कैबरे।

वैष्णव बहुत खुश था। प्रभु की कृपा से होटल भरा रहता था।

कुछ दिनों बाद एक ग्राहक ने 'बेयरा' से कहा—'इधर कुछ और भी मिलता है?'

बेयरा ने पूछा—'और क्या सा'ब?'

ग्राहक ने कहा—'अरे, यही मन बहलाने को कुछ। कोई ऊँचे किस्म का माल मिले तो लाओ।'

बेयरा ने कहा—'नहीं सा'ब, इस होटल में यह नहीं चलता।'

ग्राहक वैष्णव के पास गया। बोला—'इस होटल में कौन ठहरेगा? इधर रात को मन बहलाने का कोई इन्तजाम नहीं है।'

वैष्णव ने कहा—'कैबरे तो है साहब!'

ग्राहक ने कहा—'कैबरे तो दूर का होता है। बिलकुल पास का चाहिए—गर्म माल, कमरे में।'

वैष्णव फिर धर्मसंकट में पड़ गया।

दूसरे दिन वैष्णव फिर प्रभु की सेवा में गया। प्रार्थना की—'कृपानिधान, ग्राहक लोग नारी माँगते हैं—पाप की खान! मैं तो इस पाप की खान से, जहाँ तक बनता है, दूर रहता हूँ। अब मैं क्या करूँ?'

वैष्णव की शुद्ध आत्मा से आवाज आई—'मूर्ख, यह तो प्रकृति और पुरुष का संयोग है। इसमें क्या पाप और पुण्य! चलने दे।'

वैष्णव ने बेयरों से कहा—'चुपचाप इन्तजाम कर दिया करो। जरा पुलिस से बचकर। 25 फीसदी भगवान की भेंट ले लिया करो।'

अब वैष्णव का होटल खूब चलने लगा।

शराब, गोश्त, कैबरे और औरत।

वैष्णव धर्म बराबर निभ रहा है।

इधर यह भी चल रहा है।

वैष्णव ने धर्म को धन्धे से खूब जोड़ा है।

भोलाराम का जीव

ऐसा कभी नहीं हुआ था।

धर्मराज लाखों वर्षों से असंख्य आदमियों को कर्म और सिफारिश के आधार पर स्वर्ग या नरक में निवास-स्थान 'अलॉट' करते आ रहे थे। पर ऐसा कभी नहीं हुआ था।

सामने बैठे चित्रगुप्त बार-बार चश्मा पोंछ, बार-बार थूक से पन्ने पलट, रजिस्टर पर रजिस्टर देख रहे थे। गलती पकड़ में ही नहीं आ रही थी। आखिर उन्होंने खोजकर रजिस्टर इतने जोर से बन्द किया कि मक्खी चपेट में आ गई। उसे निकालते हुए वे बोले—'महाराज, रिकॉर्ड सब ठीक है। भोलाराम के जीव ने पाँच दिन पहले देह त्यागी और यमदूत के साथ इस लोक के लिए रवाना भी हुआ, पर यहाँ अभी तक नहीं पहुँचा।'

धर्मराज ने पूछा—'और वह दूत कहाँ है?'

'महाराज, वह भी लापता है।'

इसी समय द्वार खुले और एक यमदूत बड़ा बदहवास वहाँ आया। उसका मौलिक कुरूप चेहरा परिश्रम, परेशानी और भय के कारण और भी विकृत हो गया था। उसे देखते ही चित्रगुप्त चिल्ला उठे—'अरे, तू कहाँ रहा इतने दिन? भोलाराम का जीव कहाँ है?'

यमदूत हाथ जोड़कर बोला—'दयानिधान, मैं कैसे बतलाऊँ कि क्या हो गया? आज तक मैंने धोखा नहीं खाया था, पर भोलाराम का जीव मुझे चकमा दे गया। पाँच दिन पहले जब जीव ने भोलाराम की देह को त्यागा, तब मैंने उसे पकड़ा और इस लोक की यात्रा आरम्भ की। नगर के बाहर ज्योंही मैं उसे लेकर एक तीव्र वायु-तरंग पर सवार हुआ, त्योंही वह मेरे चंगुल से छूटकर न जाने कहाँ गायब हो गया। इन पाँच दिनों में मैंने सारा ब्रह्मांड छान डाला, पर उसका कहीं पता नहीं चला।'

धर्मराज क्रोध से बोले—'मूर्ख! जीवों को लाते-लाते बूढ़ा हो गया, फिर भी एक मामूली बूढ़े आदमी के जीव ने तुझे चकमा दे दिया?'

दूत ने सिर झुकाकर कहा—'महाराज, मेरी सावधानी में बिलकुल कसर नहीं थी। मेरे इन अभ्यस्त हाथों से, अच्छे-अच्छे वकील भी नहीं छूट सके। पर इस बार तो कोई इन्द्रजाल ही हो गया।'

चित्रगुप्त ने कहा—'महाराज, आजकल पृथ्वी पर इस प्रकार का व्यापार बहुत चला है। लोग दोस्तों को कुछ चीज भेजते हैं और उसे रास्ते में ही रेलवेवाले उड़ा लेते हैं। हौजरी के पार्सलों के मोजे रेलवे अफसर पहनते हैं। मालगाड़ी के डब्बे-के-डब्बे रास्ते में कट जाते हैं। एक बात और हो रही है। राजनीतिक दलों के नेता विरोधी नेता को उड़ाकर बन्द कर देते हैं। कहीं भोलाराम के जीव को भी तो किसी विरोधी ने मरने के बाद दुर्गति करने के लिए नहीं उड़ा दिया?'

धर्मराज ने व्यंग्य से चित्रगुप्त की ओर देखते हुए कहा—'तुम्हारी भी रिटायर होने की उम्र आ गई। भला भोलाराम जैसे नगण्य, दीन आदमी से किसी को क्या लेना-देना?'

इसी समय कहीं से घूमते-घामते नारद मुनि वहाँ आ गए। धर्मराज को गुमसुम बैठे देख बोले—'क्यों धर्मराज, कैसे चिन्तित बैठे हैं? क्या नरक में निवास-स्थान की समस्या अभी हल नहीं हुई?'

धर्मराज ने कहा—'वह समस्या तो कभी की हल हो गई। नरक में पिछले सालों में बड़े गुणी कारीगर आ गए हैं। कई इमारतों के ठेकेदार हैं, जिन्होंने पूरे पैसे लेकर रद्दी इमारतें बनाईं। बड़े-बड़े इंजीनियर भी आ गए हैं, जिन्होंने ठेकेदारों से मिलकर पंचवर्षीय योजनाओं का पैसा खाया। ओवरसीयर हैं, जिन्होंने उन मजदूरों की हाजिरी भरकर पैसा हड़पा, जो कभी काम पर गए ही नहीं। इन्होंने बहुत जल्दी नरक में कई इमारतें तान दी हैं। वह समस्या तो हल हो गई, पर एक बड़ी विकट उलझन आ गई है। भोलाराम नाम के एक आदमी की पाँच दिन पहले मृत्यु हुई। उसके जीव को यह दूत यहाँ ला रहा था, कि जीव इसे रास्ते में चकमा देकर भाग गया। इसने सारा ब्राह्मंड छान डाला, पर वह कहीं नहीं मिला। अगर ऐसा होने लगा, तो पाप-पुण्य का भेद ही मिट जाएगा।'

नारद ने पूछा—'उस पर इनकमटैक्स तो बकाया नहीं था? हो सकता है, उन लोगों ने रोक लिया हो!'

चित्रगुप्त ने कहा—'इनकम होती तो टैक्स होता। भुखमरा था।'

नारद बोले—'मामला बड़ा दिलचस्प है। अच्छा, मुझे उसका नाम, पता तो बताओ। मैं पृथ्वी पर जाता हूँ।'

चित्रगुप्त ने रजिस्टर देखकर बताया—'भोलाराम नाम था उसका। जबलपुर शहर में घमापुर मोहल्ले में नाले के किनारे एक-डेढ़ कमरे के टूटे-फूटे मकान में वह परिवार समेत रहता था। उसकी एक स्त्री थी, दो लड़के और एक लड़की। उम्र लगभग साठ साल। सरकारी नौकर था। पाँच साल पहले रिटायर हो गया था। मकान का किराया उसने एक साल से नहीं दिया, इसलिए मकान-मालिक उसे निकालना चाहता था।

इतने में भोलाराम ने संसार ही छोड़ दिया। आज पाँचवाँ दिन है। बहुत सम्भव है कि अगर मकान-मालिक वास्तविक मकान-मालिक है, तो उसने भोलाराम के मरते ही, उसके परिवार को निकाल दिया होगा। इसलिए आपको परिवार की तलाश में काफी घूमना पड़ेगा।'

माँ-बेटी के सम्मिलित क्रन्दन से ही नारद भोलाराम का मकान पहचान गए।

द्वार पर जाकर उन्होंने आवाज लगाई—'नारायण! नारायण!'

लड़की ने देखकर कहा—'आगे आओ महाराज!'

नारद ने कहा—'मुझे भिक्षा नहीं चाहिए; मुझे भोलाराम के बारे में कुछ पूछताछ करनी है। अपनी माँ को जरा बाहर भेजो, बेटी!'

भोलाराम की पत्नी बाहर आई। नारद ने कहा—'माता, भोलाराम को क्या बीमारी थी?'

'क्या बताऊँ? गरीबी की बीमारी थी। पाँच साल हो गए पेंशन पर बैठे, पर पेंशन अभी तक नहीं मिली। हर दस-पन्द्रह दिन में एक दरख्वास्त देते थे, पर वहाँ से या तो जवाब आता ही नहीं था और आता, तो यही कि तुम्हारी पेंशन के मामले पर विचार हो रहा है। इन पाँच सालों में सब गहने बेचकर हम लोग खा गए। फिर बरतन बिके। अब कुछ नहीं बचा था। फाके होने लगे थे। चिन्ता में घुलते-घुलते और भूखे मरते-मरते उन्होंने दम तोड़ दिया।'

नारद ने कहा—'क्या करोगी माँ? उनकी इतनी ही उम्र थी।'

'ऐसा तो मत कहो, महाराज! उम्र तो बहुत थी। पचास-साठ रुपया महीना पेंशन मिलती तो कुछ और काम कहीं करके गुजारा हो जाता। पर क्या करें? पाँच साल नौकरी से बैठे हो गए और अभी तक एक कौड़ी नहीं मिली।'

दुख की कथा सुनने की फुरसत नारद को थी नहीं। वे अपने मुद्दे पर आए—'माँ, यह तो बताओ कि यहाँ किसी से उनका विशेष प्रेम था, जिसमें उनका जी लगा हो?'

पत्नी बोली—'लगाव तो महाराज, बाल-बच्चों से ही होता है।'

'नहीं, परिवार के बाहर भी हो सकता है। मेरा मतलब है, किसी स्त्री...'

स्त्री ने गुर्राकर नारद की ओर देखा। बोली—'हर कुछ मत बको महाराज! तुम साधु हो, उचक्के नहीं हो। जिन्दगी-भर उन्होंने किसी दूसरी स्त्री को आँख उठाकर नहीं देखा।'

नारद हँसकर बोले—'हाँ, तुम्हारा यह सोचना ठीक ही है। यही हर अच्छी गृहस्थी का आधार है। अच्छा, माता, मैं चला।'

स्त्री ने कहा—'महाराज, आप तो साधु हैं, सिद्ध पुरुष हैं। कुछ ऐसा नहीं कर सकते कि उनकी रुकी हुई पेंशन मिल जाए? इन बच्चों का पेट कुछ दिन भर जाए?'

नारद को दया आ गई थी। वे कहने लगे—'साधुओं की बात कौन मानता है? मेरा यहाँ कोई मठ तो है नहीं। फिर भी मैं सरकारी दफ्तर में जाऊँगा और कोशिश करूँगा।'

वहाँ से चलकर नारद सरकारी दफ्तर में पहुँचे। वहाँ पहले ही कमरे में बैठे बाबू से उन्होंने भोलाराम के केस में बारे में बातें कीं। उस बाबू ने उन्हें ध्यानपूर्वक देखा और बोला—'भोलाराम ने दरख्वास्तें तो भेजी थीं, पर उन पर वजन नहीं रखा था, इसलिए कहीं उड़ गई होंगी।'

नारद ने कहा—'भई, ये बहुत-से 'पेपर-वेट' तो रखे हैं। इन्हें क्यों नहीं रख दिया?'

बाबू हँसा—'आप साधु हैं, आपको दुनियादारी समझ में नहीं आती। दरख्वास्तें 'पेपर-वेट' से नहीं दबतीं। खैर, आप उस कमरे में बैठे बाबू से मिलिए।'

नारद उस बाबू के पास गए। उसने तीसरे के पास भेजा, तीसरे ने चौथे के पास, चौथे ने पाँचवें के पास। जब नारद पचीस-तीस बाबुओं और अफसरों के पास घूम आए तब एक चपरासी ने कहा—'महाराज, आप क्यों इस झंझट में पड़ गए! आप अगर साल-भर भी यहाँ चक्कर लगाते रहें, तो भी काम नहीं होगा। आप तो सीधे बड़े साहब से मिलिए। उन्हें खुश कर लिया, तो अभी काम हो जाएगा।'

नारद बड़े साहब के कमरे में पहुँचे। बाहर चपरासी ऊँघ रहा था, इसलिए उन्हें किसी ने छेड़ा नहीं। बिना 'विजिटिंग कार्ड' के आया देख, साहब बड़े नाराज हुए। बोले—'इसे कोई मन्दिर-वन्दिर समझ लिया है क्या? धड़धड़ाते चले आए! चिट क्यों नहीं भेजी?'

नारद ने कहा—'कैसे भेजता? चपरासी सो रहा है।'

'क्या काम है?' साहब ने रोब से पूछा।

नारद ने भोलाराम का पेंशन-केस बतलाया।

साहब बोले—'आप हैं वैरागी। दफ्तरों के रीति-रिवाज नहीं जानते। असल में भोलाराम ने गलती की। भई, यह भी एक मन्दिर है। यहाँ भी दान-पुण्य करना पड़ता है। आप भोलाराम के आत्मीय मालूम होते हैं। भोलाराम की दरख्वास्तें उड़ रही हैं, उन पर वजन रखिए।'

नारद ने सोचा कि फिर यहाँ वजन की समस्या खड़ी हो गई!

साहब बोले—'भई, सरकारी पैसे का मामला है। पेंशन का केस बीसों दफ्तरों में जाता है। देर लग ही जाती है। बीसों बार एक ही बात को बीस जगह लिखना पड़ता है, तब पक्की होती है। जितनी पेंशन मिलती है, उतने की स्टेशनरी लग जाती है। हाँ, जल्दी भी हो सकता है, मगर...' साहब रुके।

नारद ने कहा—'मगर क्या?'

साहब ने कुटिल मुसकान के साथ कहा—'मगर वजन चाहिए। आप समझे नहीं? जैसे आपकी यह सुन्दर वीणा है, इसका भी वजन भोलाराम की दरख्वास्त पर रखा जा सकता है। मेरी लड़की गाना-बजाना सीखती है। यह मैं उसे दे दूँगा। साधु-संतों की वीणा से तो और अच्छे स्वर निकलते हैं।'

नारद अपनी वीणा छिनते देख जरा घबड़ाए। पर फिर सँभलकर उन्होंने वीणा टेबिल पर रखकर कहा—'यह लीजिए। अब जरा जल्दी उसकी पेंशन का ऑर्डर निकाल दीजिए।'

साहब ने प्रसन्नता से उन्हें कुर्सी दी, वीणा को एक कोने में रखा और घंटी बजाई। चपरासी हाजिर हुआ।

साहब ने हुक्म दिया—'बड़े बाबू से भोलाराम के केस की फाइल लाओ।'

थोड़ी देर बाद चपरासी भोलाराम की सौ-डेढ़ सौ दरख्वास्तों से भरी फाइल लेकर आया। उसमें पेंशन के कागजात भी थे। साहब ने फाइल पर का नाम देखा और निश्चित करने के लिए पूछा—'क्या नाम बताया साधु जी आपने?'

नारद समझे कि साहब कुछ ऊँचा सुनता है। इसलिए जोर से बोले—'भोलाराम!'

सहसा फाइल में से आवाज आई—'कौन पुकार रहा है मुझे? पोस्टमैन है? क्या पेंशन का ऑर्डर आ गया?'

नारद चौंके। पर दूसरे ही क्षण समझ गए। बोले—'भोलाराम! तुम क्या भोलाराम के जीव हो?'

'हाँ,' आवाज आई।

नारद ने कहा—'मैं नारद हूँ। मैं तुम्हें लेने आया हूँ। चलो, स्वर्ग में तुम्हारा इन्तजार हो रहा है।'

आवाज आई—'मुझे नहीं जाना। मैं तो पेंशन की दरख्वास्तों में अटका हूँ। यहीं मेरा मन लगा है। मैं अपनी दरख्वास्तें छोड़कर नहीं जा सकता।'

शव-यात्रा का तौलिया

मनुष्य को जीवन की सार्थकता खोजनी पड़ती है। बिना सार्थकता खोजे मनुष्य जी तो सकता है, पर बोझ-सरीखा जीवन ढोता है और जल्दी-से-जल्दी इस बोझ को कन्धे से उतार देता है। साधारण आदमी नौकरी, बीवी और बच्चों में जीवन की सार्थकता ढूँढ़ लेते हैं। ये सन्तोष से जी लेते हैं। इन्हें कभी-कभी यही असन्तोष खलता है कि शक्कर सहकारी स्टोर से नहीं मिल रही। बाकी सब ठीक है, शुभ है। पत्नी पतिव्रता है, बच्चा स्कूल से एक इनाम ले आया है, पत्नी किसी की साड़ी देखकर दुखी नहीं होती, बल्कि उस दिन कढ़ी और अच्छी बनाती है।

ऐसा आदमी न रोग-द्वेष से पीड़ित होता है, न विशिष्टता के रोग से, न समाज में यश की कामना से।

मुसीबत उस आदमी की है जो विशिष्ट हुए बिना जी नहीं सकता। वह जिस क्षण अपने को विशिष्ट नहीं पाएगा, मृत्यु के निकट पहुँच जाएगा।

जिनकी कथा मैं लिख रहा हूँ, वे खूँटी पर शव-यात्रा में लपेटा जानेवाला तौलिया तैयार रखते हैं। किसी के मरने की खबर मिली नहीं कि इतने प्रसन्न होते हैं, जैसे किसी की शादी हो रही है! दफ्तर से छुट्टी ले लेंगे। घर में और मुहल्ले में ऐलान कर देंगे—'हम फलाँ आदमी की 'मट्टी' में जा रहे हैं।' जब शव को जलाकर लौटते हैं, तो इतने प्रसन्न लगते हैं, जैसे किसी का जीवन बचाकर आ रहे हों! बड़ी शान से परिवार से चिल्लाकर कहते हैं—'नहाने को गरम पानी रख दो!'

वे शहर में इसी यश की सार्थकता पर जीवित हैं कि हर एक की 'मौत-मट्टी' में जाते हैं। मैंने कभी यह नहीं सुना कि वे किसी को अस्पताल ले जाकर उसका जीवन बचाने की कोशिश में हों। वे इन्तजार करते हैं कि वह कब मरता है—शायद रात-भर इसी चिन्ता में न सोते हों कि कहीं वह जिन्दा न रह जाए वरना सवेरे का 'मौत-मट्टी' के यश का कार्यक्रम नष्ट हो जाएगा।

एक दिन मैं उनके यहाँ बैठा था। पड़ोस से आदमी आया, घबराया हुआ। कहने लगा—'कक्का बहुत सीरियस हो गए हैं। जरा डॉक्टर को फोन कर दूँ।'

वे बोले—'भैया, फोन तो खराब है। कहीं और से कर लो।'

मैं जानता था कि फोन ठीक है, पर उन्हें डर था कि कहीं फोन करने से डॉक्टर न आ जाए और कक्का जी बच न जाएँ। साथ यह भी कि फोन करने के पच्चीस पैसे लगते हैं। कक्का जी न मरे तो सवेरे तौलिया लपेटकर अरथी बनाने का कार्यक्रम गड़बड़ हो जाएगा।

कक्का जी रात को मर गए। वे मेरे भी काफी परिचित थे। मैं गया तो देखा कि वे सज्जन मौत का तौलिया लपेटे अरथी इस गर्व से तैयार कर रहे हैं, जैसे किसी युवक की बारात सजा रहे हों!

मैंने कहा—'आप बहुत सहृदय हैं।'

वे बोले—'देखो भैया, अपना ऐसा है कि चाहे जिन्दगी में जो भी सम्बन्ध हों, कोई दुश्मन भी हो, पर मौत-मट्टी में हम बराबर साथ देते हैं।'

'धन्य हैं!' मैं मन में कह रहा था।

मुर्दे के प्रति इतना प्रेम मैंने कम देखा है। एकाध महीना कोई परिचित न मरे, तो वे किसी को मारने की कोशिश भी कर सकते हैं, जिससे खूँटी पर टँगा मौत का तौलिया सिर से लपेट सकें। जिसकी जान बचाने के लिए फोन नहीं करने दिया, उसकी शव-यात्रा में वे रोते हुए जा रहे थे और लोग कह रहे थे—'भई आदमी हो तो ऐसा। हर मट्टी में जाते हैं—और देखो, कैसे रो रहे हैं, जैसे सगा भाई मर गया हो!'

मैं उन्हें पहले समझ नहीं पाया था। उनके एक सहपाठी मित्र दिल्ली में मामूली लेक्चरर थे। जब भी मैं दिल्ली जाता, वे आँखों में आँसू भरकर मुझे मिठाई का पैकेट देते और कहते—'मेरे बहुत-बहुत प्यार के साथ गणेश को दे देना। कहना—मैं चाहता हूँ कि वह लगातार आगे बढ़ता जाए।'

तीन-चार सालों में गणेश अर्थशास्त्र विभाग के अध्यक्ष हो गए। मैं जब दिल्ली जाने लगा तो मैंने उनसे कहा—'अब तो गणेश भैया डिपार्टमेंट के हेड हो गए। बड़ी खुशी की बात है। मिठाई भेज रहे हैं क्या?'

वे खिन्न हो गए। कहने लगे—'अब तुम्हीं बताओ, जब ऐसे-ऐसे आदमी डिपार्टमेंट के हेड होने लगे तो विश्वविद्यालयों का क्या होगा?'

आँखों में उनके आँसू तब भी छलक आए मित्रता के कारण। पर वे खूँटी पर टँगे उस तौलिये को भी देख रहे थे कि यह गणेश के काम कब आता है। देखते हैं, पर साला आगे बढ़ता जा रहा है।

ऐसा प्रेम मैंने और लोगों में भी देखा है। पर मैं अब उनके घर जाने में डरता हूँ। वह शव-यात्रा में सिर पर लपेटा जानेवाला तौलिया मुझे डराता है। मुझे ऐसा लगता है कि तौलिया मुझसे कह रहा है—अपने लिए सिर पर लपेटने का चांस इन्हें कब दे रहे हो?

मरनेवाले से प्रेम एक अजब चीज है। मैं एक दम्पती को जानता हूँ, जो जीवन-भर लड़ते रहे—मारपीट तक करते रहे। दोनों मुझसे एक-दूसरे की शिकायत करते और कहते कि ऐसे जीने से मर जाना अच्छा।

एक दिन पत्नी मौत के पास पहुँच गई। पति ने मुझे पुकारा। मैं गया। डॉक्टर हृदय को कृत्रिम तरीके से चलाने की कोशिश कर रहा था।

मैंने पूछा—'डॉक्टर खरे, क्या हालत है?'

डॉक्टर बोले—'शी इज गॉन (वे मर गईं)!'

जब पति को मालूम हुआ तो वे मेरे पास आए और कहने लगे—'अरे, वह तो सचमुच मर गई! मैं तो सोच रहा था कि मुझे तंग करने के लिए नाटक कर रही है।'

दो-तीन दिन बाद वे मेरे पास आए। आँखों में आँसू थे। कहने लगे—'भाई, बहुत अच्छा हलवाई तय कर लो। जितना भी पैसा लगे। सब मित्रों को निमंत्रित करो और श्राद्ध पर बहुत अच्छा खाना सबको खिलाओ। वह अच्छे खाने की बड़ी शौकीन थी। उसकी आत्मा को शान्ति मिलेगी। मैंने मरने के बाद शान्ति का सारा इन्तजाम कर दिया।'

मगर मैं बात कर रहा था, उस मौत-मट्टी के तौलियेवाले की। बड़े अध्ययन के बाद मैं इस निष्कर्ष पर पहुँचा कि वह किसी भी मित्र को जहर देकर मार सकता है और सवेरे अश्रुपात करते हुए तौलिया लपेटे अरथी भी बाँध सकता है। वह मित्र-प्रेम के कारण बेहोश भी हो सकता है।

मौत से इतना प्रेम तारीफ के लायक है।

एक दिन मेरे एक रिश्तेदार की मौत हो गई। मैं उनके कफन-दफन की तैयारी कर रहा था। वे मुझे मिल गए। कहने लगे—'मैं भी चलूँ न ग्वारीघाट?'

मैंने कहा—'आप कष्ट क्यों करते हैं? पच्चीसों रिश्तेदार हैं। वे सब कर लेंगे।'

तो वे गिड़गिड़ाने लगे—'हमें भी ले चलो न! हम भी हो आएँगे।'

वे शवदहन को पिकनिक समझ रहे होंगे। बड़ी मुश्किल से मैंने उन्हें रोका वरना वे साइकिल पर आठ मील जाने को उत्सुक थे।

जीवन से ऐसा द्वेष और मृत्यु से ऐसा प्रेम—क्या कहा जाए? मनुष्य के भीतर रहस्य की कई परतें होती हैं। कहाँ तक कोई परतें खोलेगा!

यों उस दिन कथावाचक पंडित जी कह रहे थे—'जो आदमी सौ आदमियों की शव-यात्रा में जाता है, उसे स्वर्ग मिलता है—ऐसा शास्त्र कहते हैं।'

यानी खूँटी पर टँगा शव-यात्रा का तौलिया शायद शास्त्र के आदेश के अनुसार ही है।

वे उसी तौलिया में जीवन की सार्थकता खोजकर मजे में यश के साथ जी रहे हैं।

मनुष्य सार्थकता के अहसास के बिना जी नहीं सकता।

वे इस सार्थकता के साथ जी रहे हैं शायद कि जितने ज्यादा मुर्दों को हमने शव-यात्रा के बाद जलाया, उतना ही जीवन सार्थक हो गया।

सार्थकता जीवन को जीवन-संघर्ष भी देती है और मौत की तरफ भी ले जाती है—दूसरे की मौत की तरफ।

मैं जब भी उनके घर जाता हूँ, शव-यात्रा के उस तौलिये को देखकर बहुत परेशान हो जाता हूँ। सोचता हूँ—कभी ये इस गन्दे तौलिये का मेरे संस्कार के लिए भी उपयोग कर सकते हैं। पर वे बड़े प्रेम से बात करते हैं, भोजन कराते हैं।

पिछली बार जब मैं उनके यहाँ गया तो वह गन्दा मरघट का तौलिया खूँटी पर नहीं था। मेरा अन्दाज था कि वे शव-यात्रा की तैयारी में लगे होंगे। हमारे एक घनिष्ठ मित्र की मौत हो गई थी।

मैंने देखा—न खूँटी पर वह गन्दा तौलिया है, न वे भावुक हैं।

मैंने कहा—'फलाँ बन्धु की मृत्यु हो गई है, आपको तो मालूम ही होगा? चलिए, चलें। मेरा तो विश्वास था कि आप वहीं होंगे।'

वे कहने लगे—'यार, कहाँ-कहाँ जाएँ? बड़ी परेशानी है। हम तो जा नहीं सकते। तुम जरूर चले जाओ। कह देना, मेरी तबीयत खराब है।'

मैं चल दिया, पर अचानक मुझे ध्यान आया कि पंडित जी ने कहा था—'शास्त्र कहते हैं कि जो व्यक्ति सौ शव-यात्राओं में जाता है, उसे स्वर्ग मिलता है।' समझ गया कि इनके सौ पूरे हो गए हैं और एक सौ एकवें मित्र के न जीने की इन्हें न चिन्ता है, न उसकी ठीक से दाह-क्रिया की।

सुलझे विचारों के आदमी ऐसे ही होते हैं।

अब मुझे उनके घर जाते डर नहीं लगता। वह गन्दा तौलिया अब खूँटी पर नहीं होता। उनके सौ पूरे हो चुके हैं।

और मेरे मरने की उन्हें अब उत्कंठा नहीं है।

मेरी अक्ल का बाल

खाने के कई नाम हैं—रोटी खाना, भोजन, लंच, डिनर, जीमना वगैरह। इनमें रोटी खाना मुझे सबसे ज्यादा पसन्द है। गए, खाया, चले आए। मगर जब प्रतिष्ठित परिवारों में भोजन करने जाना पड़ता है, तब खाने के पहले डेढ़-दो घंटे उस परिवार की प्रतिष्ठा के सूचक प्रतीक और उपलब्धियाँ देखनी पड़ती हैं। टेबिल पर 'इलस्ट्रेटेड वीकली' और 'फेमिना' पहले ही रख दिया जाता है। ये प्रतिष्ठा की निशानियाँ हैं। हिन्दीवाले पीठ ठोंकें कि दो हिन्दी साप्ताहिक भी अब टेबिल पर दिखने लगे हैं। 'डेम दीज हिन्दी पेपर्स'। मैं खुद ही फर्नीचर और पर्दों के रंग देखकर तारीफ कर देता हूँ। इससे मेजबान की तकलीफ बचती है। अगर बागीचा हुआ तो उसे भी देखना होता है। इसमें अगर 'केक्टस' हुए तो तकलीफ बढ़ती है। मुझे भूख लगी है मगर 'केक्टस' देखना और उनके प्रकार सुनना पड़ता है। अगर रसोईघर पास हुआ तो एकाध झोंका पकवानों की गन्ध का नाक तक आ जाता है और मेरी इच्छा 'केक्टस' चबा जाने की होने लगती है। फिर दीवार पर अगर मेजबान के पिता का चित्र टँगा है तो पिताजी का जीवन-चरित्र और तारीफ सुननी पड़ती है। बहुत लोगों के लिए पिता मूलधन होते हैं, और जैसे कंजूस बार-बार रुपये गिनता है, वैसे ही ये लोग पिता का हर आदमी के सामने वर्णन करते हैं। उधर रसोईघर से भोजन की सुगन्ध आ रही है, मुझे भूख लगी है। इच्छा होती है कि पिताजी की फोटो ही खा जाऊँ। अगर ये सिर्फ इतना ही बता दें कि पिता एक नामी आबकारी अफसर थे, तो उन्हें वर्णन का कष्ट नहीं करना होता। मैं खुद उनका जीवन-चरित्र समझ जाता।

ये भले लोग ही होते हैं। केवल अपनी प्रतिष्ठा और उपलब्धियों से प्रभावित करना चाहते हैं। और यह कौन नहीं चाहता?

कुछ लोग बच्चों की योग्यता का उपयोग इसके लिए करते हैं।

कहेंगे—आपकी कृपा से दोनों बच्चियाँ संगीत में अच्छी गति रखती हैं। वे बड़ी लड़की को बुलाते हैं—बेटी सुशीला, अंकिल को एक गाना तो सुनाओ।

थोड़ी देर में शरमाती-सी सोलह-सत्रह साल की सुशीला आई और गाने लगी—'कोई परदेसी मेरा दिल ले गया, मोटी-मोटी अँखियों में आँसू दे गया।'

'परदेसी की प्रीत' की पीड़ा पुरातन है। पुराने जमाने में छैला युवक दूर कहीं धंधे से या घरु काम से लम्बी यात्रा कर बैलगाड़ी में या घोड़े पर निकलता था। यात्रा लम्बी होती थी। रास्ते में पिता के किसी मित्र के यहाँ सुस्ताने को एक-दो रोज रुक जाता था। इस अवधि में घर की जवान लड़की से रागात्मक सम्बन्ध बन जाते थे। दो दिन बाद वह आँखों में प्रीति भरकर विदा होता था। लड़की उसके अदृश्य होने तक दरवाजा पकड़े उसे देखती रहती थी। वह आश्वासन के लिए बुढ़ऊ से कह देता था—कक्का जी, लौटते में जरूर रुकूँगा।

इस 'परदेसवा की प्रीति' पर बहुत काव्य हैं। सबसे पीड़ादायक प्रीत उस समय के परदेसवा की होती थी। दूर रहता था, बैलगाड़ी या घोड़ा आवागमन के साधन थे। शायद जीवन में 'परदेसवा' कभी नहीं लौटे। रेलगाड़ी और डाक चलने के बाद से 'परदेसी' की प्रीति उतनी कष्टदायक नहीं रही। वह किसी भी रेलगाड़ी से आ सकता है। वह चिट्ठी लिख सकती है और सहेली के पते पर उसकी चिट्ठी पा सकती है। पर रेलगाड़ीवाला परदेशी ज्यादा ठहरता नहीं है। उसका 'रिजर्वेशन' होता है। फिर भी चन्द घंटों में आँसू दे ही जाता है। इन परदेशियों में जो 'स्मगलिंग' के काम से निकला है, वह तो भागने की जल्दी में है। कहता है—'हम सवेरेवाली गाड़ी से चले जाएँगे'—क्योंकि उधर 'गेंग' इन्तजार कर रहा होगा। इसका ध्यान सुन्दरी पर नहीं, सोने के बिस्किट या अफीम की पेटी पर होता है।

इधर एक नया 'परदेशी' लोकप्रिय हो रहा है। यह बड़ी कम्पनियों का एजेंट या प्रतिनिधि होता है। इसे पहले दर्जे का किराया मिलता है, बीस-पच्चीस रुपया भत्ता मिला है। यह ठहरता होटल में है, पर ऑर्डर बुक करके समय निकालकर 'अंकिल जी' के यहाँ हो आता है। खाना भी खा लेता है। इतनी देर में ही उसके कपड़े, व्यवहार और अटैची से असर पड़ता है। परदेशी से राग हो जाता है, लड़की का। काँइयाँ पिता जाँचता रहता है—लड़का अच्छा है। जम जाए तो लड़की निपट जाए। वह कहता है—'बेटा, तुम्हारा घर है। यहीं ठहरा करो।' मेरा विचार है—सबसे फायदेमन्द परदेशी यही है और हर विवाह-योग्य लड़की के पिता को इसे प्रोत्साहन देना चाहिए।

लड़की का गीत सुनकर मुझे लगा, हाल ही में कोई दवा कम्पनी का प्रतिनिधि आया होगा जो कुछ नमूने की दवाएँ दे गया होगा। अंकिल जी को उसने 'गैस' की गोलियाँ दी होंगी। तभी लड़की यह गीत गा रही है—'कोई परदेसी मेरा दिल ले गया'—(और बाबूजी की गैस मिटा गया)।

फिर छोटी लड़की ने गाया—'दम मारो दम, मिट जाए गम। बोलो सुबह शाम, हरे कृष्ण हरे राम।'

'दम' की बात सुनकर मेरी भूख और भड़की। आखिर हम खाने की टेबिल पर पहुँचे।

मुझे ऐसे लोग भले ही लगते हैं। छोटी-छोटी चीजों से प्रभावित करने की कोशिश करते हैं। मैं इन चीजों पर हँसता हूँ, तो दुख भी होता है कि यह कोई अच्छी बात मैं नहीं कर रहा हूँ।

इधर मुझे एक करोड़पति का भोजन करने का सौभाग्य प्राप्त हुआ। मैं भाषण देने एक बड़े शहर में गया था। एक भले और स्नेही-सम्पन्न सज्जन को लगा होगा कि इन्हें भोजन घर में कराया जाए। मुझे उनके इस शुभ निर्णय की जानकारी पहले नहीं थी। एक 'बिचौलिए' मित्र से उन्होंने कह रखा था।

सुबह से वे अपना वैभव दिखाने निकले—बागीचा, अतिथि-गृह, बाल-मन्दिर वगैरह। वैभव मुझे अच्छा लगता है। सौन्दर्य अच्छा लगता है। पर अगर सुन्दरी ऐसा काजल लगा ले जो उसकी भौंहों तक आ जाए तो कैसा लगेगा? या अनन्त सौन्दर्यवती सिर में चमेली का सस्ता तेल इतना डाल ले कि वह कपाल पर आ जाए तो कैसा लगेगा? या कोई सुन्दरी इतनी गहरी लाल लिपस्टिक चुपड़ ले कि वह नाक तक आ जाए तो कैसा लगेगा? या सुन्दरी बाथरूम का उपयोग न करके, छज्जे पर खड़ी होकर मंजन करे और 'थुक-थुक' करे, तो वह सौन्दर्य कितना घृणास्पद होगा? सुन्दर बागीचे में यदि तरह-तरह के गुलाबों के बीच गदा लिये हनुमान जी की भद्दी मूर्ति खड़ी कर दे, तो फूलों का क्या होगा? कोई वीणा में फूहड़ फूँदे बाँध दे तो कैसा लगेगा? दिल्ली में उच्चवर्गीय स्त्रियाँ महँगे रेस्तराँ से निकलकर मुरब्बा डलवाकर पान खाती हैं, तो मेरी उधर देखने की हिम्मत नहीं होती।

वह वैभव मुझे ऐसा ही लगा। चार मंजिला विशाल इमारत। मगर फर्श और दीवार खूब गहरे रंगों से पुते। पर्दे गहरे हरे। मैं इन रंगों के बीच दो-चार दिन रहूँ, तो पागल हो जाऊँ।

मुझे वैभव, सौन्दर्य अच्छे लगते हैं। मगर कीमती सुन्दर चित्र के फ्रेम पर मोटे-मोटे अक्षरों में अपना नाम और पता लिखवा ले, तो चित्र देखने से विरक्ति होती है। मुझे ऐसा लगा, जैसे सुन्दर कमरे में बैठा हूँ, जिसके एक कोने में पिशाचिनी की मूर्ति रखी है।

मगर वे भले आदमी थे। रुचि उनकी अपनी थी। पिता के बड़े भक्त थे। पिता यह लोक छोड़ चुके थे। जो पिता 'बंजारे' से परलोक जाने को लदने के पहले कहे—'जरा एक मिनट, लड़के को तिजोरी की चाबी दे दूँ'—वह पूजास्पद तो होगा ही।

वे पिता के गुण बखानते थे। बीच में कुछ विशेष छूट जाता, तो बिचौलिया बन्धु जोड़ देता था। कहने लगे—'बाबू जी बड़े सीधे और भोले थे। कोई भी उनसे कोई बहाना बनाकर रुपये ले जाता था। लोग तो उन्हें 'बुद्ध' समझते थे। बड़े दानशील थे।'

मैं जानता हूँ कि मछलियों को दस पैसे का दाना चुगाकर फिर उन्हें जाल से पकड़वाकर किस भाव बेचा जाता है। सवेरे भिखारियों को ऐसे दुबले गेहूँ बाँटना जिनकी हड्डी निकल आई है और फिर अच्छे गेहूँ का सौदा करना—यह भी जानता हूँ। दानशीलता, सीधापन, भोलापन—असल में एक तरह का 'इन्वेस्टमेंट' होता है। और जहाँ तक लाख-दो लाख के दानों का सम्बन्ध है, सब जानते हैं कि इसमें कितना इनकमटैक्स का जाता है और गाँठ का कितना-सा। इतने में से नाम खुदकर अमर हो जाए, तो सौदा महँगा नहीं पड़ता।

कहने लगे—कोई शौक नहीं था। तीन-चार घंटे पूजा करते थे। रात को अलबत्ता थोड़ी देर मुनीमों के साथ ताश खेलते थे।

एक मुसाहिब अब तक चुप था। वह बोला—ताश भी आत्मसम्मान से खेलते थे। उन्होंने मेम चली है, तो कोई उस पर बादशाह नहीं चल सकता था। गुलाम चल सकता था।

मुझे यह बात यथार्थवादी और तर्कपूर्ण लगी।

मुझे चार बजे की गाड़ी से जाना था। करीब बारह बजे मैंने अपने मित्र से कहा—'अब खाना खा लें। थोड़ा आराम।'

मित्र ने कहा—'भोजन तो उन्हीं के यहाँ करना है।'

मैंने कहा—'पर उन्होंने मुझसे तो कहा नहीं।'

मित्र ने कहा—'संकोची आदमी हैं। मुझे इशारा कर दिया था।'

हम उनके घर पहुँचे। बड़ा-सा बैठकखाना। दीवारें उनके पिता के चित्रों से भरी हुई थीं।

उन्होंने बतलाना शुरू किया—'इस मंत्री के साथ फोटो, उस नेता के साथ, शंकराचार्य के साथ, दान देते हुए, गरीबों को अन्न बाँटते हुए, पूजा करते हुए।' ज्यादा फोटो मंत्रियों और नेताओं के साथ थे।

मैं देखता और 'वाह!' कहता।

इधर घड़ी आगे बढ़ रही थी।

सोफे पर बैठे तो उन्होंने अपने फोटोग्राफ का एलबम निकाला। करीब 100 फोटो उनके देखे।

मुझे भूख जोर की लगी थी। टाइम भी बहुत हो गया थां। तीसरे, मैं इस बात से बहुत चिढ़ गया था कि कोई आदमी छह-सात घंटे अपनी महत्ता ही बतलाता रहे। अपने पिता, खुद और प्रॉपर्टी—इन तीनों चीजों की तारीफ मैं छह घंटे सुनता रहा।

आखिर लगभग डेढ़ बजे भोजनालय पहुँचे। सामने कोई पन्द्रह तरह के पकवान—सबमें से वही फूहड़ सम्पन्नता टपक रही थी। हलवा और चूरमा में से घी बह रहा था। मैं तय नहीं कर पाया कि इनमें से क्या खा लूँ।

इतने में एक चीज और आई। वे कहने लगे—'यह हमारे यहाँ की खास चीज है—'बाफला'। बाटी के आकार की होती है, घी में पूरी तरह सराबोर।'

न जाने कैसे बनाई जाती है। बेहद भारी और लिवर की जान लेनेवाली। मैं इसे देखकर काँप उठा। एक बार खा चुका हूँ। भोपाल में मित्र की पत्नी ने बाफला खिलवाए। मैं चटोरेपन के कारण काफी खा गया। मुझे साढ़े दस बजे रात की गाड़ी से जाने का था। खाना हम लोग लगभग साढ़े आठ बजे खा चुके थे।

मैंने मित्र से लगभग नौ बजे कहा—'बिस्तर बाँध लें। सामान समेट लें। इधर ताँगा भी जल्दी नहीं मिलता।'

मित्र की पत्नी ने कहा—'यह सब कुछ मत करिए। आप इस गाड़ी से जा नहीं सकते।'

मैंने पूछा—'क्यों?'

वे बोलीं—'क्यों का सवाल नहीं है। आप चले जाएँ तो कल मैं आपको इनाम के रूप में सौ रुपयों का चेक भेजूँगी।'

मैंने पानी माँगा। मुँह सूख रहा था। दो गिलास पानी पिया। थोड़ी देर बाद शरीर शिथिल-सा होने लगा और मुझे लगा कि बाफला मेरी पिंडलियों में घुस रहे हैं। थोड़ी देर बाद फिर पानी पिया और लगा कि बाफला सारे शरीर में घुस गया है।

आखिर मैं लुढ़क गया और सुबह नींद खुली।

सोचता हूँ, राजपूत लोग मुसलमान सेनाओं से लड़ने के बदले उन्हें बाफला भेज देते कि आप हमारे मेहमान हैं, लड़ाई होती रहेगी। पहले हमारा खास पकवान खाइए। जब वे बाफला खाकर घंटे-दो घंटे में लुढ़क जाते, तो जाकर उन्हें काट आते।

वही बाफले दुश्मन की तरह मुझे देख रहे थे। ये वीरों या अलालों के खाने की चीज है।

खैर, खाना शुरू हुआ।

वे खाने के बारे में भी पिताजी के शौक और रुचि की बात करते रहे।

कह रहे थे—'पिताजी अकेले कभी भोजन नहीं करते थे। मित्रों या मुनीमों को साथ खाने को बुला लेते थे। कोई न मिले तो सड़क से निकलते किसी भी आदमी को पकड़ लेते और उसे साथ खाने को बिठा लेते थे। ऐसी ही आदत मेरी भी है।'

सुनकर मेरा कौर हाथ में रखा रह गया।

मैं भी शायद सड़क से पकड़ा गया आदमी हूँ, जिसे इन्होंने खाने को साथ बिठा लिया है।

कौर मेरा मुँह में जा नहीं रहा था। पर माँ सरस्वती प्रसन्न थी। उसने उनका पानी उतारने की तरकीब एक क्षण में बता दी।

मैंने कौर मुँह में लिया और फौरन फुर्ती से उसे निकालकर थाली में डाल दिया।

उन्होंने कहा—'क्यों? क्यों?'

मैंने कहा—'इसमें बाल है।'

मैंने बहुत बुरा मुँह बना लिया।

वे बोले—'बाल? बाल कैसा हो सकता है? हमारे यहाँ तो दो महाराज रोटी बनाते हैं।'

मैंने कहा—'छोड़िए। मेरा भोजन पूरा हो चुका था। मैं आगे खा नहीं सकूँगा। खाऊँगा तो उल्टी हो जाएगी।'

तहलका मच गया। सबने खाना बन्द कर दिया। फोटोग्राफर को अब उनका फोटो लेना था। उन्होंने सोचा होगा—पत्नी यह सोचकर कि मेहमान आ रहे हैं, नहाने के बाद सीधे शायद रसोईघर चली गई हो, यह देखने कि अच्छा खाना बन रहा है कि नहीं।

महाराज लोग तो घुटी चाँद के थे।

ज्यों ही उनके दिमाग में यह बात चमकी, वे बहुत शर्मिन्दा और दीन हो गए। पानी उतर गया। सोचते होंगे—मेहमान समझ गए होंगे कि मेरी पत्नी फूहड़ है, जो खाने में बाल गिरा देती है।

वे भिखारी की तरह दीन हो गए। बार-बार माफी माँगने लगे।

उस समय मुझे लगा कि इस चौमंजिला इमारत का मालिक मैं हूँ और मैं इन्हें सड़क से पकड़कर खाने को ले आया हूँ।

खाना फिर सबने बन्द कर दिया।

बाफलों की आँखें निकल आई थीं और वे एक आँख दबाकर काँइयाँ इशारा कर रहे थे।

हाथ धोकर वे छज्जे पर गए। मैं सुन रहा था :

'इतने बड़े आदमी के सामने नाक कटा दी खानदान की!'

'पर मैं भगवान की कसम खाकर कहती हूँ कि रसोई में गई ही नहीं।'

अब उन्हें जल्दी थी मुझसे पिंड छुड़ाने की। जल्दी पान खिलाया और ड्राइवर से मित्र के घर पहुँचवा दिया।

घर में मित्र ने पूछा—'क्या सचमुच खाने में बाल था?'

मैंने कहा—'नहीं, औरत का बाल नहीं था। वीणावादिनी माँ सरस्वती का बाल था।'

अकाल-उत्सव

दरारों वाली सपाट सूखी भूमि नपुंसक पति की सन्तानेच्छु पत्नी की तरह बेकल नंगी पड़ी है।

अकाल पड़ा है।

पास ही एक गाय अकाल के समाचार वाले अखबार को खाकर पेट भर रही है। कोई 'सर्वेवाला' अफसर छोड़ गया होगा। आदमी इस मामले में गाय-बैल से भी गया-बीता है। गाय तो इस अखबार को भी खा लेती है, मगर आदमी उस अखबार को भी नहीं खा सकता जिसमें छपा है कि अमेरिका से अनाज के जहाज चल चुके हैं। एक बार मैं खा गया था। एक कालम का छह पंक्तियों का समाचार था। मैंने उसे काटा और पानी के साथ निगल गया। दिन-भर भूख नहीं लगी। आजकल अखबारों में आधे पृष्ठों पर सिर्फ अकाल और भुखमरी के समाचार छपते हैं। अगर अकालग्रस्त आदमी सड़क पर पड़ा अखबार उठाकर उतने पन्ने खा ले, तो महीने-भर भूख नहीं लगे। पर इस देश का आदमी मूर्ख है। अन्न खाना चाहता है। भुखमरी के समाचार नहीं खाना चाहता।

हर साल वसन्त आता है। हर साल मंगलवर्षा आती है। हर साल शारदोत्सव आता है।

हर साल अकाल आता है, जैसे हर साल स्वाधीनता दिवस और गणतंत्र दिवस आते हैं। ये मंगल-उत्सव अपने-आप आते हैं। शरद में कोई चाँद की प्रार्थना नहीं करता कि हे अमृतघट, उत्सव के लिए अमृत बरसा!

मगर अकाल के लिए बड़ी प्रार्थनाएँ, बड़े अनुष्ठान करते हैं। अकाल के लिए इन्द्र-पूजा होती है। पहले इन्द्र-पूजा वर्षा के लिए होती थी। मगर अब अवर्षा के लिए इन्द्र-पूजा होती है। कृष्ण का गोवर्द्धन पर्वत कुछ दिनों में धूल होकर बिखर जाएगा। इन्द्र का कोप अब भीषण वर्षा में नहीं, अवर्षा में प्रकट होता है। गोवर्द्धन को तस्कर यूरोप में बेच आएँगे।

बड़ी प्रार्थना होती है। जमाखोर और मुनाफाखोर साल-भर अनुष्ठान कराते हैं। स्मगलर महाकाल को नरमुंड भेंट करता है। इंजीनियर की पत्नी भजन गाती है—'प्रभु, कष्ट हरो सबका! भगवन, पिछले साल अकाल पड़ा था तब सक्सेना और राठौर को आपने राहत-कार्य दिलवा दिया था। प्रभो, इस साल भी इधर अकाल कर दो और 'इनको' राहत-कार्य का इंचार्ज बना दो।' तहसीलदारिन, नायबिन, ओवरसीअरिन सब प्रार्थना करती हैं। सुना है, विधायक-भार्या और मंत्री-प्रिया भी अनुष्ठान कराती हैं। जाँच कमीशन के बावजूद मैं ऐसा पापमय विचार नहीं रखता। इतने अनुष्ठानों के बाद इन्द्रदेव प्रसन्न होते हैं और इलाके की तरफ के नल का कनेक्शन काट देते हैं।

हर साल वसन्त!
हर साल शरद!
हर साल अकाल!

फिर अकाल-उत्सव क्यों न हो जाए? इसे मनाने की एक निश्चित विधि होती है, जैसे दूसरे उत्सवों की होती है। गणतंत्र दिवस पर परेड होती है। अकाल में सस्ते गल्ले की राशन-दुकान पर भी परेड होती है और ज्यादा जोश से होती है। गणतंत्र-परेड कुछ घंटे होती है, अकाल-परेड महीने में हर रोज होती है। राशन-दुकान पर खाली झोला लिये खड़ी फौज में उन फौजियों से ज्यादा जोश होता है।

साल में दस महीने पहलवान ऐलान करता है—इस साल वो रियाज किया है कि कोई अखाड़े में मुकाबले में नहीं उतर सकता। चुनौती देता हूँ—कोई अप्रैल-मई में लड़ ले। मगर पहलवान को अप्रैल में टाइफाइड हो जाता है और वह कहता है—अब मैं लाचार हूँ। टाइफाइड ने सारी बादाम उतार दी।

मंत्री लोग ऐसे ही पहलवान हैं—नौ महीने ताल ठोंकते हैं—अन्न का अभाव सामने आने की हिम्मत नहीं कर सकता। इतने लाख क्विंटल का स्टाक होगा। 'लेव्ही' ली जाएगी। लड़ ले कोई जमाखोर—पछाड़ दिया जाएगा।

मगर मई आते ही उसे भी टाइफाइड हो जाता है। कहता है—क्या करूँ? जमाखोरी का 'टाइफाइड' सरकार को हो गया। विरोधी तो विरोधी, अपनी पार्टी के लोग भी रोग के कीटाणु लिये हैं। दवा लेने अमेरिका भेजा है आदमी। मई में वीर मंत्रियों की भी बादाम उतर जाती है।

इधर मैंने देखा, उलटी 'लेव्ही' ली जाने लगी है। एक शहर में भारतीय निगम के गोदाम से गलत नम्बर प्लेट के ट्रक में लदकर एक सौ पचास बोरे गेहूँ जा रहा था कि फाटक पर चौकीदार ने पकड़ लिया। उसने पूछा—यह 'लेव्ही' का गेहूँ कहाँ जा रहा है? विभाग के आदमी ने कहा—तुम्हें नया कानून नहीं मालूम? नये कानून के मुताबिक खाद्य निगम खुद लेव्ही देगा। वही लेव्ही है यह, जो जमाखोर को दी जा रही है। नये ऑर्डर पूछ लिया करो।

मैं एक विधायक से पूछता हूँ—अकाल की स्थिति कैसी है?

वह चिन्तित होता है। मैं समझता हूँ, यह अकाल से चिन्तित है। मुझे बड़ा सन्तोष होता है।

वह जवाब देता है—हाँ, अकाल तो है, पर ज्यादा नहीं है। कोशिश करने से जीता जा सकता है। सिर्फ ग्यारह विधायक हमारी तरफ आ जाएँ, तो हमारी मिनिस्ट्री बन सकती है।

हर आदमी का अपना अकाल होता है। इनका अकाल दूसरा है। इन्हें सिर्फ ग्यारह क्विंटल विधायक मिल जाएँ, तो अकाल-समस्या हल हो जाए—सत्ता की।

दिन में यह सब सोचता हूँ और रात को मुझे विचित्र सपने आते हैं।

एक रात सपना आया—राष्ट्र ने अकाल-उत्सव मनाना तय कर लिया है। कई क्षेत्रों में हो रहा है। एक क्षेत्र में अकाल-उत्सव मैंने सपने में देखा।

आसपास के चार-पाँच गाँवों के किसान, स्त्रियाँ, बच्चे इकट्ठे थे।

पंडाल सजाया गया था। मंत्री अकाल-समारोह का उद्घाटन करने आनेवाले थे। पटवारी ने भूखों से चन्दा करके गुलाबों की मालाएँ कस्बे से मँगवा ली थीं।

स्त्रियाँ खाली मंगल-घटों में सूखे नाले के किनारे की घास रखकर कतार में चल रही थीं। वे गा रही थीं :

अबके बरस मेघा फिर से न बरसो, मंगल पड़े अकाल रे।

ओवरसीयर और मेट उनमें से अपने लिए छाँट रहे थे :

सा'ब, उसे देखो, कैसी मटकती है!

अरे, मगर इस सामनेवाली को तो देख! दो बार पूरी रोटी खा ले तो परी हो जाए!

मगर सा'ब, सुना है, तहसीलदार सा'ब भी तबियत फेंक देते हैं!

अरे, तो 'थ्रू प्रापर चैनल'! सरकारी नियम हम थोड़े ही तोड़ेंगे।

हड्डी-ही-हड्डी। पता नहीं, किस गोंद से इन हड्डियों को जोड़कर आदमी के पुतले बनाकर खड़े कर दिये गए हैं।

यह जीवित रहने की इच्छा की गोंद है। यह हड्डी जोड़ देती है। आँतें जोड़ देती है।

सिर मील-भर दूर पड़ा हो तो जुड़ जाता है।

जीने की इच्छा की गोंद बड़ी ताकतवर होती है।

पर सोचता हूँ, ये जीवित क्यों हैं?

ये मरने की इच्छा को खाकर जीवित हैं। ये रोज कहते हैं—इससे तो मौत आ जाए तो अच्छा!

पर मरने की इच्छा को खा जाते हैं। मरने की इच्छा में पोषक तत्त्व होते हैं।

जीने की इच्छा गोंद होती है, जो शरीर जोड़े रखती है।

मरने की इच्छा में पोषक तत्त्व होते हैं।

अकाल-उत्सव शुरू हुआ।

उत्सव में कवि जरूरी होते हैं। वे उत्सव का 'मूड' बनाते हैं। वहाँ दो कवि भी थे जो समयानुकूल कविता बना लाए थे।

विधायक ने संक्षिप्त भाषण दिया—'बड़े सौभाग्य का विषय है कि मंत्री महोदय हमारे बीच पधारे हैं। उन्हें कई उत्सवों का निमंत्रण था, पर इस क्षेत्र के अकाल से उन्हें विशेष प्रेम है, इसलिए वे यहीं पधारे। हम उनका स्वागत करते हैं।'

माला पड़ी और तालियाँ पिटीं।

सबसे खूबसूरत तालियाँ पीटीं मंत्री जी के आसपास बैठे जमाखोर, मुनाफाखोर, चोरबाजारिए और इनके सरकारी मौसेरे भाइयों ने। तब मंत्री जी ने भाषण दिया :

'मैं आपका आभारी हूँ कि इस अकाल-उत्सव में उद्घाटन के लिए आपने मुझे आमंत्रित किया। अकाल भारत की पुरानी परम्परा है। आप जानते हैं कि भगवान राम के राज में भी अकाल पड़ा था। हमारे राज में भी अकाल पड़ता है। हम गांधी जी के आदेश के अनुसार राम-राज ला रहे हैं। अकाल राम-राज का आधार है। मर्यादा पुरुषोत्तम भगवान राम राम-राज का स्वर्ग नहीं ला सकते थे, यदि अकाल न पड़ता। इसलिए अकाल का स्वागत करना चाहिए। अकाल के बिना राम-राज नहीं आ सकता। मेरे विपक्षी मित्र जो भारतीय संस्कृति के पूजक हैं, मुझसे सहमत होंगे कि अकाल हमारी महान भारतीय संस्कृति का एक प्रमुख तत्त्व है। द्रोणाचार्य जैसे वीर तक भूखे मरते थे।

'मेरी इच्छा है, आप खूब खुशी के साथ अकाल-उत्सव मनाएँ। हम घोर संकट में भी प्रसन्न रहते हैं। आप जानते हैं, प्रियजन की मौत के बाद हम श्राद्ध करते हैं तब हाथ पर मलकर शुद्ध घी की परीक्षा करते हैं और उसका लड्डू खाते हैं।

'मैं अधिक समय नहीं लूँगा, क्योंकि रेस्ट हाउस में मेरा मुर्गा पक गया होगा। मेरी कामना है कि उत्सव सफल हो।'

वे बैठ गए।

इसके बाद दो कविताएँ हुईं—एक गम्भीर और दूसरी हास्य रस की।

गम्भीर कवि ने पढ़ा :

स्वागत अकाल! स्वागत अकाल!
भारत के गौरव के प्रतीक,
गांधी के सपने के प्रतीक
गोदामों में रखी सुरक्षित
हरित क्रान्ति के प्रिय प्रतीक
मनु भी करते बैठे जुगाल!
स्वागत अकाल! स्वागत अकाल!

फिर हास्य रस की कविता कवि 'मामा' ने पढ़ी :

मामी बोली मामा से देखो
रोटी तो बिल्ली निगल गई
मामा बोले रोटी वापस लेने को
तुम निगलो बिल्ली को तुरन्त!

इसके बाद थोड़ी और औपचारिकता के बाद समारोह समाप्त हुआ क्योंकि रेस्ट हाउस में मुर्गे पककर बाँग देने लगे थे! दूसरे दिन से राहत कार्य शुरू हो गए।

मुझे सपने बहुत आते हैं।

मैं देखता हूँ—भूखे बिलबिला रहे हैं। मजदूरी पूरी नहीं मिलती। मिलती है तो दाना नहीं मिलता। मिलता है तो महँगा मिलता है। महँगा मिलता है, तो उसमें न जाने क्या-क्या कचरा मिला रहता है।

भूखे और अधमरे चिल्लाते हैं—रोटी नहीं तो उत्सव काहे का! उत्सव फेल हो गया।

मुझे एक सपना और आता है। कुछ दूसरी पार्टियों के लोग सेठों, जमाखोरों, सूदखोरों, मुनाफाखोरों को लेकर जाते हैं और लोगों से कहते हैं तुम्हें रोटी नहीं मिलती। रोटी नहीं मिलती क्योंकि गल्ला नहीं मिलता। गल्ला क्यों नहीं मिलता, क्योंकि ये लोग जो आए हैं, इनका गल्ला सरकार ने दबा लिया है। जबरदस्ती दबा लिया है। आप लोग बताओ, पीढ़ियों से गल्ला तुम किन्हें बेचते थे?

लोग बोले—इन आपके साथ के लोगों को। मगर ये लोग...।

नेता लोग बोले—'मगर' बन्द करो अब। इस सरकार ने इनका खरीदना बन्द कर दिया है। फिर बताओ—गल्ला तुम किनसे लेते थे?

लोग बोले—इन्हीं से, मगर...।

नेता बोले—पर सरकार ने इनका बेचना भी बन्द कर दिया है।

लोगों ने कहा—तो हम लोग क्या करें? किसके ईमान पर भरोसा करें?

नेता बोले—अब हमारी बात मानो। इस सरकार का अकाल-उत्सव तुम लोग भुगत चुके। इस सरकार को बदलो। अब हमें वोट दो। हमें विधान सभा और संसद में भेजो। हमारी सरकार बनवाओ। तुम देखोगे कि तुम सब सुखी हो जाओगे। खरीदने वाले खरीदेंगे और बेचने वाले बेचेंगे। यही आदिकाल से चला आ रहा है। यही सनातन धर्म है। हमारे अकाल-उत्सव से तुम्हें कोई शिकायत नहीं होगी।

लोग बोले—मगर...।

नेता बोले—तुम बार-बार 'मगर' क्यों बोलते हो? मगरमच्छ बोलो न!

मुझे फिर सपना आता है। मैं सपनों से परेशान हूँ। वे कितने सुखी हैं, जिन्हें सपने नहीं आते! मुझे लगने लगा है कि वही सुख की गहरी नींद सोता है, जिसे सपने नहीं आते। मेरा पहले खयाल था कि सूअर और कुत्ता ऐसे प्राणी हैं जिन्हें सपने नहीं आते। पर अब अन्न का दाना न मिलने से चूहे को भी सपने आते हैं।

सपने में देखता हूँ कि भूखे लोग तरह-तरह की सरकारें बनाते हैं। अकाल-उत्सव भी मनाते हैं। बड़ा आनन्द है। पर रोटी नहीं मिलती। अन्न नहीं मिलता।

'अथातो ब्रह्म जिज्ञासा!' मैं दार्शनिक हो जाता हूँ। ऋषि शिष्य से ब्रह्म के रूप के बारे में चिन्तन करने को कहता है। जिज्ञासु शिष्य उपवास करके चिन्तन करता है और भूखा ब्रह्मचारी आकर कहता है—गुरु, अन्नं ब्रह्म। अन्न ही ब्रह्म है, गुरु! अन्न! अन्न! इसके बाद ही 'आनन्द ब्रह्म' है।

इधर हलचल बढ़ रही है।

न जाने कौन इन लोगों को समझाते हैं कि जो सरकार अकाल को उत्सव मानेगी, रोटी नहीं देगी!

मगर लोगों को उत्सव मनाने की आदत पड़ गई है।

उत्सव का रूप चाहे बदले, उत्सव मनाएँगे।

मुझे भयंकर सपना आता है।

देखता हूँ कि अकाल-उत्सव के मूड में ढोलक बजाकर नाचते-गाते भूखे, अधमरे राजधानी में आ गए हैं और बड़ा भयकारी दृश्य मुझे दिखता है।

एक विधायक पहचान का मिलता है। उसका एक हाथ ही नहीं है। आस्तीन से खून टपक रहा है।

मैं पूछता हूँ—यह क्या हो गया?

वह कहता है—वही अकाल-उत्सववाले लोग मेरा हाथ खा गए।

किसी विधायक की टाँग खा ली गई है। किसी मंत्री की नाक चबा ली गई है, किसी का कान!

भीड़ बढ़ती जाती है।

विधायक और मंत्रिगण भाग रहे हैं।

एकाएक सैकड़ों जमाखोरों और मुनाफाखोरों को लोग पकड़ लाते हैं और उन्हें भून रहे हैं। कहते हैं—तुम्हारी भूख इतनी विकट है कि अपना ही भुना गोश्त खाए बिना तुम्हारा पेट नहीं भरेगा।

—हमें खाओगे तो भूखे रह जाओगे। हममें खाने लायक कितना कम है।

अब वे पुलिस और रायफल की राह देख रहे हैं।

सारे विधान भवनों में सन्नाटा!

संसद और उसके अहाते में सन्नाटा!

अब ये भूखे क्या खाएँ? भाग्य-विधाताओं और जीवन के थोक ठेकेदारों की नाक खा गए, कान खा गए, हाथ खा गए, टाँग खा गए। वे सब भाग गए। अब क्या खाएँ?

अब क्या खाएँ? आखिर वे विधान सभा और संसद की इमारतों के पत्थर और ईंटें काट-काटकर खाने लगे।

भयंकर सपना! मेरी नींद टूट गई। मैं पसीने से लथपथ हो जाता हूँ। घबड़ाहट होती है। क्या करूँ? सपना ही तो है—यह सोचकर शान्त होना चाहता हूँ।

मगर चैन नहीं मिलता। मानस चतुश्शती वर्ष है, इसलिए मैं 'रामचरितमानस' श्रद्धापूर्वक फिर से पढ़ रहा हूँ। मैं 'रामचरितमानस' उठा लेता हूँ। इससे शान्ति मिलेगी।

यों ही कोई पृष्ठ खोल लेता हूँ।

संयोग से 'लंका कांड' निकल पड़ता है।

मैं पढ़ता हूँ। अशोक वाटिका में त्रिजटा सीता जी को धीरज बँधाती है।

त्रिजटा को भी मेरी तरह सपना आया था।

त्रिजटा मुझसे अधिक देखती और समझती थी। उसे बहुत आगे दिखता था। वह कहती है :

यह सपना मैं कहौं विचारी।
हुइहै सत्य गए दिन चारी॥

बैताल की अट्ठाईसवीं कथा

तब बैताल ने कहा—हे विक्रम, तू मुझे फिर वृक्ष पर से उतार लाया। मैं तेरी लगन देखकर बहुत सन्तुष्ट हूँ। तेरे मनोरंजन के लिए एक कथा और सुनाता हूँ, सो सुन :

—किसी समय एक नगर में कपड़े का एक व्यापारी रहता था, जिसका नाम धरमचन्द था। सेठ धरमचन्द नाम के अनुरूप ही धर्मात्मा आदमी था। वह सुबह-शाम मन्दिर जाता था और लगभग एक घंटा प्रार्थना करता था। मन की एकाग्रता में कभी-कभी उसे सट्टे के अंक भी सूझ जाते थे। उसकी दुकान पर धर्म-पेटी रखी थी। वह बड़ा मिलनसार और मधुर स्वभाव का व्यक्ति था। जाग्रत अवस्था के अट्ठारहों घंटे उसके मुख पर चौड़ी मुसकान खेला करती और इस लम्बी कसरत से उसका मुँह कानों तक फट गया था। दाँत बाहर हो गए थे और उसे बिना प्रयत्न दीनता प्रकट करने की सुविधा मिल गई थी। जब वह किसी से बोलता, तो उसके मुख पर ऐसी मीठी मुसकान खेलती, दाँत ऐसी दीनता बताते और आँखों में ऐसी लाचारी होती कि सामनेवाले से वह यदि उसका सिर भी माँग लेता, तो वह एकाएक 'न' नहीं कर सकता था। धरमचन्द बहुत ईमानदार था, क्योंकि ग्राहक से बात करते हुए वह 'ईमान से' कहता जाता था। वह सच्चा आदमी था, क्योंकि वह कपड़े की दर और उधारी का हिसाब भगवान की कसम खाकर बताता था।

—हे विक्रम, धर्मात्मा आदमी की परीक्षा ईश्वर बार-बार लिया करता है। धरमचन्द पर भी मामले-मुकदमे चलते रहते थे। कभी वह किसी पर मुकदमा चलाता था और कभी कोई उस पर। ऐसा ही एक मुकदमा उस पर चल रहा था कि उस साहब का तबादला हो गया, जिसके सामने वह मुकदमा था। मामला बड़ा कमजोर था और धरमचन्द की हार निश्चित थी पर वह निराश नहीं हुआ।

नये साहब एक दिन कपड़ा खरीदने बाजार आए और संयोग से धरमचन्द की दुकान में घुस पड़े। देखते ही धरमचन्द ने पहचान लिया कि इन्हीं साहब के सामने मामला है।

उसने कपड़ा नापना छोड़ दिया और हाथ जोड़कर सीढ़ी पर खड़ा हो गया—'पधारिए साहब।' साहब को कुर्सी पर बिठाकर उसने पान की तश्तरी आगे की और कहा—'बड़ी किरपा की, साहब! क्या सेवा करूँ?' साहब ने कहा—'कोई कमीज का अच्छा-सा कपड़ा दिखाओ।'

धरमचन्द अच्छे-अच्छे कपड़ों के थान खोलकर साहब के सामने फैलाने लगा। ऐसे प्रेम-विभोर होकर कपड़े फैला रहा था, जैसे भक्त भगवान को भोग लगाता है। साहब ने एक कपड़ा पसन्द किया और पूछा—'क्या भाव है इसका?' धरमचन्द ने हाथ जोड़कर कहा—'हमको क्यों लज्जित करते हैं? दुकान आपकी है। कितने कमीजों का काट दूँ?' साहब का मुख कठोर हो गया। वे बोले—'नहीं, मैं ऐसे नहीं लेता। कभी नहीं लिया। दाम बताओ।'

—हे विक्रम, साहब भी ईमानदार थे। इस समय दो ईमानदारों की टक्कर हो रही थी। धरमचन्द थोड़ी देर चुप बैठा रहा, फिर उसने हार मान ली और बड़े दुखी स्वर में कहा—'चार रुपये सात आने।' साहब ने सुना। उनके चेहरे पर से कठोरता एकदम गायब हो गई और उसका स्थान पीड़ा ने ले लिया। साहब बहुत परेशान हो गए। धरमचन्द बड़े ध्यान से साहब के चेहरे को देख रहा था और उनकी पीड़ा से उसका कोमल हृदय फटा जा रहा था। साहब ने अटकते हुए स्वर में कहा—'नहीं, भई, इतना महँगा नहीं पहिन सकित।' वे उठकर चलने लगे। धरमचन्द ने उनके मुख को देखा और वह स्वयं रुआँसा हो गया। उसने विनती की—'साहब, कीमत की कोई बात नहीं। आप ले तो जाइए।' यह सुनकर न जाने क्यों साहब को क्रोध आ गया। वे धरमचन्द को रास्ते से हटाकर दुकान से बाहर निकल गए। जब तक वे आँखों से ओझल नहीं हो गए, धरमचन्द उन्हें देखता रहा। फिर मन मसोसकर काम में लग गया।

—हे विक्रम, दो ईमानदारों की टक्कर में बेचारा धरमचन्द परास्त हो गया।

उस शाम को जब धरमचन्द भगवान के सामने प्रार्थना करने बैठा, तो उसके निर्मल हृदय से स्वर उठा—हे धरमचन्द, तूने साहब का वह दुखी मुख देखा? उनकी आँखों में कितनी विवशता थी! कितनी निराशा थी! कितने लालच से उन्होंने वह कपड़ा पसन्द किया था और कीमत सुनकर चेहरा कैसा उतर गया था! सोचते होंगे—हाय, हम अफसर कहलाते हैं, पर मन का कपड़ा भी नहीं पहन सकते। धरमचन्द, तू तो अफसरों की हालत भली भाँति जानता है। तू बड़ा दयालु मनुष्य है। क्या तुझे साहब पर दया नहीं आती? क्या तू उस दुखी की इतनी-सी इच्छा पूरी नहीं कर सकता? धिक्कार है तेरे पूजन-वन्दन को! अरे मूर्ख, 'दया धरम का मूल है...' धरमचन्द ने आत्मा की आवाज सुनी। उसका हृदय भर आया। उसकी नजरों में साहब का चेहरा झूल गया और आँसुओं की धारा बहने लगी। धोती से आँसू पोंछकर उसने हाथ जोड़े और कहा—हे भगवन, मुझसे बड़ी भूल हुई।

दयानिधान, वस्त्र के मामले में मैं आपकी उदारता जानता हूँ। जब आप द्रौपदी को एक के बाद एक सैकड़ों साड़ियाँ देते गए, तो मैं आपका भक्त क्या साहब को कमीज नहीं पहना सकता? हे प्रभु, ये साहब लोग ही आज की द्रौपदी हैं, महँगाई के दु:शासन ने जिनके कपड़े छीन लिये हैं। हे प्रभु, मुझे शक्ति दो, बल दो। मुझे आशीष दो कि मैं उस दुखी का दुख हर सकूँ। प्रभु, मैं प्रतिज्ञा करता हूँ कि आज से एक महीने के भीतर साहब को उस कपड़े का कमीज पहनाकर रहूँगा। प्रतिज्ञा करने से धरमचन्द का मन हल्का हो गया।

आठ दिन बीत गए। नवें दिन प्रात:काल धरमचन्द ने स्नान किया, तिलक लगाया और दुकान पर आया। उसने उस थान में से चार कमीजों का कपड़ा फाड़ा और कागज में लपेटकर बगल में दबाया। मन-ही-मन ईश्वर का ध्यान किया और साहब के घर पहुँच गया। साहब ने उसे पहचान लिया। पूछा—'क्यों सेठ जी, कैसे आए?' सेठ ने सकुचाते हुए धीरे-धीरे कपड़ा खोला और कहा—'हुजूर, अभी बम्बई गया था। वहाँ एक कटपीस की दुकान में यह कपड़ा बड़ा सस्ता मिल गया। आप विश्वास नहीं करेंगे, यह सात आने गज पड़ गया। मैं सब-का-सब ले आया। छह कमीजों का था। दो कमीजों का मैंने अपने लिए रख लिया और यह चार का हुजूर के लिए ले आया।' उसने कपड़ा साहब के हाथ में दे दिया। साहब ने कपड़ा देखा, फिर सेठ की तरफ देखा, फिर खिड़की से बाहर देखा, फिर जमीन की तरफ देखते हुए कहा—'बड़ा सस्ता मिल गया। अच्छा किया जो आप ले आए।' धरमचन्द ने कहा—'हम तो साहब, सेवा करने को हमेशा तैयार रहते हैं। धन-दौलत साथ नहीं जाती। सेवा ही साथ जाती है।' साहब ने सात आने गज के हिसाब से कीमत दी, जो धरमचन्द ने सहर्ष ले ली। चलते-चलते वह बोला—'साहब, यहाँ के दर्जी बड़े बदमाश हैं। आप नये ही आए हैं। मैं अपना विश्वासी दर्जी भेजूँगा।'

शाम को धरमचन्द का विश्वासी दर्जी गया और साहब का नाप तथा कपड़ा ले आया। इधर रात को धरमचन्द भगवान के सामने बैठा और हाथ जोड़कर विनती करने लगा—प्रभु, मेरी प्रतिज्ञा पूरी हो गई। साहब अब अवश्य ही उस कपड़े को पहन सकेंगे। यह सब आपकी ही इच्छा से हुआ है। अब मेरी लाज आपके हाथ है।

—हे विक्रम, कमीजें बन गईं, पट्टियाँ लग गईं, इस्तरी हो गई। उठाकर पहनने लायक हो गईं। जिस दिन साहब के सामने मामला पेश होना था, उसी दिन सुबह धरमचन्द तैयार कमीज लेकर साहब के पास पहुँच गया। साहब तैयार कमीजों को देखकर बहुत प्रसन्न हुए और उन्होंने धरमचन्द को पुन: धन्यवाद दिया।

—हे विक्रम, ऐसा कौन साहब होगा जो ऐसी अच्छी कमीज पहनने में देर करे? अर्थात् कोई नहीं। ये साहब भी उनमें से एक कमीज पहनकर दफ्तर गए।

साहब के सामने मामला पेश हुआ। उन्होंने पक्ष-विपक्ष समझा। इसी समय धरमचन्द सामने से साहब की ओर देखता निकल गया। दोनों मुसकरा उठे। हे विक्रम, उस छवि का वर्णन तो शारदा भी नहीं कर सकती।

साहब ने फैसला लिखने के लिए कलम उठाई। इसी समय किसी अन्त:प्रेरणा से उनकी नजर अपनी कमीज पर पड़ी। सहसा एक चमत्कार हुआ—एक क्षण में वह कपड़ा फौलाद में परिवर्तित हो गया। उस फौलादी कमीज के वजन से साहब की रीढ़ झुक गई। कमीज धीरे-धीरे सिकुड़ने लगी और साहब के अंग-अंग कसने लगे। आस्तीन सिकुड़कर हाथों को कसने लगी। कालर ने सिकुड़कर गला घोंट दिया। साहब कराह उठे। कमीज सिकुड़ती ही जा रही थी। घबराकर साहब ने फुर्ती से धरमचन्द के पक्ष में निर्णय लिख दिया। एक क्षण में कमीज फिर कपड़े की हो गई। कैसा चमत्कार हुआ!

धरमचन्द के जीतने की खबर फैल गई। सबको आश्चर्य हुआ। कोई कहता—'साहब ने ईमान खो दिया।' कोई कहता—'साहब बेचारा क्या करे? ईमान तो धरमचन्द का गया।' कुछ लोग कहते कि दोनों ने ईमान खोया।

कथा समाप्त कर बैताल थोड़ी देर चुप रहा। फिर बोला—हे विक्रम, कथा तूने भी सुनी। अब तू बता कि किसका ईमान गया—साहब का, धरमचन्द का या दोनों का?

विक्रम ने तुरन्त उत्तर दिया—ईमान किसी का नहीं गया, क्योंकि धरमचन्द ने कपड़े के दाम लिये और साहब ने भी कीमत देकर कपड़ा लिया।

यह सुनकर बैताल उड़ा और फिर उसी वृक्ष पर जाकर लटक गया।

लंका-विजय के बाद

तब भरद्वाज बोले—'हे ऋषिवर, आपने मुझे परम पुनीत राम-कथा सुनाई, जिसे सुनकर मैं कृतार्थ हुआ। परन्तु भगवन्, लंका-विजय के बाद वानरों के चरित्र के विषय में आपने कुछ नहीं कहा। अयोध्या लौटकर वानरों ने कैसे कार्य किये, सो अब समझाकर कहिए।'

याज्ञवल्क्य बोले—'हे भरद्वाज, वह प्रसंग श्रद्धालु भक्तों के श्रवण योग्य नहीं है। उससे श्रद्धा स्खलित होती है। उस प्रसंग के वक्ता और श्रोता, दोनों ही पाप के भागी होते हैं।'

तब भरद्वाज हाथ जोड़कर कहने लगे—'भगवन्, आप तो परम ज्ञानी हैं। आपको विदित ही है कि श्रद्धा के आवरण में सत्य को नहीं छिपाना चाहिए। मैं एक सामान्य सत्यान्वेषी हूँ। कृपा कर मुझे वानरों का सत्य चरित्र ही सुनाइए।'

याज्ञवल्क्य प्रसन्न होकर बोले—'हे मुनि, मैं तुम्हारी सत्य-निष्ठा देखकर परम प्रसन्न हुआ। तुममें पात्रता देखकर अब मैं तुम्हें वह दुर्लभ प्रसंग सुनाता हूँ, सो ध्यान से सुनो।' इतना कहकर याज्ञवल्क्य ने नेत्र बन्द कर लिये और ध्यान-मग्न हो गए।

भरद्वाज उनके उस ज्ञानोद्दीप्त मुख को देखते रहे। उस सहज, शान्त और सौम्य मुख पर आवेग और क्षोभ के चिह्न प्रकट होने लगे और ललाट पर रेखाएँ उभर आईं। फिर नेत्र खोलकर याज्ञवल्क्य ने कहना प्रारम्भ किया :

—हे भरद्वाज, एक दिन भरत बड़े खिन्न और चिन्तित मुख से महाराज रामचन्द्र के पास गए और कहने लगे—'भैया, आपके इन वानरों ने बड़ा उत्पात मचा रखा है। राज्य के नागरिक इनके दिन-दूने उपद्रवों से तंग आ गए हैं। ये वानर लंका-विजय के मद से उन्मत्त हो गए हैं। वे किसी भी बागीचे में घुस जाते हैं और उसे नष्ट कर देते हैं; किसी के भी घर पर बरबस अधिकार जमा लेते हैं। किसी का भी धन-धान्य छीन लेते हैं। किसी भी स्त्री का अपहरण कर लेते हैं। नागरिक विरोध करते हैं, तो कहते हैं कि हमने तुम्हारी स्वतंत्रता के लिए संग्राम किया था;

हमने तुम्हारी भूमि को असुरों से बचाया; हम न लड़ते तो तुम अनार्यों की अधीनता में होते; हमने तुम्हारी आर्यभूमि के हेतु त्याग और बलिदान किया है। देखो, हमारे शरीर पर के घाव।' कहते-कहते भरत आवेश से विचलित हो गए।

फिर खीझते-से बोले—'भैया, मैंने आपसे पहले ही कहा था कि इन बन्दरों को मुँह मत लगाइए। मैं इसीलिए चित्रकूट तक सेना लेकर गया था कि आप अयोध्या की अनुशासनपूर्ण सेना ही अपने साथ रखें। परन्तु आपने मेरी बात नहीं मानी। और अब हम परिणाम भुगत रहे हैं। ये आपके वानर प्रजा को लूट रहे हैं। एक प्रकार से वानर-राज्य ही हो गया है।'

भरत के मुख से क्रोध के कारण शब्द नहीं निकलते थे। वे मौन हो गए। रामचन्द्र भी सिर नीचा करके सोचने लगे। हे मुनिवर, उस समय मर्यादा पुरुषोत्तम के शान्त मुख पर भी चिन्ता और उद्वेग के भाव उभरने लगे।

सहसा द्वार पर कोलाहल सुनाई पड़ा। भरत तुरन्त उठकर द्वार पर गए और थोड़ी देर बाद लौटे तो उनका मुख क्रोध से तमतमाया हुआ था। बड़े आवेश से अग्रज से बोले—'भैया, आपके वानर नया बखेड़ा खड़ा कर रहे हैं। द्वार पर इकट्ठे हो गए हैं और चिल्ला रहे हैं कि हमने आर्यभूमि की रक्षा की है, इसलिए राज्य पर हमारा अधिकार है। राज्य के सब पद हमें मिलने चाहिए; हम शासन करेंगे।'

—हे भरद्वाज, इतना सुनते ही राम उठे और भरत के साथ द्वार पर गए। उच्च स्वर में बोले—'वानरो, अपनी करनी का बार-बार बखान कर मुझे लज्जित मत करो। इस बात को कोई अस्वीकार नहीं करता कि तुमने देश के लिए संग्राम किया है। परन्तु लड़ना एक बात है और शासन करना सर्वथा दूसरी बात। अब इस देश का विकास करना है, इसकी उन्नति करनी है। अतएव शासन का कार्य योग्य व्यक्तियों को ही सौंपा जाएगा। तुम लोग अन्य नागरिकों की भाँति श्रम करके जीविकोपार्जन करो और प्रजा के सामने आदर्श उपस्थित करो।'

महाराज रामचन्द्र के शब्द सुनकर वानरों में बड़ी हलचल मची। कुछ ने उनकी बात को उचित बतलाया, पर अधिकांश वानर क्रोध से दाँत किटकिटाने लगे। उनमें जो मुखिया थे, वे बोले—'महाराज, हम श्रम नहीं कर सकते। आपकी 'जय' बोलने से अधिक श्रम हमसे नहीं बनता। हमने संग्राम में पर्याप्त श्रम कर लिया। हमने इसलिए आर्य-संग्राम में भाग नहीं लिया था कि पीछे हमें साधारण नागरिक की तरह खेतों में हल चलाना पड़ेगा। और अपनी योग्यता का परिचय हमने लंका में पर्याप्त दे दिया है। ये हमारे शरीर के घाव हमारी योग्यता के प्रमाण हैं। इन घावों से ही हमारी योग्यता आँकी जाए। हमारे घाव गिने जाएँ।'

—हे भारद्वाज, राम ने उन्हें समझाने का बहुत प्रयत्न किया, परन्तु वानरों ने बुद्धि को तो वन ही में छोड़ दिया था। हताश होकर राम ने भरत से कहा—'भाई, ये नहीं मानेंगे। इनके घाव गिनने का प्रबन्ध करना ही पड़ेगा।'

इसी समय उस भीड़ से गगनभेदी स्वर उठा—'हमारे घाव गिने जाएँ! हमारे घाव ही हमारी योग्यता हैं!'

तब भरत ने कहा—'वानरो, अब शान्त हो जाओ। कल अयोध्या में घाव-पंजीयन कार्यालय खुलेगा। तुम लोग कार्यालय के अधिकारी के पास जाकर, उसे अपने सच्चे घाव दिखा, उससे प्रमाण-पत्र लो। घावों की गिनती हो जाने पर तुम्हें योग्यतानुसार राज्य के पद दिये जाएँगे।'

इस पर वानरों ने हर्ष-ध्वनि की। आकाश से देवताओं ने जय-जयकार किया और पुष्प बरसाए।

—हे भरद्वाज, निठल्लों को दूसरे की विजय पर जय बोलने और फूल बरसाने के अतिरिक्त और काम ही क्या है? वानर प्रसन्नता से अपने-अपने निवासस्थान को लौट गए।

दूसरे दिन से नंग-धड़ंग वानर राज-मार्गों पर नाचते हुए घाव गिनाने जाने लगे। अयोध्या के सभ्य नागरिक उनके नग्न नृत्य देख, लज्जा से मुँह फेर-फेर लेते।

—हे भरद्वाज, इस समय वानरों ने बड़े-बड़े विचित्र चरित्र किये। एक वानर अपने घर में तलवार से स्वयं ही शरीर पर घाव बना रहा था। उसकी स्त्री घबराकर बोली—'नाथ, यह क्या कर रहे हो?' वानर ने हँसकर कहा—'प्रिये, शरीर में घाव बना रहा हूँ। आजकल घाव गिनकर पद दिये जा रहे हैं। राम-रावण संग्राम के समय तो भागकर वन में छिप गया था। फिर जब राम की विजयी सेना लौटी, तो मैं उसमें शामिल हो गया। मेरी ही तरह अनेक वानर वन से निकलकर उस विजयी सेना में मिल गए। हमारे तन पर एक भी घाव नहीं था, इसलिए हमें सामान्य परिचायक का पद भी नहीं मिलता। अब हम लोग स्वयं घाव बना रहे हैं।'

स्त्री ने शंका की—'परन्तु प्राणनाथ, क्या कार्यालय वाले यह नहीं समझेंगे कि ये घाव राम-रावण संग्राम के नहीं हैं?'

वानर हँसकर बोला—'प्रिये, तुम बहुत भोली हो। वहाँ भी धाँधली चलती है।'

स्त्री ने पूछा—'प्रियतम, तुम कौन-सा पद लोगे?'

वानर ने कहा—'प्रिये, मैं कुलपति बनूँगा। मुझे बचपन से ही विद्या से बड़ा प्रेम है। मैं ऋषियों के आश्रम के आसपास ही मँडराया करता था। मैं विद्यार्थियों की चोटी खींचकर भागता था, हव्य-सामग्री झपट लेता था। एक बार ऋषि का कमंडलु ही ले भागा था। इसी से तुम मेरे विद्या-प्रेम का अनुमान कर सकती हो। मैं तो कुलपति ही बनूँगा।'

याज्ञवल्क्य तनिक रुककर बोले—'हे मुनि, इस प्रकार घाव गिना-गिनाकर वानर जहाँ-तहाँ राज्य के उच्च पदों पर आसीन हो गए और वानर-वृत्ति के अनुसार राज्य करने लगे। कुछ काल तक अयोध्या में राम-राज के स्थान पर वानर-राज ही चला।'

भरद्वाज ने कहा—'मुनिवर, वानर तो असंख्य थे, और राज के पद संख्या में सीमित। शेष वानरों ने क्या किया?'

याज्ञवल्क्य बोले—'हे मुनि, शेष वानर अनेक प्रकार के पाखंड रचकर प्रजा में धन हड़पने लगे। जब रामचन्द्र ने जगज्जननी सीता का परित्याग किया, तब कुछ वानरों ने सीता सहायता-कोष खोल दिया और अयोध्या के उदार, श्रद्धालु नागरिकों से चन्दा लेकर खा गए।'

याज्ञवल्क्य ने अब आँखें बन्द कर लीं और बड़ी देर चिन्ता में लीन रहे। फिर नेत्र खोलकर बोले—'हे भरद्वाज, श्रद्धालुओं के लिए वर्जित यह प्रसंग मैंने तुम्हें सुनाया है। इसके कहने और सुननेवाले को पाप लगता है। अतएव हे मुनि, हम दोनों प्रायश्चित्त-स्वरूप तीन दिनों तक उपवास करेंगे।'

टॉर्च बेचनेवाले

वह पहले चौराहों पर बिजली के टॉर्च बेचा करता था। बीच में कुछ दिन वह नहीं दिखा। कल फिर दिखा। मगर इस बार उसने दाढ़ी बढ़ा ली थी और लम्बा कुरता पहन रखा था।

मैंने पूछा—'कहाँ रहे? और यह दाढ़ी क्यों बढ़ा रखी है?'

उसने जवाब दिया—'बाहर गया था।'

दाढ़ीवाले सवाल का उसने जवाब यह दिया कि दाढ़ी पर हाथ फेरने लगा।

मैंने कहा—'आज तुम टॉर्च नहीं बेच रहे हो?'

उसने कहा—'वह काम बन्द कर दिया। अब तो आत्मा के भीतर टॉर्च जल उठा है। ये 'सूरजछाप' टॉर्च अब व्यर्थ मालूम होते हैं।'

मैंने कहा—'तुम शायद संन्यास ले रहे हो। जिसकी आत्मा में प्रकाश फैल जाता है, वह इसी तरह हरामखोरी पर उतर आता है। किससे दीक्षा ले आए?'

मेरी बात से उसे पीड़ा हुई। उसने कहा—'ऐसे कठोर वचन मत बोलिए। आत्मा सबकी एक है। मेरी आत्मा को चोट पहुँचाकर आप अपनी ही आत्मा को घायल कर रहे हैं।'

मैंने कहा—'यह सब तो ठीक है, मगर यह बताओ कि तुम एकाएक ऐसे कैसे हो गए? क्या बीवी ने तुम्हें त्याग दिया? क्या उधार मिलना बन्द हो गया? क्या साहूकारों ने ज्यादा तंग करना शुरू कर दिया? क्या चोरी के मामले में फँस गए हो? आखिर बाहर का टॉर्च भीतर आत्मा में कैसे घुस गया?'

उसने कहा—'आपके सब अन्दाज गलत हैं। ऐसा कुछ नहीं हुआ। एक घटना हो गई है, जिसने जीवन बदल दिया। उसे मैं गुप्त रखना चाहता हूँ। पर क्योंकि मैं आज ही यहाँ से दूर जा रहा हूँ, इसलिए आपको सारा किस्सा सुना देता हूँ।'

उसने बयान शुरू किया :

पाँच साल पहले की बात है। मैं अपने एक दोस्त के साथ हताश एक जगह बैठा था।

हमारे सामने आसमान को छूता हुआ एक सवाल खड़ा था। वह सवाल था—'पैसा कैसे पैदा करें?' हम दोनों ने उस सवाल की एक-एक टाँग पकड़ी और उसे हटाने की कोशिश करने लगे। हमें पसीना आ गया, पर सवाल हिला भी नहीं। दोस्त ने कहा—'यार, इस सवाल के पाँव जमीन में गहरे गड़े हैं। यह उखड़ेगा नहीं। इसे टाल जाएँ।'

हमने दूसरी तरफ मुँह कर लिया। पर वह सवाल फिर हमारे सामने आकर खड़ा हो गया। तब मैंने कहा—'यार, यह सवाल टलेगा नहीं। चलो, इसे हल ही कर दें। पैसा पैदा करने के लिए कुछ काम-धन्धा करें। हम इसी वक्त अलग-अलग दिशाओं में अपनी-अपनी किस्मत आजमाने निकल पड़ें। पाँच साल बाद ठीक इसी तारीख को इस वक्त हम यहाँ मिलें।'

दोस्त ने कहा—'यार, साथ ही क्यों न चलें?'

मैंने कहा—'नहीं। किस्मत आजमानेवालों की जितनी पुरानी कथाएँ मैंने पढ़ी हैं, सबमें वे अलग-अलग दिशा में जाते हैं। साथ जाने में किस्मतों के टकराकर टूटने का डर रहता है।'

तो साहब, हम अलग-अलग चल पड़े। मैंने टॉर्च बेचने का धन्धा शुरू कर दिया। चौराहे पर या मैदान में लोगों को इकट्ठा कर लेता और बहुत नाटकीय ढंग से कहता—'आजकल सब जगह अँधेरा छाया रहता है। रातें बेहद काली होती हैं। अपना ही हाथ नहीं सूझता। आदमी को रास्ता नहीं दिखता। वह भटक जाता है। उसके पाँव काँटों से बिंध जाते हैं, वह गिरता है और उसके घुटने लहूलुहान हो जाते हैं। उसके आसपास भयानक अँधेरा है। शेर और चीते चारों तरफ घूम रहे हैं, साँप जमीन पर रेंग रहे हैं। अँधेरा सबको निगल रहा है। अँधेरा घर में भी है। आदमी रात को पेशाब करने उठता है और साँप पर उसका पाँव पड़ जाता है। साँप उसे डस लेता है और वह मर जाता है।'

आपने तो देखा ही है साहब, लोग मेरी बातें सुनकर कैसे डर जाते थे। भर-दोपहर में वे अँधेरे के डर से काँपने लगते थे। आदमी को डराना कितना आसान है!

लोग डर जाते, तब मैं कहता—'भाइयो, यह सही है कि अँधेरा है। मगर प्रकाश भी है। वही प्रकाश मैं आपको देने आया हूँ। हमारी 'सूरजछाप' टॉर्च में वह प्रकाश है, जो अन्धकार को दूर भगा देता है। इसी वक्त 'सूरजछाप' टॉर्च खरीदो और अँधेरे को दूर करो। जिन भाइयों को चाहिए, ऊँचा हाथ करें।'

साहब, मेरे टॉर्च बिक जाते और मैं मजे में जिन्दगी गुजारने लगा।

वायदे के मुताबिक ठीक पाँच साल बाद मैं उस जगह पहुँचा जहाँ मुझे दोस्त से मिलना था। दिन-भर उसकी राह देखी, नहीं आया। क्या हुआ? क्या वह भूल गया? या अब वह इस असार संसार में ही नहीं है? मैं उसे ढूँढ़ने निकल पड़ा।

एक शाम जब मैं एक शहर की सड़क पर चला जा रहा था, मैंने देखा कि पास के मैदान में खूब रोशनी है और एक तरफ मंच सजा है। लाउडस्पीकर लगे हैं।

मैदान में हजारों नर-नारी श्रद्धा से झुके बैठे हैं। मंच पर सुन्दर रेशमी वस्त्रों से सजे एक भव्य पुरुष बैठे हैं। वे खूब पुष्ट हैं, सँवारी हुई लम्बी दाढ़ी है और पीठ पर लहराते लम्बे केश हैं।

मैं भीड़ के एक कोने पर जाकर बैठ गया।

भव्य पुरुष फिल्मों के संत लग रहे थे। उन्होंने गुरु-गम्भीर वाणी में प्रवचन शुरू किया। वे इस तरह बोल रहे थे, जैसे आकाश के किसी कोने से कोई रहस्यमय सन्देश उनके कान में सुनाई पड़ रहा है जिसे वे भाषा दे रहे हैं।

वे कह रहे थे—'मैं आज मनुष्य को एक घने अन्धकार में देख रहा हूँ। उसके भीतर कुछ बुझ गया है। यह युग ही अन्धकारमय है। यह सर्वग्राही अन्धकार सम्पूर्ण विश्व को अपने उदर में छिपाए है। आज मनुष्य इस अन्धकार से घबरा उठा है। वह पथभ्रष्ट हो गया है। आज आत्मा में भी अन्धकार है। अन्तर की आँखें ज्योतिहीन हो गई हैं। वे उसे भेद नहीं पातीं। मानव-आत्मा अन्धकार में घुटती है। मैं देख रहा हूँ, मनुष्य की आत्मा भय और पीड़ा से त्रस्त है।'

इसी तरह वे बोलते गए और लोग स्तब्ध सुनते गए।

मुझे हँसी छूट रही थी। एक-दो बार दबाते-दबाते भी हँसी फूट गई और पास के श्रोताओं ने मुझे डाँटा।

भव्य पुरुष प्रवचन के अन्त पर पहुँचते हुए कहने लगे—'भाइयो और बहनो, डरो मत। जहाँ अन्धकार है, वहीं प्रकाश है। अन्धकार में प्रकाश की किरण है, जैसे प्रकाश में अन्धकार की किंचित् कालिमा है। प्रकाश भी है। प्रकाश बाहर नहीं है, उसे अन्तर में खोजो। अन्तर में बुझी उस ज्योति को जगाओ। मैं तुम सबका उस ज्योति को जगाने के लिए आवाहन करता हूँ। मैं तुम्हारे भीतर वही शाश्वत ज्योति को जगाना चाहता हूँ। हमारे 'साधना-मन्दिर' में आकर उस ज्योति को अपने भीतर जगाओ।'

साहब, अब तो मैं खिलखिलाकर हँस पड़ा। पास के लोगों ने मुझे धक्का देकर भगा दिया। मैं मंच के पास जाकर खड़ा हो गया।

भव्य पुरुष मंच से उतरकर कार पर चढ़ रहे थे। मैंने उन्हें ध्यान से पास से देखा। उनकी दाढ़ी बढ़ी हुई थी, इसलिए मैं थोड़ा झिझका। पर मेरी तो दाढ़ी नहीं थी। मैं तो उसी मौलिक रूप में था। उन्होंने मुझे पहचान लिया। बोले—'अरे, तुम!' मैं पहचानकर बोलने ही वाला था कि उन्होंने मुझे हाथ पकड़कर कार में बिठा लिया। मैं फिर कुछ बोलने लगा तो उन्होंने कहा—'बँगले तक कोई बातचीत नहीं होगी। वहीं ज्ञान-चर्चा होगी।'

मुझे याद आ गया कि वहाँ ड्राइवर है।

बँगले पर पहुँचकर मैंने उसका ठाठ देखा। उस वैभव को देखकर मैं थोड़ा झिझका, पर तुरन्त ही मैंने अपने उस दोस्त से खुलकर बातें शुरू कर दीं।

मैंने कहा—'यार, तू तो बिलकुल बदल गया!'

उसने गम्भीरता से कहा—'परिवर्तन जीवन का अनन्त क्रम है।'

मैंने कहा—'साले, फिलॉसफी मत बघार। यह बता कि तूने इतनी दौलत कैसे कमा ली पाँच सालों में?'

उसने पूछा—'तुम इन सालों में क्या करते रहे?'

मैंने कहा—'मैं तो घूम-घूमकर टॉर्च बेचता रहा। सच बता, क्या तू भी टॉर्च का व्यापारी है?'

उसने कहा—'तुझे क्या ऐसा ही लगता है? क्यों लगता है?'

मैंने उसे बताया कि जो बातें मैं कहता हूँ, वही तू कह रहा था। मैं सीधे ढंग से कहता हूँ, तू उन्हीं बातों को रहस्यमय ढंग से कहता है। अँधेरे का डर दिखाकर लोगों को टॉर्च बेचता हूँ, तू भी अभी लोगों को अँधेरे का डर दिखा रहा था। तू भी जरूर टॉर्च बेचता है।

उसने कहा—'तुम मुझे नहीं जानते। मैं टॉर्च क्यों बेचूँगा? मैं साधु, दार्शनिक और संत कहलाता हूँ।'

मैंने कहा—'तुम कुछ भी कहलाओ, बेचते तुम टॉर्च हो। तुम्हारे और मेरे प्रवचन एक जैसे हैं। चाहे कोई दार्शनिक बने, संत बने या साधु बने, अगर वह लोगों को अँधेरे का डर दिखाता है, तो जरूर अपनी कम्पनी का टॉर्च बेचना चाहता है। तुम जैसे लोगों के लिए हमेशा ही अन्धकार छाया रहता है। बताओ, तुम्हारे जैसे किसी आदमी ने हजारों में कभी भी यह कहा है कि आज दुनिया में प्रकाश फैला है? कभी नहीं कहा। क्यों? इसलिए कि उन्हें अपनी कम्पनी का टॉर्च बेचना है। मैं खुद भर-दोपहर में लोगों से कहता हूँ कि अन्धकार छाया है। बता, किस कम्पनी का टॉर्च बेचता है?'

मेरी बातों ने उसे ठिकाने पर ला दिया था। उसने सहज ढंग से कहा—'तेरी बात ठीक ही है। मेरी कम्पनी नई नहीं है, सनातन है।'

मैंने पूछा—'कहाँ है तेरी दुकान? नमूने के लिए एकाध टॉर्च तो दिखा। 'सूरजछाप' टॉर्च से बहुत ज्यादा बिक्री है उसकी।'

उसने कहा—'उस टॉर्च की कोई दुकान बाजार में नहीं है। वह बहुत सूक्ष्म है। मगर कीमत उसकी बहुत मिल जाती है। तू एक-दो दिन रह, तो मैं तुझे सब समझा देता हूँ।'

'तो साहब, मैं दो दिन उसके पास रहा। तीसरे दिन 'सूरजछाप' टॉर्च की पेटी को नदी में फेंककर नया काम शुरू कर दिया।'

वह अपनी दाढ़ी पर हाथ फेरने लगा। बोला—'बस, एक महीने की देर और है।'

मैंने पूछा—'तो अब कौन-सा धन्धा करोगे?'

उसने कहा—'धन्धा वही करूँगा—यानी टॉर्च बेचूँगा। बस, कम्पनी बदल रहा हूँ।'

एक सुपरमैन

मैं इस निर्णय पर पहुँच चुका हूँ कि उस आदमी से समूची मनुष्य जाति की तरफ से प्रार्थना करूँ कि वह यह वसीयत करे कि मेरी लाश जलाई न जाए बल्कि मेडिकल इंस्टिट्यूट को अध्ययन के लिए दे दी जाए।

पूरी बात पढ़ लेने के बाद आप भी इसी निर्णय पर पहुँचेंगे।

एक जगह चार-पाँच आदमी बैठे हैं। बात उसी आदमी की हो रही है। उसकी गिनती शहर के खास लखपतियों में है।

पहला कहता है—शहर में किसी को यह गौरव हासिल नहीं है कि उसे उस आदमी ने चाय पिलाई हो। पर मैं उनकी चाय पी चुका हूँ।

सब भौचक्के रह जाते हैं। कहते हैं—असम्भव! ऐसा हो ही नहीं सकता। उस आदमी ने किसी को धूल का एक कण भी नहीं खिलाया।

पहला कहता है—पर यह सच है। उसने प्रसन्नता से मुझे चाय पिलाई। हुआ यह कि मैं उसके भाई की मृत्यु पर शोक प्रकट करने पहुँचा। तुम लोग जानते ही हो, प्रॉपर्टी को लेकर इसका भाई से मुकदमा चल रहा था। इस बीच भाई की मृत्यु हो गई और प्रापर्टी इसे मिल गई। मैंने सोचा, आखिर भाई था। इसे दुख तो हुआ ही होगा। मैं फाटक में घुसा तो उसने पूछा—'कैसे आए?' मैंने उदास होकर कहा—'आपके भाई की मृत्यु हो गई, ऐसा सुना है।' वह बोल पड़ा—'अगर उसकी मौत पर दुख प्रकट करने आए हो तो फाटक के बाहर हो जाओ। पर तुम्हें दुख नहीं है, तो मैं चाय पिला सकता हूँ।' मैंने कहा—'अगर आपको दुख नहीं है, तो मुझे दुख मनाने की क्या पड़ी है! चलो, चाय पिलाओ।' कुत्ते भी रोटी के लिए झगड़ते हैं, पर एक के मुँह में रोटी पहुँच जाए तो झगड़ा खत्म हो जाता है। आदमी में ऐसा नहीं होता। प्रेम से चाय पिलाई जाती है, तो नफरत के कारण भी। घृणा भी आदमी को उदार बना देती है।

तभी दूसरा बोला—यह गौरव सिर्फ तुम्हें ही नहीं, मुझे भी मिल चुका है, पर इतना निश्चित है कि शहर में तीसरे को यह गौरव नहीं मिला है।

मैं उसके पास एक काम से गया था। उसका लड़का मेरा विद्यार्थी था। बात करके उठने लगा, तो लड़के ने कहा—'मास्साहब, चाय पीकर जाइए।' यह सुनते ही उसने गुर्राकर लड़के की तरफ देखा। बोला—'चाय तो चार बजे हो गई न, अब कैसी चाय?' यह नियम का पाबन्द आदमी है। चार बजे चाय पीने का नियम है, तो आगे-पीछे चाय नहीं बन सकती। नियम के पाबन्द ऐसे होते हैं कि अगर उनका नियम है कि भोजन के बाद दो सौ गज चलेंगे, तो जहाँ दो सौ गज खत्म होते हैं, वहाँ पहले से खाट बुलवा लेंगे। अब, साहब, लड़का सकपकाकर बोला—'मैंने माँ से कह दिया था। बन गई होगी।' उस आदमी ने आँखें बन्द करके सोचा कि उसका इस परिस्थिति में क्या कर्तव्य है। क्या वह खुद पी ले? पत्नी को पिलवा दे? लड़के को लिवा दे? पर वे सब जरा देर पहले चाय पी चुके थे। चाय को हर हालत में बरबाद होना ही था। उसने निर्णय ले लिया। लड़के के मास्टर को ही पिलानी पड़ेगी। बड़े अनमने भाव से कहा—'अच्छा, मास्साहब, आप चाय पी ही जाइए।' मैंने बेशर्मी से चाय पी भी ली।

तीसरा बोला—मैं उसका किरायेदार हूँ। वह दिख जाता है, तो मैं भी कहता हूँ, 'भैया सा'ब, नमस्कार।' पर वह नमस्कार का जवाब नमस्कार से नहीं देता। कहता है—'अभी तक किराया नहीं दिया। जल्दी दिया करो।' कभी भी उसने नमस्कार नहीं किया। मेरे नमस्कार का जवाब वह तपाक से तगादे से देकर बढ़ जाता। मैंने ठान ली थी कि एक बार तो इससे नमस्कार कहलाऊँगा ही। एक माह मैंने पहली तारीख को ही किराया भेज दिया। चार तारीख को वह दिखा तो मैंने कहा—'नमस्कार!' उसने कहा—'अगले महीने भी जल्दी किराया भेज देना।'

चौथे ने कहा—'भैया, मैं तो उसका करीबी रिश्तेदार हूँ। मैं जब नागपुर में था, तब यहाँ किसी काम से आया, स्टेशन से सीधा उसके घर पहुँच गया। थोड़ी देर बाद उसने पूछा—'आप यहाँ ठहरे हैं, तो क्या भोजन भी यहीं करेंगे?' मैंने कहा—'हाँ-हाँ, इसमें पूछने की क्या बात है!' वह थोड़ी देर चुप रहा। फिर बोला—'आप अन्दाजे से कितनी रोटियाँ खाएँगे?' मैं बहुत परेशान हुआ। सोचा, सामान उठाकर होटल में चला जाऊँ। इतने नजदीक की रिश्तेदारी और ऐसा बर्ताव! पर मैं बर्दाश्त कर गया। मैंने कह दिया—'मैं क्या खाता हूँ! यही चार-पाँच रोटियाँ।' वह सन्तुष्ट हुआ। मुझे दो दिन सुबह-शाम साढ़े चार रोटियाँ मिलीं। मैंने चार-पाँच कहा था न! उसने औसत निकालकर साढ़े चार कर दीं। मुझे कुल तीन दिन वहाँ ठहरना था। तीसरे दिन सुबह उसने पूछा—'आप कितने दिन यहाँ ठहरेंगे?' मैंने कहा—'बस, आज और!' उसने कहा—'हमारा नियम है कि दो दिन के लिए ही मेहमान रखते हैं। आगे वह मेहमान तो रहता है, पर 'पेइंग-गेस्ट' हो जाता है और डेढ़ रुपया थाली लगता है। अगर आपको आज भी मेहमान के रूप में रहना हो तो आप मेरे भाई से बात करो। ये तीन रुपये उसके हिसाब में चले जाएँगे।'

हिसाब की बात सुनकर पाँचवाँ बोल पड़ा—हिसाब की मत पूछो। मुझे खुद अनुभव है। उसका भाई मेरा अच्छा परिचित है। एक दिन उसने मुझसे कहा—'तुम्हारी पत्नी यहाँ नहीं है। होटल में खाते हो। कल दोपहर मेरे घर खाना खाओ।' मैं दोपहर को पहुँचा। बरामदे में यही महापुरुष मिला। प्रेम से बैठाया। हाल-चाल पूछे। फिर बोला—'किसी काम से आए हो?' मैंने कहा—'आपके भाई ने मुझे भोजन करने के लिए बुलाया था।' वह हँसा। बोला—'तुम भी उसके चक्कर में आ गए! अरे, वह खाने के लिए लोगों को बुला लेता है, और बाद में बिल चुकाने में किनमिन करता है।' मैं फौरन वहाँ से भाग खड़ा हुआ।

मैंने पाँचों की बातें सुनीं और मुझे लगा कि वह आदमी मनुष्य जाति की अमूल्य निधि है। उसकी बनावट पर शोध होनी ही चाहिए। विकासवाद में जिनका विश्वास है, वे देखें कि क्या यही वह 'मिसिंग लिंक' है जो वनमानुष और मनुष्य को जोड़ती है? जिन्हें सुपरमैन (महामानव) की कल्पना में विश्वास है, वे देखें कि क्या यही महामानव है? प्राणीशास्त्री भी अध्ययन करें कि यह कौन-सी नस्ल है? क्या यह आदमी की नस्ल का ही है? मनोविज्ञान-विशेषज्ञ इसके दिमाग का अध्ययन करें। मानव-विज्ञानवाले जाँच करें कि वह किन जीवन-मूल्यों को मानता है? यह भी शोध का विषय है कि पत्नी से उसके सम्बन्ध किस प्रकार के हैं।

इसीलिए मैं उससे विनती करनेवाला हूँ कि तू अपनी लाश मेडिकल इंस्टिट्यूट को देकर मरना। मानव-जाति के लिए जो तू जीवित अवस्था में नहीं कर सका, वह तेरी लाश कर देगी। बहुत लोगों की लाशें ज्यादा उपयोगी होती हैं। कई लोगों को देखकर लगता है, ये अगर जल्दी लाश हो जाएँ तो दुनिया का कितना भला कर जाएँ!

इंस्पेक्टर मातादीन चाँद पर

वैज्ञानिक कहते हैं, चाँद पर जीवन नहीं है।

पर सीनियर पुलिस इंस्पेक्टर मातादीन (डिपार्टमेंट में एम.डी. सा'ब) कहते हैं—'वैज्ञानिक झूठ बोलते हैं। वहाँ हमारे जैसे ही मनुष्यों की आबादी है।'

विज्ञान ने हमेशा इंस्पेक्टर मातादीन से मात खाई है। फिंगर प्रिंट विशेषज्ञ कहता रहता है—छुरे पर पाए गए निशान मुलजिम की अँगुलियों के नहीं हैं, पर मातादीन उसे सजा दिला ही देते हैं।

मातादीन कहते हैं—'ये वैज्ञानिक केस का पूरा इनवेस्टिगेशन नहीं करते। उन्होंने चाँद का उजला हिस्सा देखा और कह दिया, वहाँ जीवन नहीं है। मैं चाँद का अँधेरा हिस्सा देखकर आया हूँ। वहाँ मनुष्य-जाति है।'

यह बात सही है, क्योंकि अँधेरे-पक्ष के मातादीन माहिर माने जाते हैं।

पूछा जाएगा, इंस्पेक्टर मातादीन चाँद पर क्यों गए थे—टूरिस्ट की हैसियत से या किसी फरार अपराधी को पकड़ने? नहीं, वे भारत की तरफ से सांस्कृतिक आदान-प्रदान के अन्तर्गत गए थे। चाँद सरकार ने भारत सरकार को लिखा था : 'यों हमारी सभ्यता बहुत आगे बढ़ी है, पर हमारी पुलिस में पर्याप्त सक्षमता नहीं है। वह अपराधी का पता लगाने और उसे सजा दिलाने में अक्सर सफल नहीं होती। सुना है, आपके यहाँ रामराज है। मेहरबानी करके किसी पुलिस अफसर को भेजें जो हमारी पुलिस को शिक्षित कर दे।'

गृहमंत्री ने सचिव से कहा—'किसी आई.जी. को भेज दो।'

सचिव ने कहा—'नहीं सर, आई.जी. नहीं भेजा जा सकता। प्रोटोकॉल का सवाल है। चाँद हमारा एक क्षुद्र उपग्रह है। आई.जी. के रैंक के आदमी को नहीं भेजेंगे। किसी सीनियर इंस्पेक्टर को भेज देता हूँ।'

तय किया गया कि हजारों मामलों के इनवेस्टिगेटिंग ऑफिसर सीनियर इंस्पेक्टर मातादीन को भेज दिया जाए।

चाँद की सरकार को लिख दिया गया कि आप मातादीन को लेने के लिए पृथ्वी-यान भेज दीजिए।

पुलिस-मंत्री ने मातादीन को बुलाकर कहा—'तुम भारतीय पुलिस की उज्ज्वल परम्परा के दूत की हैसियत से जा रहे हो। ऐसा काम करना कि सारे अन्तरिक्ष में डिपार्टमेंट की ऐसी जय-जयकार हो कि पी.एम. (प्रधानमंत्री) को भी सुनाई पड़ जाए।'

मातादीन की यात्रा का दिन आ गया। एक अन्तरिक्ष यान अड्डे पर उतरा। मातादीन सबसे विदा लेकर यान की तरफ बढ़े। वे धीरे-धीरे कहते जा रहे थे : 'प्रविसि नगर कीजै सब काजा, हृदय राखि कौसलपुर राजा।'

यान के पास पहुँचकर मातादीन ने मुंशी अब्दुल गफूर को पुकारा—'मुंशी!'

गफूर ने एड़ी मिलाकर सेल्यूट फटकारा। बोला—'जी, पेक्टसा!'

'एफ.आई.आर. रख दी है?'

'जी, पेक्टसा!'

'और रोजनामचे का नमूना?'

'जी, पेक्टसा!'

वे यान में बैठने लगे। हवलदार बलभद्दर को बुलाकर कहा—'हमारे घर में जचकी के बखत अपने खटला (पत्नी) को मदद के लिए भेज देना।'

बलभद्दर ने कहा—'जी, पेक्टसा!'

गफूर ने कहा—'आप बेफिक्र रहें, पेक्टसा! मैं अपने मकान (पत्नी) को भी भेज दूँगा खिदमत के लिए।'

मातादीन ने यान के चालक से पूछा—'ड्राइविंग लाइसेंस है?'

'जी है, साहब!'

'और गाड़ी में बत्ती ठीक है?'

'जी, ठीक है।'

मातादीन ने कहा—'सब ठीक-ठाक होना चाहिए, वरना हरामजादे का बीच अन्तरिक्ष में चालान कर दूँगा।'

चन्द्रमा से आए चालक ने कहा—'हमारे यहाँ आदमी से इस तरह नहीं बोलते।'

मातादीन ने कहा—'जानता हूँ, बे! तुम्हारी पुलिस कमजोर है। अभी मैं उसे ठीक करता हूँ।'

मातादीन यान में कदम रख ही रहे थे कि हवलदार रामसंजीवन भागता हुआ आया। बोला—'पेक्टसा, एस.पी. साहब के घर में से कहे हैं कि चाँद से एड़ी चमकाने का पत्थर लेते आना।'

मातादीन खुश हुए। बोले—'कह देना बाई सा'ब से, जरूर लेता आऊँगा।'

वे यान में बैठे और यान उड़ चला।

पृथ्वी के वायुमंडल से यान बाहर निकला ही था कि मातादीन ने कहा—'अबे, हॉर्न क्यों नहीं बजाता?'

चालक ने जवाब दिया—'आसपास लाखों मील में कुछ नहीं है।'

मातादीन ने डाँटा—'मगर रूल इज रूल। हॉर्न बजाता चल।'

चालक अन्तरिक्ष में हॉर्न बजाता हुआ यान को चाँद पर उतार लाया। अन्तरिक्ष अड्डे पर पुलिस अधिकारी मातादीन के स्वागत के लिए खड़े थे। मातादीन रोब से उतरे और उन अफसरों के कन्धों पर नजर डाली। वहाँ किसी के स्टार नहीं थे। फीते भी किसी के नहीं लगे थे। लिहाजा मातादीन ने एड़ी मिलाना और हाथ उठाना जरूरी नहीं समझा। फिर उन्होंने सोचा, मैं यहाँ इंस्पेक्टर की हैसियत से नहीं, सलाहकार की हैसियत से आया हूँ।

मातादीन को वे लोग लाइन में ले गए और एक अच्छे बँगले में उन्हें टिका दिया।

एक दिन आराम करने के बाद मातादीन ने काम शुरू कर दिया। पहले उन्होंने पुलिस लाइन का मुलाहजा किया।

शाम को उन्होंने आई.जी. से कहा—'आपके यहाँ पुलिस लाइन में हनुमान जी का मन्दिर नहीं है। हमारे रामराज में हर पुलिस लाइन में हनुमान जी हैं।'

आई.जी. ने कहा—'हनुमान कौन थे? हम नहीं जानते।'

मातादीन ने कहा—'हनुमान का दर्शन हर कर्तव्यपरायण पुलिसवाले के लिए जरूरी है। हनुमान सुग्रीव के यहाँ स्पेशल ब्रांच में थे। उन्होंने सीता माता का पता लगाया था। एब्डक्शन का मामला था, दफा 362। हनुमान जी ने रावण को सजा वहीं दे दी। उसकी प्रॉपर्टी में आग लगा दी। पुलिस को यह अधिकार होना चाहिए कि अपराधी को पकड़ा और वहीं सजा दे दी। अदालत में जाने का झंझट नहीं, मगर यह सिस्टम अभी हमारे रामराज में भी चालू नहीं हुआ। हनुमान जी के काम से भगवान रामचन्द्र बहुत खुश हुए। वे उन्हें अयोध्या ले आए और टौन ड्यूटी में तैनात कर दिया। वही हनुमान हमारे आराध्य देव हैं। मैं उनका फोटो लेता आया हूँ। उससे मूर्तियाँ बनवाइए और हर पुलिस लाइन में स्थापित करवाइए।'

थोड़े ही दिनों में चाँद की हर पुलिस लाइन में हनुमान जी स्थापित हो गए।

मातादीन जी उन कारणों का अध्ययन कर रहे थे जिनसे पुलिस लापरवाह और अलाल हो गई है। वह अपराधों पर ध्यान नहीं देती। कोई कारण नहीं मिल रहा था। एकाएक उनकी बुद्धि में एक चमक आई। उन्होंने मुंशी से कहा—'जरा तनख्वाह का रजिस्टर बताओ।'

तनख्वाह का रजिस्टर देखा, तो सब समझ गए। कारण पकड़ में आ गया।

शाम को उन्होंने पुलिस-मंत्री से कहा—'मैं समझ गया कि आपकी पुलिस मुस्तैद क्यों नहीं है। आप इतनी बड़ी तनख्वाहें देते हैं, इसीलिए। सिपाही को पाँच सौ, हवलदार को सात सौ, थानेदार को हजार—यह क्या मजाक है!

आखिर पुलिस अपराधी को क्यों पकड़े? हमारे यहाँ सिपाही को सौ और इंस्पेक्टर को दो सौ देते हैं तो वे चौबीस घंटे जुर्म की तलाश करते हैं। आप तनख्वाहें फौरन घटाइए।'

पुलिस-मंत्री ने कहा—'मगर यह तो अन्याय होगा। अच्छा वेतन नहीं मिलेगा तो वे काम ही क्यों करेंगे?'

मातादीन ने कहा—'इसमें कोई अन्याय नहीं है। आप देखेंगे कि पहली घटी हुई तनख्वाह मिलते ही आपकी पुलिस की मनोवृत्ति में क्रान्तिकारी परिवर्तन हो जाएगा।'

पुलिस-मंत्री ने तनख्वाहें घटा दीं और दो-तीन महीनों में सचमुच बहुत फर्क आ गया। पुलिस एकदम मुस्तैद हो गई। सोते से एकदम जाग गई। चारों तरफ नजर रखने लगी। अपराधियों की दुनिया में घबराहट छा गई। पुलिस-मंत्री ने तमाम थानों के रिकॉर्ड बुलवाकर देखे। पहले से कई गुने अधिक केस रजिस्टर हुए थे। उन्होंने मातादीन से कहा—'मैं आपकी सूझ की तारीफ करता हूँ। आपने क्रान्ति कर दी। पर यह हुआ किस तरह?'

मातादीन ने समझाया—'बात बहुत मामूली है। कम तनख्वाह दोगे, तो मुलाजिम की गुजर नहीं होगी। सौ रुपयों में सिपाही बच्चों को नहीं पाल सकता। दो सौ में इंस्पेक्टर ठाठ-बाट मेनटेन नहीं कर सकता है। उसे ऊपरी आमदनी करनी ही पड़ेगी। और ऊपरी आमदनी तभी होगी जब वह अपराधी को पकड़ेगा। गरज कि वह अपराधों पर नजर रखेगा। सचेत, कर्तव्यपरायण और मुस्तैद हो जाएगा। हमारे रामराज के स्वच्छ और सक्षम प्रशासन का यही रहस्य है।'

चन्द्रलोक में इस चमत्कार की खबर फैल गई। लोग मातादीन को देखने आने लगे कि वह आदमी कैसा है जो तनख्वाह कम करके सक्षमता ला देता है! पुलिस के लोग भी खुश थे। वे कहते—'गुरु, आप इधर न पधारते तो हम सभी कोरी तनख्वाह से ही गुजर करते रहते।'

सरकार भी खुश थी कि मुनाफे का बजट बननेवाला था।

आधी समस्या हल हो गई। पुलिस अपराधी पकड़ने लगी थी। अब मामले की जाँच-विधि में सुधार करना रह गया था। अपराधी को पकड़ने के बाद उसे सजा कैसे दिलाई जाए? मातादीन इन्तजार कर रहे थे कि कोई बड़ा केस हो जाए तो नमूने के तौर पर उसका इनवेस्टिगेशन कर बताएँ।

एक दिन आपसी मारपीट में एक आदमी मारा गया। मातादीन कोतवाली में आकर बैठ गए और बोले—'नमूने के लिए इस केस का 'इनवेस्टिगेशन' मैं करता हूँ। आप लोग सीखिए। यह कत्ल का केस है! कत्ल के केस में 'एविडेंस' बहुत पक्की होनी चाहिए।'

कोतवाल ने कहा—'पहले कातिल का पता लगाया जाएगा, तभी तो 'एविडेंस' इकट्ठा की जाएगी।'

मातादीन ने कहा—'नहीं, उलटे मत चलो। पहले एविडेंस देखो। क्या कहीं खून मिला—किसी के कपड़ों पर या और कहीं?'

एक इंस्पेक्टर ने कहा—'हाँ, मारनेवाले तो भाग गए थे। मृतक सड़क पर बेहोश पड़ा था। एक भला आदमी वहाँ रहता है। उसने उठाकर अस्पताल भेजा। उस भले आदमी के कपड़ों पर खून के दाग लग गए हैं।'

मातादीन ने कहा—'उसे फौरन गिरफ्तार करो।'

कोतवाल ने कहा—'मगर उसने तो मरते हुए आदमी की मदद की थी!'

मातादीन ने कहा—'वह सब ठीक है। पर तुम खून के दाग ढूँढ़ने और कहाँ जाओगे? जो एविडेंस मिल रहा है, उसे तो कब्जे में करो।'

वह भला आदमी पकड़कर बुलवा लिया गया।

उसने कहा—'मैंने तो मरते आदमी को अस्पताल भिजवाया था। मेरा क्या कसूर है?'

चाँद की पुलिस उसकी बात से एकदम प्रभावित हुई। मातादीन प्रभावित नहीं हुए। सारा पुलिस महकमा उत्सुक था कि अब मातादीन क्या तर्क निकालते हैं।

मातादीन ने उससे कहा—'पर तुम झगड़े की जगह गए क्यों?'

उसने जवाब दिया—'मैं झगड़े की जगह नहीं गया। मेरा वहाँ मकान है। झगड़ा मेरे मकान के सामने हुआ।'

अब फिर मातादीन की प्रतिभा की परीक्षा थी। सारा महकमा उत्सुक देख रहा था।

मातादीन ने कहा—'मकान है, तो ठीक है। पर मैं पूछता हूँ, झगड़े की जगह जाना ही क्यों?'

इस तर्क का कोई जवाब नहीं था। वह बार-बार कहता—'मैं झगड़े की जगह नहीं गया। मेरा वहीं मकान है।'

मातादीन उसे जवाब देते—'सो ठीक है, पर झगड़े की जगह जाना ही क्यों?'

इस तर्क-प्रणाली से पुलिस के लोग बहुत प्रभावित हुए।

अब मातादीन जी ने इनवेस्टिगेशन का सिद्धान्त समझाया—'देखो, आदमी मारा गया है, तो यह पक्का है कि किसी ने उसे जरूर मारा। कोई कातिल है। किसी को सजा होनी है। सवाल है—किसको सजा होनी है? पुलिस के लिए यह सवाल इतना महत्त्व नहीं रखता जितना यह सवाल कि जुर्म किस पर साबित हो सकता है या किस पर साबित होना चाहिए। कत्ल हुआ है, तो किसी मनुष्य को सजा होगी ही। मारनेवाले को होती है, या बेकसूर को, यह अपने सोचने की बात नहीं है। मनुष्य-मनुष्य सब बराबर हैं। सबमें उसी परमात्मा का अंश है। हम भेदभाव नहीं करते। यह पुलिस का मानवतावाद है।

'दूसरा सवाल है, किस पर जुर्म साबित होना चाहिए? इसका निर्णय इन बातों से होगा—(1) क्या वह आदमी पुलिस के रास्ते में आता है? (2) क्या उसे सजा दिलाने से ऊपर के लोग खुश होंगे?'

मातादीन को बताया गया कि वह आदमी भला है, पर पुलिस अन्याय करे तो विरोध करता है। जहाँ तक ऊपर के लोगों का सवाल है—वह वर्तमान सरकार की विरोधी राजनीति वाला है।

मातादीन ने टेबल ठोंककर कहा—'फर्स्ट क्लास केस! एविडेंस! और ऊपर का सपोर्ट!'

एक इंस्पेक्टर ने कहा—'पर हमारे गले यह बात नहीं उतरती कि एक निरपराध भले आदमी को सजा दिलाई जाए।'

मातादीन ने समझाया—'देखो, मैं समझा चुका हूँ कि सबमें उसी ईश्वर का अंश है। सजा इसे हो या कातिल को, फाँसी पर तो ईश्वर ही चढ़ेगा न! फिर तुम्हें कपड़ों पर खून मिल रहा है। इसे छोड़कर तुम कहाँ खून ढूँढ़ते फिरोगे? तुम तो भरो एफ.आई.आर.।'

मातादीन जी ने एफ.आई.आर. भरवा दी। 'बखत जरूरत के लिए' जगह खाली छुड़वा दी।

दूसरे दिन पुलिस कोतवाल ने कहा—'गुरुदेव, हमारी तो बड़ी आफत है। तमाम भले आदमी आते हैं और कहते हैं, उस बेचारे बेकसूर को क्यों फँसा रहे हो? ऐसा तो चन्द्रलोक में कभी नहीं हुआ। बताइए, हम क्या जवाब दें? हम तो बहुत शर्मिन्दा हैं।'

मातादीन ने कोतवाल से कहा—'घबराओ मत। शुरू-शुरू में इस काम में आदमी को शर्म आती है। आगे तुम्हें बेकसूर को छोड़ने में शर्म आएगी। हर चीज का जवाब है। अब आपके पास जो आए, उससे कह दो, हम जानते हैं कि वह निर्दोष है, पर हम क्या करें? यह सब ऊपर से हो रहा है।'

कोतवाल ने कहा—'तब वे एस.पी. के पास जाएँगे।'

मातादीन ने कहा—'एस.पी. भी कह दें कि ऊपर से हो रहा है।'

'तब वे आई.जी. के पास शिकायत करेंगे।'

'आई.जी. भी कहें कि सब ऊपर से हो रहा है।'

'तब वे लोग पुलिस-मंत्री के पास पहुँचेंगे।'

'पुलिस-मंत्री भी कहेंगे, भैया, मैं क्या करूँ? यह ऊपर से हो रहा है।'

'तो वे प्रधानमंत्री के पास जाएँगे।'

'प्रधानमंत्री भी कहें कि मैं जानता हूँ, वह निर्दोष है, पर यह ऊपर से हो रहा है।'

कोतवाल ने कहा—'तब वे...'

मातादीन ने कहा—'तब वे क्या? तब वे किसके पास जाएँगे? भगवान के पास न? मगर भगवान से पूछकर कौन लौट सका है?'

कोतवाल चुप रह गया। वह इस महान प्रतिभा से चमत्कृत था।

मातादीन ने कहा—'एक मुहावरा—'ऊपर से हो रहा है', हमारे देश में पच्चीस सालों से सरकारों को बचा रहा है। तुम इसे सीख लो।'

केस की तैयारी होने लगी। मातादीन ने कहा—'अब चार-छह चश्मदीद गवाह लाओ।'

कोतवाल ने कहा—'चश्मदीद गवाह कैसे मिलेंगे? जब किसी ने उसे मारते देखा ही नहीं, तो चश्मदीद गवाह कोई कैसे होगा?'

मातादीन ने सिर ठोंक लिया—'किन बेवकूफों के बीच फँसा दिया गवर्नमेंट ने! इन्हें तो ए बी सी डी भी नहीं आती।'

झल्लाकर कहा—'चश्मदीद गवाह किसे कहते हैं, जानते हो? चश्मदीद वह नहीं है, जो देखे—बल्कि वह है जो कहे कि मैंने देखा।'

कोतवाल ने कहा—'ऐसा कोई क्यों कहेगा?'

मातादीन ने कहा—'कहेगा। समझ में नहीं आता, कैसे डिपार्टमेंट चलाते हो! अरे, चश्मदीद गवाहों की लिस्ट पुलिस के पास पहले से रहती है। जहाँ जरूरत हुई, उन्हें चश्मदीद बना दिया। हमारे यहाँ ऐसे आदमी हैं जो साल में तीन-चार सौ वारदातों के चश्मदीद गवाह होते हैं। हमारी अदालतें भी मान लेती हैं कि इस आदमी में कोई दैवी शक्ति है, जिससे वह जान लेता है कि अमुक जगह वारदात होनेवाली है और वहाँ पहले से पहुँच जाता है। मैं तुम्हें चश्मदीद गवाह बनाकर देता हूँ। आठ-दस उठाईगीरों को बुलाओ जो चोरी, मारपीट, गुंडागर्दी करते हों, जुआ खिलाते हों या शराब उतारते हों।'

दूसरे दिन शहर के आठ-दस नररत्न कोतवाली में हाजिर थे। उन्हें देखकर मातादीन गद्‌गद हो गए। बहुत दिन हो गए थे ऐसे लोगों को देखे, बड़ा सूना-सूना लग रहा था।

मातादीन का प्रेम उमड़ पड़ा। उसने कहा—'तुम लोगों ने उस आदमी को लाठी मारते देखा था न?'

वे बोले—'नहीं देखा सा'ब! हम वहाँ थे ही नहीं।'

मातादीन जानते थे, यह पहला मौका है। फिर उन्होंने कहा—'वहाँ नहीं थे, यह मैंने माना। पर लाठी मारते देखा तो था!'

उन लोगों को लगा कि यह पागल आदमी है, तभी ऐसी ऊटपटाँग बात करता है। वे हँसने लगे।

मातादीन ने कहा—'हँसो मत, जवाब दो।'

वे बोले—'जब थे ही नहीं, तो कैसे देखा?'

मातादीन ने गुर्राकर देखा। कहा—'कैसे देखा, तो बताता हूँ। तुम लोग जो काम करते हो, सब इधर दर्ज हैं। हर एक को कम-से-कम दस साल जेल में डाला जा सकता है। तुम ये काम आगे भी करना चाहते हो या जेल जाना चाहते हो?'

वे घबराकर बोले—'सा'ब, हम जेल नहीं जाना चाहते।'

मातादीन ने कहा—'ठीक। तो तुमने उस आदमी को लाठी मारते देखा। देखा न?'

वे बोले—'देखा सा'ब। वह आदमी घर से निकला और जो लाठी मारना शुरू किया, तो वह बेचारा बेहोश होकर सड़क पर गिर पड़ा।'

मातादीन ने कहा—'ठीक है, आगे भी ऐसी वारदातें देखोगे?'

वे बोले—'सा'ब, जो आप कहेंगे, सो देखेंगे।'

कोतवाल इस चमत्कार से थोड़ी देर तो बेहोश हो गया। होश आया तो मातादीन के चरणों पर गिर पड़ा।

मातादीन ने कहा—'हटो। काम करने दो।'

कोतवाल पाँवों से लिपट गया। कहने लगा—'मैं जीवन-भर इन श्रीचरणों में पड़ा रहना चाहता हूँ।'

मातादीन ने आगे की सारी कार्यप्रणाली तय कर दी। एफ.आई.आर. बदलना, बीच में पन्ने डालना, रोजनामचा बदलना, गवाहों को तोड़ना—सब सिखा दिया।

उस आदमी को बीस साल की सजा हो गई।

चाँद की पुलिस शिक्षित हो चुकी थी। धड़ाधड़ केस बनने लगे और सजा होने लगी। चाँद की सरकार बहुत खुश थी। पुलिस की ऐसी मुस्तैदी भारत सरकार के सहयोग का नतीजा थी। चाँद की संसद ने एक धन्यवाद का प्रस्ताव पास किया।

एक दिन मातादीन जी का सार्वजनिक अभिनन्दन किया गया। वे फूलों से लदे खुली जीप पर बैठे थे। आसपास जय-जयकार करते हजारों लोग। वे हाथ जोड़कर अपने गृहमंत्री की स्टाइल में जवाब दे रहे थे।

जिन्दगी में पहली बार ऐसा कर रहे थे, इसलिए थोड़ा अटपटा लग रहा था। छब्बीस साल पहले पुलिस में भरती होते वक्त किसने सोचा था कि एक दिन दूसरे लोक में उनका ऐसा अभिनन्दन होगा! वे पछताए—अच्छा होता कि इस मौके के लिए कुरता, टोपी और धोती ले आते!

भारत के पुलिस-मंत्री टेलीविजन पर बैठे यह दृश्य देख रहे थे और सोच रहे थे—मेरी सद्भावना यात्रा के लिए वातावरण बन गया।

एक दिन चाँद की संसद का विशेष अधिवेशन बुलाया गया। बहुत तूफान खड़ा हुआ। गुप्त अधिवेशन था, इसलिए रिपोर्ट प्रकाशित नहीं हुई, पर संसद की दीवारों से टकराकर कुछ शब्द बाहर आए।

सदस्य गुस्से से चिल्ला रहे थे—'कोई बीमार बाप का इलाज नहीं करता।'

'डूबते बच्चों को कोई नहीं बचाता।'

'जलते मकान की आग कोई नहीं बुझाता।'

'आदमी जानवर से बदतर हो गया। सरकार फौरन इस्तीफा दे।'

दूसरे दिन चाँद के प्रधानमंत्री ने मातादीन जी को बुलाया। मातादीन ने देखा—वे एकदम बूढ़े हो गए थे। लगा, ये कई रातें सोए नहीं हैं।

रुआँसे होकर प्रधानमंत्री ने कहा—'मातादीन जी, हम आपके और भारत सरकार के बहुत आभारी हैं। अब आप कल देश वापस लौट जाइए।'

मातादीन ने कहा—'मैं तो 'टर्म' खत्म करके ही जाऊँगा।'

प्रधानमंत्री ने कहा—'आप बाकी 'टर्म' का वेतन ले जाइए—डबल ले जाइए, ट्रिपल ले जाइए।'

मातादीन ने कहा—'हमारा सिद्धान्त है। हमें पैसा नहीं, काम प्यारा है।'

आखिर चाँद के प्रधानमंत्री ने भारत के प्रधानमंत्री को एक गुप्त पत्र लिखा।

चौथे दिन मातादीन जी को वापस लौटने के लिए अपने आई.जी. का ऑर्डर मिल गया।

उन्होंने एस.पी. साहब के घर के लिए एड़ी चमकाने का पत्थर यान में रखा और चाँद से विदा हो गए।

उन्हें जाते देख पुलिसवाले रो पड़े।

बहुत अरसे तक यह रहस्य बना रहा कि आखिर चाँद में ऐसा क्या हो गया कि मातादीन जी को इस तरह एकदम लौटना पड़ा? चाँद के प्रधानमंत्री ने भारत के प्रधानमंत्री को क्या लिखा था?

एक दिन वह पत्र खुल ही गया। उसमें लिखा था :

'इंस्पेक्टर मातादीन की सेवाएँ हमें प्रदान करने के लिए अनेक धन्यवाद। पर अब आप उन्हें फौरन बुला लें। हम भारत को मित्र देश समझते थे, पर आपने हमारे साथ शत्रुवत् व्यवहार किया है। हम भोले लोगों से विश्वासघात किया है।

आपके मातादीन जी ने हमारी पुलिस को जैसा कर दिया है, उसके नतीजे ये हुए हैं :

कोई आदमी किसी मरते हुए आदमी के पास नहीं जाता, इस डर से कि वह कत्ल के मामले में फँसा दिया जाएगा। बेटा बीमार बाप की सेवा नहीं करता। वह डरता है, बाप मर गया तो उस पर कहीं हत्या का आरोप न लगा दिया जाए। घर जलते रहते हैं पर आग बुझाने कोई नहीं जाता—डरता है कि कहीं उस पर आग लगाने का जुर्म कायम न कर दिया जाए। बच्चे नदी में डूबते रहते हैं और कोई उन्हें नहीं बचाता। इस डर से कि उस पर बच्चे को डुबोने का आरोप न लग जाए। सारे मानवीय सम्बन्ध समाप्त हो रहे हैं। मातादीन जी ने हमारी आधी संस्कृति नष्ट कर दी है। अगर वे यहाँ रहे तो पूरी संस्कृति नष्ट कर देंगे। उन्हें फौरन रामराज में बुला लिया जाए।'

भूख के स्वर*

दुनिया ने बड़ी तपस्या से सिद्ध किया हुआ यह महाकल्याण मन्त्र मेरे कानों में फूँका : 'बेटा, देखी-अनदेखी और सुनी-अनसुनी करना सीखो! और हो सके तो जिन दाँतों को दिखाते हो, उनसे खाओ मत! और बन सके तो आँख, मस्तिष्क और हृदय को बाँधनेवाला जो तार है, उसे चतुराई से काट डालो। बस, फिर सुख ही सुख है।'

महामन्त्र है। सिद्ध है। लाहौर के साढ़े ग्यारह रुपये के महात्मावाले वशीकरण मन्त्र से कोई कामिनी फँसते मैंने नहीं देखी और अमृतसर वाले महात्मा के सवा रुपये वाले मन्त्र से बाँझ स्त्रियों को कानी लड़की होते हुए भी नहीं देखी। लेकिन इस महामन्त्र के अपनाने वालों को हँसते, फुदकते, उछलते देखा है।

नेक सलाह है। लेकिन असमर्थता भी कोई चीज है। कभी-कभी कोई बात दिख जाती है और हृदय को मथ डालती है और कभी-कभी छिपाते-छिपाते भी ये भीतर के दाँत दिख जाते हैं, तब विकल होता हूँ कि अधूरी विद्या कैसी संकट बन जाती है। और तब दुनिया की सीख फिर कान में आती है : 'भीतर के दाँतों की झलक अगर दिख ही गई; कमजोरी अगर प्रगट हो ही गई है, तो उस पर आत्मस्वीकृति के सुनहले रंग की कूची फेर।'

यह भी ऐसी ही एक बात, जो कभी हो गई थी और हो जाने के बाद न लिखना क्या अपने वश की बात है?

एक दिन सूरज उगने के पहिले ही मेरी नींद खुल गई। वैसे मेरे विषय में लोगों की यह धारणा है कि अगर मेरे ऊपर किसी ने विजय पाई है तो वह नींद ने। और इन्हीं लोगों का ऐसा भी खयाल है कि कुम्भकरण को छह महीने की लम्बी निद्रा देने में विधाता ने विश्व का जो कल्याण देखा था, वही कल्याण मुझे आलसी बनाने में देखा गया है। मैं एकाएक उठ पड़ा, क्योंकि बगलवाले मकान से दो-तीन बच्चों के रोने की आवाज आ रही थी। रोने की आवाजों में बड़ी विभिन्नताएँ होती हैं।

* मई, 1953

इन बच्चों के सम्मिलित रोने का शब्द भी सामान्य से कुछ भिन्न था। एक बार मुहल्ले में कुत्ते के तीन पिल्ले न जाने कहाँ से आ गए थे। बाद में मालूम हुआ था कि उनकी माँ किसी 'लोकवाहक' से दबकर परलोक चली गई थी। छोटे-छोटे मासूम पिल्ले थे। दिन-भर से उन्हें खाने को नहीं मिला था और वे भूख से तड़पते हुए एक-दूसरे से चिपटे पड़े थे—'कुकुर-कुकुर' के साथ 'टीं-टीं' सरीखी आवाज मिलाकर रो रहे थे।

यह आवाज जो मैं सबेरे सुन रहा था, उन भूखे-तड़पते पिल्लों-सरीखी थी। भूख का एक स्वर होता है—चाहे वह कुत्ते की भूख हो, चाहे आदमी की भूख हो। भूख का स्वर पहचानने में आप कभी गलती नहीं कर सकते।

मैंने पत्नी को जगाया। वह अपने नन्हे बेटे को हृदय से चिपकाकर सोई थी, दूसरे बच्चे भी आसपास आनन्द की नींद में निमग्न थे।

मैंने कहा—सुनती हो? रघुनाथ के यहाँ बच्चे रो रहे हैं, दो-तीन घंटों से। जरा देखो तो। बच्चों की माँ से पूछो।'

वह उठी और पड़ोसिन को पुकारा। थोड़ी देर बात करके लौटी और बोली—'तीनों बच्चे भूख से तड़प रहे हैं। चौबीस घंटों से कुछ खाने को नहीं है घर में। बेचारे की नौकरी छूट गई है न, एक महीने से!'

इसी समय रघुनाथ आया। आते ही उसकी आँखों से आँसू झरने लगे। मैंने स्त्रियों की आँखों में आँसू देखे हैं—आपने भी देखे होंगे। स्त्री वैसे ही करुणा की सजीव प्रतिमा है। और अबला की विवशता और करुणा जब आँसू बनकर झरने लगती है तब हृदय को हिला देती है, यह सच है। पर इसे मैंने कभी असामान्य नहीं माना। परन्तु पुरुष का रोना? पुरुषों की आँखों में आँसू? कहीं हजार गुनी विवशता, करुणा रहती है इनमें। ऐसा लगता है कि पौरुष टूक-टूक होकर, पिघल-पिघलकर बह रहा है। विश्व की शक्ति विधवा होकर मानो विलाप कर रही है।

पुरुष रोता नहीं है। जब वह रोता है, रोम-रोम से रोता है। उसकी व्यथा पत्थर में दरार कर सकती है।

रघुनाथ का रोना बड़ा भयोत्पादक था। उसने मेरे हृदय को गीला तो किया ही, साथ ही मुझमें भय भर दिया। पुरुष का रोना कुछ वैसा ही भय व आशंका उत्पन्न करता है, जैसे सबेरे-सबेरे द्वार पर कुत्ते का रोना।

रघुनाथ ने हृदय खोलकर मेरे सामने रख दिया। महीने-भर से अपने दर्द को ढाँके था, पर आज उसके आँसू निकलकर बतला रहे थे कि इसके पास गोपनीय कुछ नहीं रहा। उसने बताया कि एक महीना हो गया, उसकी नौकरी को छूटे। साठ रुपये मिलते थे उसे। किसी तरह तीन बच्चों का और स्त्री का पेट भरता था। पर एक महीने से घर में न बर्तन बचा था, न अन्न का दाना। नौकरी ढूँढ़ते-ढूँढ़ते पाँव में छाले पड़ गए थे, पर कोई ठिकाना नहीं लगता था।

मैंने सब हाल सुना। नितान्त हृदयहीन हूँ, ऐसा तो नहीं है। पर हममें से अधिकांश के लिए सहानुभूति भी एक कला बन गई है। भाषा के वैभव ने हमें क्षमता दी है कि हम चुनिन्दा शब्द उच्चरित करें। नाट्य-कला ने सुविधा दे दी है कि दर्द का भाव चेहरे पर बिछा लें। इससे ज्यादा हम करते भी क्या हैं? सोचकर सन्तोष कर लेते हैं कि ज्यादा कर भी क्या सकते हैं!

स्त्री ने उन बच्चों के लिए रात की रोटी भिजवाई—इस गर्व के साथ, मानो अपना सर्वस्व त्याग कर रही है, विश्व का पालन करने के लिए! उस समय अपने खुद के बच्चों के लिए वह गरम पराँठे बना रही थी। ग्लानि से मेरा मन भर गया। कैसी क्षुद्रता है? हमारे घरों में बासी रोटी, कुत्ते की जूठी खीर, बिगड़ा हुआ चावल—सब भिखारी व अतिथि के लिए होता है। स्त्री की क्षुद्रता का जिक्र करके मैं सन्तोष पा रहा हूँ, पर मेरे नाम पर आप थूकें, क्योंकि मैंने इसका भी विरोध न किया। मेरे अन्तर् में न जाने कहाँ दुबकी बैठी नीचता ने कहा कि यह उचित ही है।

खैर, दोपहर को रघुनाथ ने यह तय किया कि वह अपनी स्त्री को बच्चों के साथ उसके मायके भेज दे। उन लोगों के पास कुछ खेती है; वहाँ बच्चे पल जाएँगे। उसकी नौकरी लगते ही वह उन्हें बुला लेगा।

वह गाँव लगभग बीस-पच्चीस मील दूर था। पास में ही रहनेवाला एक गाड़ीवाला पाँच रुपये में उन्हें वहाँ फेंक आने के लिए तैयार हो गया।

गाड़ी तैयार हो गई। स्त्री तीनों बच्चों को लेकर गाड़ी में बैठ गई। रघुनाथ खड़ा-खड़ा रो रहा था। स्त्री भी रो रही थी। रघुनाथ का मन ग्लानि से भरा था। वह अपने-आपको धिक्कार रहा था। आज वह अपने स्त्री-बच्चों का पेट भी नहीं भर सकता, दूसरों के माथे ढकेल रहा है। अपने हृदय के टुकड़ों को इसलिए यहाँ से भगा रहा था कि वे भूख से मरने से बच जाएँ।

और स्त्री? उस बेचारी की लज्जा और विषाद का क्या अन्त था? अपनी दरिद्रता को लेकर स्त्री कभी मायके नहीं जाना चाहती। अपने पति के घर की समृद्धि ही तो उसे मायके में सम्मान दिलाती है। दरिद्र पति की पत्नी तो मायके में भी तिरस्कार व अपमान ही पाती है। आज इस अवस्था में जाते समय उसका हृदय टुकड़े-टुकड़े हो रहा था। उसकी आँखों से आँसुओं की झड़ी लगी थी। और इधर उसका यह पति जमीन में गड़ा-सा, अपने भार से आप दबा हुआ, विवश खड़ा था!

गाड़ी चल दी। वह अभागिन बच्चों को गोद में सम्हाले हुए बैठी थी। जैसे कोई विहगी अपने बच्चों को पंखों में समेटे जलते हुए वृक्ष से भाग जाने का विवश संकल्प करके भी न भाग सकती हो!

दो दिन हो गए। गाड़ीवान नहीं लौटा। तीसरे दिन शाम को वह आया। खबर दी कि राह में खूब पानी गिरा। ठंड कड़ाके की पड़ रही थी। एक लड़के को यहीं से बुखार था। पानी और ठंड की मार से, घर पहुँचते ही उसके प्राण-पंछी पिंजड़ा खाली कर गए।

रघुनाथ ने सुना। बड़ी देर तक रोता रहा। उसकी नौकरी अभी भी नहीं लगी थी। इस समय जब उसकी स्त्री बेटे के मरण के दुख से तड़पती होगी, उसे लगा कि उसका दुख बँटाने के लिए उसे वहाँ होना चाहिए था। पर वह जाता भी कैसे?

रात को लगभग आठ बजे मुहल्ले में बड़ा हल्ला हुआ। मैं बरामदे में आकर बाहर खड़ा हुआ तो सामने से रघुनाथ रोता-चिल्लाता आ रहा था। सिर से रक्त बहकर कुरते पर गिर रहा था।

नजदीक आया तो मैंने पूछा—'क्यों, क्या हुआ? ये खून कैसे बह रहा है?'

वह रोते हुए बोला—'गाड़ीवान ने मुझे लट्ठ से मारा।'

इतने में वह गाड़ीवाला भी आ गया। मैंने उससे पूछा—'क्यों रे, तूने इसे क्यों मारा?'

वह बोला—'बाबू जी, यह मेरा किराया नहीं देता।'

रघुनाथ बीच ही में बोला—'मेरे पास कौड़ी तो है नहीं। इससे कहा, कोशिश कर रहा हूँ, मिलते ही पैसे चुका दूँगा। अभी तो मैं तीन दिन का भूखा हूँ। पेट में दाना नहीं पड़ा।' वह फिर रोने लगा।

मुझे गाड़ीवान पर गुस्सा आया। कैसा कठोर हृदय है? तनिक भी इस गरीब पर दया नहीं?

मैंने क्रोध से कहा—'क्यों रे, तुझे जरा भी सब्र नहीं? उस बेचारे के पास इस वक्त क्या धरा है? तुझे शर्म नहीं आई? तूने उसका माथा फोड़ दिया!'

वह गाड़ीवान जरा आगे बढ़ा और एकाएक वह भी रो पड़ा। आँखों से आँसू गिरने लगे और वह हाथ जोड़कर बोला—'बाबू साहब, मैं भी आदमी हूँ। मैं तो कभी उससे नहीं माँगता। पर भगवान की सौगन्ध से कहता हूँ, मैं भी तीन दिन से भूखा हूँ। और मेरे वे दोनों बैल भी तीन दिन से भूखे हैं। इसलिए गुस्सा आ गया था।'

मेरा सिर चकराने लगा। सामने वह भी खड़ा रो रहा था, जो पीटा गया था। वह भी रो रहा था, जिसने पीटा था।

किसी तीसरे ही प्रबल दुश्मन ने दोनों को मारा था।

यह रघुनाथ भी भूखा—तीन दिन से!

गाड़ीवान भी भूखा—तीन दिन से!

सब भूखे...!

शिक्षित इनसान—भूखा!
अपढ़ गँवार भी—भूखा!
और पशु भी—भूखा!

सुबह उठा तो मालूम हुआ कि गाड़ीवान के उन दोनों बैलों ने रात को रस्सी तुड़ा ली और सेठ बदामीलाल के खेत की काँटों की बाड़ी तोड़कर घुस गए। खूब पेट भरकर अनाज और घास चरा। चौराहे पर बदामीलाल दोनों बैलों को लिये खड़ा था। कांजीहौस की धमकी दे रहा था।

दोनों बैल बैठे थे। चेहरे से तृप्ति झलक रही थी। पेट खूब भरे थे। आनन्द से जुगाली कर रहे थे।

दोनों बैल बैठे हँस रहे थे।

ये दोनों मनुष्य खड़े-खड़े रो रहे थे!

मैं नर्क से बोल रहा हूँ!*

हे पत्थर पूजनेवालो! तुम्हें जिन्दा आदमी की बात सुनने का अभ्यास नहीं, इसलिए मैं मरकर बोल रहा हूँ। जीवित अवस्था में तुम जिसकी ओर आँख उठाकर नहीं देखते, उसकी सड़ी लाश के पीछे जुलूस बनाकर चलते हो। जिन्दगी-भर तुम जिससे नफरत करते रहे, उसकी कब्र पर चिराग जलाने जाते हो। मरते वक्त तक जिसे तुमने चुल्लू-भर पानी नहीं दिया, उसके हाड़ गंगा जी ले जाते हो। अरे, तुम जीवन का तिरस्कार और मरण का सत्कार करते हो। इसीलिए मैं मरकर बोल रहा हूँ। मैं नर्क से बोल रहा हूँ।

मगर मुझे क्या पड़ी थी कि जिन्दगी-भर बेजुबान रहकर, यहाँ नर्क के कोने से बोलता! पर यहाँ एक बात ऐसी सुनी कि मुझ अभागे की मौत को लेकर तुम्हारे यहाँ के बड़े-बड़े लोगों में चखचख हो गई। मैंने सुना कि तुम्हारे यहाँ के मन्त्री ने संसद में कहा कि मेरी मौत भूख से नहीं हुई, मैंने आत्महत्या कर ली थी। मारा जाऊँ और खुद ही मौत का जिम्मेदार ठहराया जाऊँ? भूख से मरूँ और भूख को मेरे मारने का श्रेय न मिले? 'अन्न! अन्न!' की पुकार करता मर जाऊँ और मेरे मरने के कारण में भी अन्न का नाम न आवे? लेकिन खैर, मैं यह सब भी बरदाश्त कर लेता। जिन्दगी-भर तिरस्कार का स्वाद लेते-लेते सहानुभूति मुझे उसी प्रकार अरुचिकर हो गई थी जिस प्रकार शहर के रहनेवाले को देहात का शुद्ध घी। लेकिन आज ही एक घटना और यहाँ इस लोक में घट गई।

हुआ यह कि स्वर्ग और नर्क को जो दीवार अलग करती है, उसकी सेंध में से आज सबेरे मेरे कुत्ते ने मुझे देखा और 'कुर-कुर' करके प्यार जताने लगा। और मेरे आश्चर्य और क्षोभ का ठिकाना न रहा कि मैं यहाँ नर्क में और मेरा कुत्ता उस ओर स्वर्ग में! यह कुत्ता—मेरा बड़ा प्यारा कुत्ता; युधिष्ठिर के कुत्ते से अधिक! जब से मेरी स्त्री एक धनी के साथ भाग गई थी, तभी से यह कुत्ता मेरा संगी रहा; ऐसा कि मरा भी साथ ही। कभी मुझे छोड़ा नहीं इसने। बगल का सेठ इसे पालना चाहता था,

---

* गणतंत्र दिवस, 1954

सेठानी तो इसे बेहद प्यार करती, पर यह मुझे छोड़कर गया नहीं, लुभाया नहीं। सो मुझे सुख ही हुआ कि वह स्वर्ग में आनन्द से है, पर मेरे अपने प्रति किये गए अन्याय को तो भुलाया नहीं जा सकता। और भाई, यह तुम्हारा मृत्युलोक तो है नहीं जहाँ फरियाद नहीं सुनी जाती; जहाँ फरियादी को ही दंड दिया जाता है; जहाँ लालफीते के कारण आग लगने के साल-भर बाद बुझाने का ऑर्डर आता है। यहाँ तो फरियाद तुरन्त सुनी जाती है। सो मैं भी भगवान के पास गया और प्रार्थना की—'हे भगवन्! पृथ्वी पर अन्याय भोगकर इस आशा से यहाँ आया कि न्याय मिलेगा, पर यह क्या कि मेरा कुत्ता तो स्वर्ग में और मैं नर्क में? जीवन-भर कोई बुरा काम नहीं किया। भूख से मर गया, पर चोरी नहीं की। किसी के आगे हाथ नहीं फैलाया। और यह कुत्ता? जैसे कुत्ता होता है, वैसा ही तो है यह। कई बार आपका भोग खाते पिटा यह! और इसे आपने स्वर्ग में रख दिया?'

और भगवान ने एक बड़ी बही देखकर कहा कि इसमें लिखा है कि तुमने आत्महत्या की! मैंने कहा कि नहीं महाराज, मैं भूख से मरा। मैंने आत्महत्या नहीं की। पर वे बोले—'नहीं, तुम झूठ बोलते हो। तुम्हारे देश के अन्न-मन्त्री ने लिखा है कि तुमने आत्महत्या की। तुम्हारे शरीर के पोस्टमार्टम से यह बात सिद्ध हुई है।' और भगवान आसमान से गिरते-गिरते बचे, जब मैंने कहा कि महाराज, यह रिपोर्ट झूठ है। मेरा पोस्टमार्टम हुआ ही नहीं। अरे, मैं तो जला दिया गया था। इसके दस दिन बाद संसद में प्रश्नोत्तर हुए। तो क्या मेरी राख का पोस्टमार्टम हुआ? और तब मैंने उन्हें पूरा हाल सुनाया।

लो, तुम भी सुनो। तुम नहीं जानते, मैं कहाँ जिया, कहाँ रहा, कहाँ मरा! दुनिया इतनी बड़ी है कि कोई किसी का हिसाब नहीं रखता।

और तुम क्या जानो कि जब मेरी साँस चलती थी तब भी मैं जिन्दा था। मैं इस अर्थ में जीवित था कि मैं रोज मृत्यु को टालता जाता था। वास्तव में तो मैं जन्म के पश्चात् एक क्षण ही जीवित रहा और दूसरे क्षण से मेरी मौत शुरू हो गई। तो बाजार की उस अट्टालिका को तो जानते हो। उसी के पीछे एक ओर से पाखाना साफ करने का दरवाजा है और दूसरी ओर दीवार के सहारे मेरी छपरी। अट्टालिका का मालिक मेरी छपरी तोड़कर वहाँ भी अपना पाखाना बनाना चाहता था। अगर मैं मर न जाता तो गरीब आदमी की झोंपड़ी पर अमीर के पाखाने की विजय भी इन आँखों से देखता। अब तो तुम मेरा स्थान जान गए होंगे—आदमी से अधिक तो तुम अट्टालिका को पहचानते हो। अट्टालिका के सहारे आदमी को जानना तो तुम्हें खूब आता है।

बस, यहीं झोंपड़ी में रहा मैं। मेरे आसपास अन्न-ही-अन्न था। दीवाल के उस पार से जो चूहे आते थे, वे दिन-पर-दिन मोटे होते जाते और दो रोज तक तो वे इसलिए नहीं आए कि निकलने का थोड़ा मार्ग बनाते रहे। पर मैं फिर भी भूखा रहा। बेकार था। अनाज दस रुपये सेर था। इससे तो मेरे लिए मौत सस्ती थी।

आखिर मेरी मौत भी आई। जिस दिन आई, उस दिन अट्टालिका के उस पारवाले रईस के लड़के की शादी थी। बड़ा अमीर था। सारा गाँव जानता था कि उसके पास हजारों बोरे अन्न था, पर कोई कुछ नहीं कहता था। पुलिस उसकी रक्षा करती थी। और उस दिन मेरी मौत धीरे-धीरे काला पंजा बढ़ाती आती थी। मेरे पेट में ऐंठ आई; आँखें धुँधली पड़ीं। दीवाल के उस पार पकवानों की सुगन्ध आ रही थी। यही सन्तोष रहा कि पकवानों के बीच मेरी मौत हुई।

मौत के जरा पहले मेरा प्यारा कुत्ता बरबस दीवाल के उस पार घुस गया और पकवान खा गया। मालिक ने उसे खींचकर एक डंडा मारा और वह कराहता हुआ मेरे पास आकर पड़ गया। चीखता रहा, चीखता रहा। मेरे भी प्राण निकल रहे थे। पर मुझे इस जानवार के सामने चीखने में लज्जा आई। इधर मेरे पेट में आखिरी ऐंठ आई और पंछी ने पिंजरा खाली किया, उधर मेरे कुत्ते की भी दम टूटी। डंडे की चोट बड़े मर्म की थी। दोनों मरे; एक साथ मेरे—फर्क इतना कि वह खाकर मरा और मैं बिना खाए।

उधर बारात उठी, इधर चांडालों ने टीन की गाड़ी में मुझे पटककर घसीटा। सड़क के उस ओर से अमीर के लड़के की बारात जा रही थी, इस ओर से मेरी यह सरकारी अरथी। सरकार ने भोजन का प्रबन्ध नहीं किया था, पर मरनेवालों की लाशों को दफनाने का इन्तजाम बहुत अच्छा किया था। उधर बारात के पीछे मंगलगान हो रहा था। मेरी लाश के पीछे एक भी रोनेवाला नहीं था। ऐसी सफाई से मरा कि किसी को कष्ट न हुआ, कुत्ते तक को नहीं। बारात पहुँच गई थी। गोले छूट रहे थे; और इधर अपर्याप्त लकड़ी में मेरी हड्डियाँ चटचटा रही थीं।

ऐसा मरा। और मरकर यहाँ जब आया तो मुझे कुछ दुख नहीं हुआ, जब मैं नर्क में भेज दिया गया। मैंने प्रतिवाद करना सीखा नहीं था और यह स्थान भी उससे ज्यादा खराब नहीं था जहाँ मैं जिन्दगी-भर रह चुका था।

कहानी भगवान ने सुनी। बोले—'तुम भूख से मरे न? फिर भी तुम नर्क में रहोगे। और यह कुत्ता; स्वर्ग में रहेगा। और यह तुम्हारे बगल का कमरा उस झूठे मन्त्री के लिए खाली होगा।'

मैंने पैर पकड़ लिये। बोला—'भगवान, यह कैसा न्याय है!'

वे बोले—'मूर्ख कायर; तू कुत्ते से भी हीन है! बेचारा कुत्ता दीवाल को लाँघकर घुस गया और खाना खा आया। और तू आदमी कहलानेवाला, हाय-हाय करके मर गया। तू दीवाल लाँघ नहीं सकता था? दीवाल तोड़ नहीं सकता था?'

'लेकिन भगवन्!' मैंने कहा—'वह दीवाल कैसे तोड़ता? कैसे लाँघता? यह पाप न होता?'

भगवान ने क्रोध से कहा—'पाप-पुण्य के झमेले में पड़नेवाले कायर! वह दीवाल क्या मेरी बनाई हुई है? तमाम दीवालें आदमियों ने खड़ी की हैं, और तू उन्हें तोड़ने में पाप-पुण्य देखता है? मूर्ख! तेरा कुत्ता तुझसे ज्यादा समझदार है। वह घुस गया, खाया और डंडे की मार से मरकर यहाँ आ गया। उसमें मनुष्यत्व है, तुझमें पशुत्व भी नहीं! मैंने तुम्हें बुद्धि दी है; हाथ-पैर दिये हैं; कार्य-शक्ति दी है—और तू अकर्मण्य; बुजदिल कीड़े-सा मर गया। मनुष्यों ने मुझे बहुत निराश किया, अब मैं कुत्ते-ही-कुत्ते निर्माण करने का विचार कर रहा हूँ। तुम जैसे अकर्मण्य, कायर, भीरु, मूर्ख को नर्क नहीं तो क्या इन्द्रासन मिलेगा?'

मैं नर्क में ढकेल दिया गया। और मैं इस कोने से तुमसे कह रहा हूँ कि हे मेरे देशवासियो! मेरी जैसी मौत न मरना, मेरे कुत्ते की तरह मरना।

पहला पापी*

तब की बात है, जब मानव-सभ्यता वन्य-जीवन से बाहर नहीं निकली थी। मनुष्य पर्वत-कन्दराओं में निवास करता था, वृक्षों के पत्ते तन पर लपेटता था, और वन के बहुल कन्द-मूल-फल खाता था। प्रात:काल वह वन-प्रदेश में फल बटोरने निकल पड़ता। सुबह बटोरता, दोपहर को खाता; दोपहर को बटोरता, शाम को खाता। प्रकृति के विस्तृत वैभव पर उसका सामूहिक अधिकार था। वृक्षों के फल वह स्वतन्त्रता से खाता, नदियों के जल में स्वच्छन्द अवगाहन करता। चन्द्रमा की ज्योत्स्ना का उसे बँटवारा नहीं करना पड़ता था। पवन ने डिब्बों में बन्द होना स्वीकार नहीं किया था। सूर्य की रश्मियाँ भेद नहीं मानती थीं। पक्षियों की चहक का क्रय-विक्रय नहीं होता था, पुष्पों ने किसी के लिए खिलना और किसी के लिए बन्द होना नहीं सीखा था। प्रकृति में तो यह भेद कभी नहीं उपजा।

मनुष्य दिन-भर भोजन बटोरता था और रात को खाकर चैन से सोता था। श्रम और भोग का यह सम्बन्ध इतना प्रकृत और स्पष्ट था कि कहीं कोई उलझन नहीं थी।

परन्तु एक दिन उस आदिम समाज के एक व्यक्ति के सामने बड़ी उलझन उपस्थित हुई। वह रात को अपनी गुफा में सो रहा था कि उसे अचानक पास ही की गुफा से किसी साथी की कराह सुनाई दी। वह उठा और उस गुफा में पहुँचा। तिरछे चाँद की किरणें गुफा में झाँककर उसे आलोकित कर रही थीं। उसने देखा कि उसका वह पड़ोसी, जो दिन-भर उसके साथ भोजन बटोरता रहा, अब पेट पर हाथ रखकर कराह रहा है। उसके मुख पर गहरी कालिमा छा गई थी और नेत्रों से जल बह रहा था।

दूसरा मनुष्य उसे बड़ी देर तक ध्यान से देखता रहा। उसे बड़ा कुतूहल हो रहा था। वेदना के संकेत तब उसके लिए नये ही थे। पहले वह उसके क्रन्दन को क्रीड़ा-कौतुक ही समझता रहा। फिर उसे उसकी पीड़ा समझ में आई और तब उसके हृदय में एक अपूर्व भाव आया। एक विचित्र प्रेरणा उसके मन में उदित हुई। एक अज्ञात शक्ति उसे उस पीड़ित मनुष्य की ओर खींचने लगी।

* जून, 1956

उसे उन भावों की पहली बार अनुभूति हुई, जिन्हें हजारों साल बाद उसने 'संवेदना' और 'करुणा' जैसे नाम दिये।

वह उस बीमार के पास बैठ गया और उसके सिर को हाथ से सहलाने लगा। वह जान नहीं सका कि इससे उस बीमार को आराम मिला या नहीं, पर स्वयं उसे बड़े सुख और सन्तोष का अनुभव हुआ। वह उठकर बाहर गया और एक पत्ते में जल लाकर उसके मुख में डाला। फिर उसका पेट धीरे-धीरे दबाने लगा।

रोगी की पीड़ा कुछ कम हुई, पर आँसू बढ़ गए। पीड़ा के आँसुओं को उसने जीत लिया था, पर अब सहानुभूति की आँच से उसका मन पिघलकर बह रहा था। उसकी आँखों में भी आँसू आ गए। उसकी कराह के साथ अनजाने ही इसके हृदय के स्पन्दन की गति मिलने लगी। उसे ऐसा लगा मानो उसका अस्तित्व तिरोहित हो गया है, वह जैसे बीमार में समाहित हो गया है और उसके अपने पेट में पीड़ा हो रही है। कुछ देर वह इसी प्रकार मन्त्रमुग्ध-सा बैठा रहा।

फिर उसने गुफा में चारों ओर दृष्टि डाली। एक कोने में उसे वे फल दिखे, जिन्हें वह आदमी बटोर तो लाया था, पर खा नहीं सका था। उन्हें देखते ही वह बीमार के पास से उठा और फलों के ढेर के पास खड़ा हो गया। उसे अचरज हुआ कि न जाने किस शक्ति ने उसे रोगी के पास से हटाकर रोगी के उन फलों के पास ला खड़ा किया।

बीमार की आँखों से अभी भी आँसू निकल रहे थे। उसने फलों को देखने के लिए अपने आँसू सुखा लिये थे। वह कुछ देर फलों के पास खड़ा रहा। फिर बीमार के पास आकर बैठ गया। वह बार-बार बीमार के मुख पर दृष्टि लगाना चाहता, पर हर बार उसकी दृष्टि उचटकर फलों पर जा पड़ती। उसने सिर सहलाने के लिए हाथ बढ़ाया, पर उसका हाथ रुक गया; पेट दबाने के लिए हाथ बढ़ाया, पर किसी ने उसका हाथ पीछे खींच लिया। उसने आँखों में पहले जैसे ही आँसू लाने का प्रयत्न किया, पर उसके नेत्र सूखे ही रहे। वह गुफा में सर्वत्र देखना चाहता था, पर आँखें आकर फलों पर अटक जातीं।

उसके हृदय में एक अजब संघर्ष मच गया। उसे बड़ी बेचैनी लगी और वह गुफा के द्वार पर आकर बैठ गया। चन्द्र की निर्मल ज्योत्स्ना में उसने दृष्टि नहलाई, सरोवर के नीले जल को देखा, सोते हुए पेड़-पौधों पर नजर दौड़ाई, पर ये सब उसे बदले हुए लगे। चाँदनी में उसे फलों की आकृति दिखी, जल में फल उतराते दिखे, और पेड़ों में वही फल अटके दिखे। उसने एक बार फिर रोगी के बारे में सोचना चाहा, पर रोगी के फल ही उसके ध्यान में आए। धीरे-धीरे उसके मन से उसका साथी एकदम निकल गया और वहाँ वे फल जम गए।

वह भीतर आया। उन फलों के पास जाकर खड़ा हो गया। अपने-आप बोला—'बड़े अच्छे फल हैं। एक दिन का भोजन है। यदि ये सब मेरे हो जाएँ, तो कितना अच्छा!'

मन में ही प्रश्न उठा—'पर मेरे कैसे हो सकते हैं? ये तो उसके हैं?' यह प्रश्न बड़ी देर मन में गूँजता रहा और उसे परेशान करता रहा। वन के फलों को वह स्वतन्त्रतापूर्वक तोड़ता-खाता था। वे किसी के नहीं थे, इसलिए सबके थे। पर एक मनुष्य के बटोरे हुए फल दूसरे के हो जाएँ, यह परिपाटी तब आरम्भ नहीं हुई थी। व्यक्ति के अधिकार की यह मर्यादा वह मानता था। उसने विचार किया—वह वन के पत्थरों के सामने ही फल तोड़कर ले आता है, पर मनुष्य के सामने से उठाकर नहीं ले जाता। क्या अन्तर है? पत्थर की साँस नहीं चलती, उसकी वाणी नहीं है। उसमें गति नहीं है। इसीलिए वे वृक्ष पर के फल पत्थर के नहीं हैं, तभी हमारे हैं। जो एक का नहीं है, वह दूसरे का हो सकता है। इस प्रकार की विचार-पद्धति उसके मन में बँधी और वह सोचने लगा—'यदि यह आदमी भी पत्थर हो जाए, तो मैं यह फल ले सकता हूँ।'

वह गुफा के द्वार पर बैठकर सोचने लगा—वह पत्थर कैसे हो सकता है? वह रोगी की कराह सुनता रहा। थोड़ी देर में कराह बन्द हो गई। उसे वह आदमी पत्थर होता हुआ लगा। उसने चाहा कि वह तुरन्त पत्थर हो जाए। पर उसकी साँस अभी भी चल रही थी। वह उसकी साँसें गिनता रहा, साँस का सिलसिला टूटने की राह देखता रहा। हर साँस जब निकलकर लौटती, तब उसे बड़ा दुख होता।

प्रभात होने में बहुत देर न थी। उसकी अधीरता बढ़ती जाती थी। वह भीतर गया और रोगी को हिलाया-डुलाया। वह कुछ बोला नहीं। पर उसकी साँस का क्रम नहीं टूटा था। वह अभी तक पत्थर नहीं हुआ था। उसने फिर सोचा—'पत्थर, पत्थर है, क्योंकि उसकी साँस नहीं चलती। इसकी साँस बन्द हो जाए, तो यह भी पत्थर हो जाए। फिर मैं ही इसकी साँस क्यों नहीं बन्द कर दूँ?'

उसने ध्यान से साँसों के रास्तों को देखा। नाक और मुँह के सामने हाथ रखा। यही दो साँस के द्वार थे। उसने दोनों द्वारों को हाथों से बन्द कर दिया। रोगी तनिक छटपटाया और फिर निस्पन्द हो गया। इसने नाक के पास हाथ रखकर देखा, साँस अब बन्द हो गई थी। उसे हिलाया। वह पत्थर-जैसा ही हिला और छोड़ देने पर पत्थर-जैसा ही स्थिर हो गया। जिसके वे फल थे, वह वहाँ नहीं रहा था। जीवित मनुष्य ने बड़ी प्रसन्नता से वे फल उठाए और अपनी गुफा में लाकर रख लिये।

सूर्य निकला। आसपास की गुफाओं से मनुष्य भोजन बटोरने निकल पड़े। पर यह मनुष्य गुफा के द्वार पर बैठा निश्चिन्तता से धूप ले रहा था, पत्तों से शरीर का शृंगार कर रहा था और भैंसे के सींग का बाजा बजा रहा था। श्रम के समय शृंगार और संगीत देखकर उसके साथियों को आश्चर्य हुआ। उन्होंने संकेत से पूछा—'आज फल बटोरने नहीं जाओगे? आज खाओगे नहीं?'

वह हँसा। उसने उन्हें गुफा के द्वार पर ले जाकर खड़ा किया और अँगुली से फलों के ढेर की ओर संकेत किया।

वे सब बड़े चकित हुए। रोज लाना और रोज खाना, उनका नियम था। संचय करना उन्हें नहीं आता था। सुबह किसी गुफा में उन्होंने फलों का ढेर कभी नहीं देखा था।

वे परिश्रम करने चले गए और यह बैठा बाजा बजाता रहा।

उसके संचय की बात सब लोगों में फैल गई। पास की गुफा वाले मनुष्य के पाँव में काँटा गड़ गया था। वह सुबह भोजन बटोरने नहीं जा सकता था। वह इस आदमी के पास आया और कुछ फल माँगे। इसने कुछ देर विचार किया और उससे कहा—'ले जा। पर शाम को दुगुने फल लूँगा।'

दूसरा आदमी विवश था। वह इसी शर्त पर ले गया। दोपहर को उसके पाँव की पीड़ा कम हुई, तो वह फल तोड़ने गया। उसे उस दिन तिगुना श्रम करना पड़ा। सन्ध्या समय उसने दुगुने फल लाकर लौटा दिये। बिना श्रम के मिले हुए फल पाकर उसे गर्व का अनुभव हुआ।

उस रात उसने वही फल खाए, जिन्हें उसने नहीं बटोरा था; जो इसीलिए मिल गए थे कि किसी के पाँव में काँटा गड़ गया था; जो इसीलिए प्राप्त हो गए थे कि एक आदमी को उसने पत्थर बनाया था। उस रात उसने वही फल खाए, जिनके लिए उसने परिश्रम नहीं किया था, जिन पर दूसरे मनुष्य के परिश्रम के स्वेद-बिन्दु लगे थे। उस रात उसने वही फल खाए, जो दो मनुष्यों के अमंगल के हाथों के द्वारा उसे प्राप्त हुए थे।

उसने भर-पेट उन्हें खाकर पेट पर हाथ फेरा और प्रसन्नता से आकाश में निर्मल चाँद की ओर देखा।

कहते हैं, उसकी दृष्टि पड़ते ही चाँद में एकदम काला धब्बा पड़ गया।

उस दिन संसार में पाप का उदय हुआ; वह संसार का पहला पापी था।